# 阅读的季节

彭 程 著

广西师范大学出版社
·桂林·

阅读的季节
YUEDU DE JIJIE

#### 图书在版编目（CIP）数据

阅读的季节 / 彭程著. --桂林：广西师范大学出版社，2021.7

（彭程作品系列）

ISBN 978-7-5598-3788-2

Ⅰ. ①阅… Ⅱ. ①彭… Ⅲ. ①散文集－中国－当代 Ⅳ. ①I267

中国版本图书馆 CIP 数据核字（2021）第 075977 号

广西师范大学出版社出版发行

（广西桂林市五里店路 9 号　　邮政编码：541004）

网址：http://www.bbtpress.com

出版人：黄轩庄

全国新华书店经销

广西广大印务有限责任公司印刷

（桂林市临桂区秧塘工业园西城大道北侧广西师范大学出版社集团有限公司创意产业园内　邮政编码：541199）

开本：880 mm × 1 230 mm　1/32

印张：10.25　　字数：187 千

2021 年 7 月第 1 版　　2021 年 7 月第 1 次印刷

印数：0 001~6 000 册　　定价：50.00 元

如发现印装质量问题，影响阅读，请与出版社发行部门联系调换。

# 目 录

## 第一辑 溯 源

源头的声音 / 003
在母语中生存 / 008
旧瓶与新酒 / 013
始终如一的吟唱 / 019
流泪的阅读 / 026
歧异的背后 / 031
抵达事物核心最近的路途 / 037
为什么不读经典？ / 043

## 第二辑 汇 聚

镜子和容貌 / 051
藏书的形成 / 055

纯粹的读者 / 060

阅读让人保持生长 / 064

重读之书 / 070

阅读的季节 / 074

把电影当书看 / 086

与书有关 / 097

## 第三辑 宛 转

回到先秦 / 109

读那些"伟大的书" / 113

方志的诗意 / 122

袁中郎不做官 / 126

甘美的小鱼 / 131

《金蔷薇》与一个消逝了的夏天 / 134

受难之爱 / 138

乡野的俄罗斯 / 143

在旅途中读米沃什 / 152

土地的蕴含 / 158

带着驴子去天堂 / 165

感性的无限敞开 / 176
"我游历第八大洲" / 184
在非典阴影中读《鼠疫》/ 193
《冷山》：七年之旅 / 197
怀特文章　山高水长 / 206
走一走后楼梯 / 218
哲学原本可以充满乐趣
　　——《大问题：简明哲学导论》的启示 / 224

## 第四辑　涌　流

生命的扩大 / 235
写作的难度 / 241
语言中的铀 / 248
你自己的靶标 / 254
让文学成为黏合剂 / 259
我们为什么喜欢散文 / 266
文学交流将我们的心灵拉近 / 276
在阅读的边缘 / 286

## 跋　对生活的感知和表达 / 317

# 第一辑 溯源

## 源头的声音

如果我们承认，精神的发育犹如一条河流的形成，那么一定会有某个时辰，像面对泱泱大水会遥想它的发源之所一样，我们会被好奇心或者机缘引领着，溯流而上，更行更远，直到抵达它的源头——冰雪融化成的一条细流，或山间渗淌出的一道小溪。它们前后之间差异如此巨大，但的确是细流小溪成就了大河巨川，演化出下游舳舻千里的壮观。

作为人类精神最古老也最主要的载录和传播者，书籍的情形也正如此。有一些书仿佛是生长在时间之外的大树，根系在遥远的过去，却将荫蔽一直伸展到今天。它们常常如博尔赫斯所言，是那种被世代的人们以先期的热情和神秘的忠诚阅读的书。要说明这类书的特点，只需列举一两种就够了，譬如《诗经》，譬如古罗马维吉尔的《农事诗》。

对于喜爱中国古典诗歌的读者，《诗经》尤其是其中的"国风"诸篇，终有一日将成为他要早晚面对且咏诵的功课，尽管最令他心仪的可能是汉魏乐府、唐诗宋词或元曲小令。那些简朴的文字、率真的口吻，蕴含了自那以后近30个世纪里中国诗歌（也许可以说是整个中国文学）的要素。戍边兵士望乡的愁苦，家中思妇怀远的哀怨，对剥削者的诅咒，农夫贫苦的叹息，爱情的亦苦亦甜，劳动的艰辛，收获的欢乐，等等，后世文学中反复述说的诸多内容，都可以从它那里找寻到最初的母题，都只是它无数的变体和纷繁的再现。而那些桃花、垂柳、桑树、梅树、蝉、燕和雁，自此以后也便生长、鸣啭、飞翔在几千年间恒河沙数般的诗篇中，正像由它们构成的农业中国几十个世纪中不变的风景一样。尽管世代更替，这些意象所包孕的情感意义，却如同语言背后的实体一样变化甚小。在后工业化的今天，念起"今我来思，雨雪霏霏"或者"我徂东山，慆慆不归"，仍然能唤起内心悲凉的感触，而"蒹葭苍苍，白露为霜"的意境，依然还在成为从20世纪初的电影歌曲到今天的MTV的不竭的灵感泉源，为流行文化的浮泛贫血注入了些许民间的清新和真挚。它们每每会让人想到某种神秘先验的力量。

维吉尔的《农事诗》是为配合古罗马帝国皇帝屋大维重视农业的政策而写，可以说是一部意在教化的作品。这部费时7年写就的2000多行的4卷长诗，分别叙述了种植谷物，栽培葡萄和橄榄，饲养牛、马、羊，以及喂养蜜蜂的有关知识，这类今天看来属于实用科技的题材，在维吉尔笔下却获得了庄严崇高的美学品格。每一卷都以对有关神祇的祷告（如对丰收女神刻瑞斯，对酒神巴克斯）开始，正是这些神明一直佑护了地中海岸边那片古老秀丽的土地五谷丰登,牲畜繁衍。在泛神观念的映照下,万物都变得生动不凡。诗人将雨水譬喻为天空对他的妻子大地的拥抱,这样雄浑的想象,只能诞生于神话和现实、传说和历史浑然不分的年代。耕作和牧养因着神话的注入具有了重大、神圣的意义,而对国家现实生活的赞美,又调和了诗意的疏阔,使之显得坚实可触。在诗人笔下,农业是一桩庄严的、至高无上的事情,是生命之所维系,是一切劳作之母。诗人提出,新帝国的命运极大程度上取决于耕种土地的人们。对照今天农业萎缩,土地或被撂荒、或被劫掠性地用于工商业目的的现实,《农事诗》不啻是来自时间彼端的警醒。我执意认为,这一股西方文明的源头之水,在以后漫长的流淌中,不仅流进了斯宾塞、弥尔顿等人的田园诗,一定也有一部分流进了今天的罗马俱乐部、有限增长理论和绿色和平运动,尽管影响的方式可能是迂曲的、潜隐的。因为从本质上,它们关注的都是人类生存的根基。

这里谈到的尽管只是两部书,却已经让我们依稀瞥见这一类书的特征:质朴、真挚、浑厚和刚健。仿佛不同水土养育不同的植物,这些素质只能源自那样的时代土壤。那时,人类还是自然界谦卑的一个支系,自由舒展地行走栖息在土地上,植物和动物是他另外族类的兄弟。从这样的书中,能听到隐隐的雷声,嗅到青草的味道和风的气息。所有那些在后世人们看来难以企及而缅怀不已的种种,如心智的健全、灵肉的和谐、信念的坚定，不过是自然本性在人心中的映射。痛苦、欢欣、爱、恨，都是那样明晰确定，因果分明，仿佛先民眼中的世界图景。这些书，便是这样的灵魂"思无邪"的记录，是他们的喃喃自语、仰天长叹或捶胸顿足，是他们对万物包括自身的惊愕、发问、疑惑或确认。它们有着人类童年期的敏感和天真未凿，并因此往往切中要害。这后一点常常要超出今日我们的意料，这是因为他们那种古朴的生存本身，正得以同最广泛最持久意义上的事物直接晤对，也更能够逼近其核心和本质。

它们的影响是如此普遍和久远，后世漫长岁月里可以车载斗量的著述中，相当多的部分只是对它们无休止的注解和阐说、引申和推衍。一些重要的甚至可说是惊世的成果，其实往往表现为对它们的某处细部的放大或某个局部的完善。对于精神之域的漫游者，它们是难以跨越和绕开的巨大阴影，因为造成它们的正是那些高山峻岭般的形体：生与死，工作与享乐，恋爱与生育，福祉与祸患，战争与和平。这些是一代代人生活中的空气和水。它们是元素，是粒子，是分出众多枝杈的树干，是令万物于其上生长和展开的息壤，而归根到底，它们是最易让人记起源头之水的亲切生动的比喻。《论语》《孟子》《道德经》《楚辞》《圣经》《伊利亚特》《奥德赛》《失乐园》《复乐园》和古希腊罗马神话，都是这样的源头之水，它们浇灌了昨日和今天的精神田亩，无疑也将流淌到明天，永远不会枯竭。

对于眼下，这样的书或许更像一副功效缓渐的扶正祛邪之药，适宜疗治的是人性萎靡与畸变的症候群。技术的进步改变了历史进程和生存图式，但人在备享舒适便利的同时也日益受到异己力量的摆弄。这便是摇摆的信仰、纷杂的理念、莫名的焦灼、情感的紊乱，等等，从作为今日精神生活的记录者的许多书籍、报刊、影视中，我们寻得到它们的种种表现。它们源于人与土地的分离乃至对立，源于割断人和万物浑然一体的脐带的精密分工，源于科学对神话的无情颠覆，源于实用理性的条分缕析、不遗巨细，源于人的虚妄和僭越。如果说，这是随着智慧的进步终将摆脱掉的一个梦魇，人总有办法重新安置妥帖自己的灵魂，那么在这一天到来之前，为了对抗喧哗与骚动的袭扰，我们不妨时常翻开这些书，倾听来自源头的声音——它们清亮浑厚，亲切可人。

# 在母语中生存

20世纪重要的英语诗人奥登,在评论叶芝时说过一句著名的话:"疯狂的爱尔兰驱策你进入诗歌。"这句诗化语言意味深长。仔细思量,这里的爱尔兰应该不但是指叶芝的地域意义上的祖国,更主要是指文化意义上的故乡。这个幅员不大的、曾以强调民族传统的文艺复兴运动著称的国家,是一块文学沃土,先后诞生了乔伊斯、贝克特、希尼等巨匠。这归根到底是文化的赐予。

奥登的话揭示了文化的强大制约力。对于一个作家来说,他接受制约的方式,他的作品对读者的影响,最初和最终这两端,都和语言相连,都依赖于语言——准确地讲是他使用的母语。一种语言的最高成就,它的节奏和韵律,幽微和曲折,它的本质和秘密,是通过最优秀的作家作品体现出来的。在俄语,是普希金、托尔斯泰;在德语,是荷尔德林、里尔克;英语世界不能忘记莎士比亚和哈代,爱默生和爱伦·坡;而在汉语的天空,最亮的星辰是屈原和李白,是曹雪芹和鲁迅。

一位作家,不管是诗人,还是散文作家,他由写作中获得的幸福感，首先应该是他确信，有人分担他的思想和情感，他的喃喃自语正被千万只接收同一种语言的耳朵倾听。共同的生存境遇，让他和他的读者有共同关注的重心，明白什么样的声音连着最深的疼痛，什么样的话语常在心和喉之间往返。而共同的文化背景，则使他们能够听得出哪是正色厉声，哪是弦外之音，哪些静默不亚于洪钟大吕，哪些笑声其实是变形的哽咽。他与他们之间不需要解释，暗示即是全体，相比条陈缕述，更多的是相视莫逆。

从这个意义上可以说，作家最可怕的情形之一，便是从母语中离去。无论是主动的出走，还是被动的放逐，他作为一个作家的生命往往就此终结，即或不然，至少也黯然失色。这是汉语的张爱玲的悲哀：一从去国赴美，她亮丽的歌喉遽然喑哑，因为英语的子民听不懂更不要听那些弄堂深宅里旧式家庭的悲欢恩怨。那些畸形的心理、微妙的龃龉、残酷的报复，看不分明也不耐烦看的那些变幻的月色、霉绿斑斓的铜香炉，那些自几千年历史深处生长出的东西，对于他们，这种距离不会比横亘两大洲之间的那片水面更近。在看管公寓的美国老太太眼中，张爱玲只是一个孤僻的房客，"好像有（精神）病"。这便是英语世界里她存在的意义。她将全部精力倾注于《红楼梦》研究，想来一定会体味到"白茫茫一片大地真干净"的肃杀悲凉，既从书里，更从书外。她被迫缄默，因为没有听众。

这同样是俄语的布罗茨基胸中化解不去的郁积：被逐出

俄语天地的诗人,在飘扬的星条旗下安了家,却无法进入它的语言。"语言起初是他的剑,接着成为他的盾,最终变成了他的宇宙舱。"宇宙舱隔绝了人与太空,在异质的语言环境中隐退于母语的诗人同周围人群疏离。无话可讲每每意味着无路可走。所以他要给当时的苏联最高领导人勃列日涅夫写信:"我属于俄语,属于俄罗斯文化。"尽管他后来也尝试用英语写作,但诗人的情绪和潜意识做出的反应却远非美国式的。

这也是德语的托马斯·曼心中难解的纠结:为躲避纳粹迫害,他远走美国。这位日耳曼文化的骄子,诺贝尔奖的得主,合众国欢迎的客人,却也感到巨大的失落。"我的作品只是一个译本,影子一样的存在,而我的族人连一行也没读过。"他对自己小说的英文版毫不在乎,对德文版却字字计较。他对人讲:"我喜欢这房子和花园,但是要死的话,我还是宁可死在瑞士。"因为瑞士毕竟是德语文化区,既然有家归不得,能够在德语氛围中安顿一颗倦旅的心,也总算是聊以自慰。那种无奈,令人想起唐代诗人贾岛的"无端更度桑乾水,却望并州是故乡"。

很难找出例外。康拉德算是一个?这位波兰人的后裔,以一系列瑰丽深邃的海洋和丛林小说,赢得一片英语的喝彩声,但不要忘记,他曾在英国轮船做水手长达十几年,早在写作之前就已是英语的臣民了。相比之下,倒是他的同胞显克微支的小说《灯塔看守人》中的那个老人更有代表性。他飘零异国,孤苦无依，日日同海浪涛声相伴，一册偶然得到的诗集成了他最深沉的抚慰，因为它是用祖国波兰的语言写成的。那么，是纳博科夫？这个俄国人倒是以其魔术般的文体而成为英语文学的一代巨擘，但不要忘记，这位沙皇司法大臣的孙子，童年即能说一口流利英语，同样也是在其生命的生长期，就移植进了另一块文化的土壤，有充足的时间完成一次重组和再造、磨合和融汇。相比之下，更真实的是他的英语成名作《普宁》里那个流亡的俄国老教授，温厚善良却处处碰壁，只好躲进俄罗斯古代文化和古典文学中寻求安慰；更普遍的是比纳博科夫更年长的那些俄国流亡作家，从蒲宁到爱伦堡再到茨维塔耶娃，在法语的巴黎，他们出版俄文报纸和文学杂志，以此维系和那片土地的关联。当一切联络都被切断，剩下的只有语言了。而只要还有语言，就不能说最悲惨。都德的《最后一课》之所以震撼人心，便是由于侵略者不但占领土地，还禁止被征服者使用自己的语言，企图借此抹杀一个民族的记忆，那才是最彻底的劫掠和杀戮。

因此，一个优秀的作家，首先必定是为他的同胞而写作，以赢得他们的赞誉为目标，此外的其他动机都是可疑的。尽管今天的信息高速公路已将全球连成一个村庄，尽管他的作品可能进入不同语言处境，面对不同文化背景的读者，但即使如此，有些深处的东西仍然无法转译，无法获得对等的理解。它们涉及一个民族的集体意识，一种文化的深层编码。它们都被封存在母语里，对一些人会敞开，对其余人却长久缄默。

我们如何使美国人懂得为什么"欲说还休，却道天凉好个秋"？同样，一个精通所谓处世智慧，每每以"世路如今已惯，此心到处悠然"相夸示的汉语读者，又在多大程度上能够理解俄语中对苦难和献身的一往情深？作为一种衡量尺度，语言的可靠性甚至远在肤色之上。余光中问得尖锐："当你的情人已改名玛丽，你怎能送她一首《菩萨蛮》？"

我们只能在母语中生存。一个汉语写作者，与其孜孜矻矻于让外国人喝彩，梦寐以求登上斯德哥尔摩的领奖台，不如潜心倾听他生息其上的那片土地的歌哭，用母语的音符谱写一部部交响乐或者一支支小夜曲。晚年寓居巴黎的屠格涅夫曾写下这样的话："在疑惑不安的日子里，在痛苦地思念着我的祖国的命运的日子里，给我鼓舞和支持的，只有你啊，伟大的，有力的，真实的，自由的俄罗斯语言！"只有对母语抱着这样的爱，才能够把握那一支族系的血脉，贴近那一片土地的秘密，从而成功地记录、描绘和抒写，使自己的生命借助作品得到延长和扩大，使生存变得坚实。

# 旧瓶与新酒

作家之间的影响和借鉴，继承和创新，可以表现为多种形式。其中较为极端的一种，便是某部久为流传的作品，被后来的作者仿效，后者并不避讳读者会发现此点，恰恰相反，他正是执意要达到这样的效果，为此而调动起诸种手段。我们这里排除了题旨、风格、趣味的相似或者因袭，那容易流于泛泛之论，而完全指的是那种具备可触可摸特质的影响方式。

古希腊神话是西方文学长河的源头，许多当今的创作都诞生于这个母体，从内容到手段，都同前者有着或显或隐的关联。荷马史诗《奥德赛》（又译《奥德修纪》），讲述了英雄奥德修斯10年战斗和10年漂泊后，克服种种艰险终于返回家园的故事。爱尔兰作家乔伊斯的小说《尤利西斯》，在人物、情节、结构乃至语言方面都与这部史诗有对应关系。小说题目都是英雄名字的拉丁文，几个主要人物都各自同神话中的人物有着平行关系，主人公布鲁姆一天中不同时辰的活动也分别对应了古代英雄返乡历程中的各种遭遇及场面。他利用神话史诗所提供的隐喻和象征意义作为表现现代社会的工具，大大丰富了作品的含义和形式。

如果说这种影响毕竟还较隐晦，需要读者具备一定的知识背景方能理解和产生联想的话，有些对应则明朗得多。君特·格拉斯的《铁皮鼓》，被誉为"二战"后西德第一部产生了世界影响的长篇小说。小说以主人公奥斯卡的流浪经历为线索，用第一人称的叙述方式，展现了30年间的德国历史，表现了纳粹从兴起、猖獗直到失败的过程，以及当时社会生活的腐败。作者1979年访华时，在北京大学的一次演讲中，自称是"流浪汉小说的继承者"，是"格里美尔斯豪森的继承者"。这个对我们陌生而拗口的名字，在整个德国却是广为人知。他的《痴儿历险记》（我读到的中译本名为《痴儿西木传》），是一部被文学史家誉为"德国17世纪文学高峰"并在300年间广为流传的作品。如果读过这两部书，就会明白格拉斯所言不谬。两部小说的主人公形象何其相似：一个是供人耍弄取乐的宫廷小丑，不懂世故，天真地相信生活就像基督教教义宣传的那样，自然处处碰壁；一个是3岁起自愿停止长高、以便不与成人世界沆瀣一气的侏儒，与一只儿童鼓朝夕相伴，到处流浪，阅尽畸形世态。小说借这样迥异于常人的主人公之口展开叙述，便获得了一个特殊的视角，通过怪诞和扭曲的方式，将生活中的虚伪荒谬揭露得充分淋漓，表达了对黑暗现实的抗议。在语言表达上，都有意识地追求俚俗粗鄙色彩，尤其是在格拉斯的小说中，充满挖苦、反讽、夸张等闹剧因素，悲剧和喜剧、惨痛和滑稽杂糅并存，以作品风格的混乱不堪来模拟现实世界的疯狂状态。

无独有偶，法国当代著名作家图尔尼埃获法兰西学院小说大奖的《礼拜五或太平洋上的虚无缥缈境》一书，便是一个全新的鲁滨孙故事。鲁滨孙漂流到荒岛上，在黑人"礼拜五"的熏染和帮助下，充分感受到"野蛮生活"的乐趣，再也不愿回到文明世界中去，在他看来，后者充斥着耗损和破坏——这和笛福原著的人物关系和题旨都完全相反。这种变异透露出的，是当代西方人对物质和技术畸形发展的疑惑、忧虑，以及复归自然的精神取向。人与动物、树木和大地的关系，神秘的象征，难解的迹象，本体论意义上的玄奥……被批评界认为是根据弗洛伊德、荣格和克洛德·列维-斯特劳斯的心理学和哲学理论改写了的《鲁滨孙漂流记》。一个本来十分陈旧的荒岛故事，经过点化，便折射出现代意识之光。

从类似上述两部小说这样的明显相似中，我们或许会得到一个后者模仿前者的印象，而这点似乎和观念中的独出机杼的艺术创造品格错位。但细想一番便会明白，这其实正是作家的狡黠之处。正如同许多知名的商标品牌本身就很值钱，名作的那些人物、故事、结构等，因其流传的广泛，早已经家喻户晓。这本身就已是一种"无形资产"，具有颇高的"含金量"和"美誉度"。因此，从它们之中脱胎而成的东西，就容易使读者感到熟悉、亲近，易于进入，间离感更弱。说它是一种讨巧之法，似也未尝不可。但这巧也不是好讨的，不是说和某某名作似曾相识就必然带来成功。关键不是像和同，而是同中之异。某个已广为人知的人物，却表现出新的品格，原本耳熟能详的故事，却演绎出另外的结局，牢固的内在框架结构产生了出乎意料的断裂……总之，加入了全新的内容，包含了大相异趣的思想内涵和精神向度，成了一个全新的、自足的生命，而所有这些并非违背艺术的内在规律——只有这样的才值得赞许。这种把陈旧的题材翻新的本领，可谓借腹怀胎，借他人之旧瓶，酿自己的新酒。在这个意义上，它也是检测一个作家的水平的尺度。或者是得点化之妙，推陈出新，蓦然一片新境界，或者相反，弄巧成拙，不免落个东施效颦的结局。

因此，许多作家并不讳言这种相似，它也丝毫无损其创造的品格。鲁迅先生的《狂人日记》是受果戈理同名小说启发而写成的，从主人公形象到叙述形式，都有着明显的对应。获诺贝尔文学奖的法国作家纪德，其影响巨大的《人间的食粮》中，那位以导师身份出现的梅纳尔克，很容易令人想到尼采的查拉图斯特拉。不但其主张个性的绝对解放的内容，简直是尼采哲学的形象版本，甚至主人公的口吻，如在结尾时对其弟子纳塔纳埃尔的训言"抛掉我的书吧，离开我吧"，都会让人想起尼采笔下的呼喊——"现在我教你们丢开我，去发现你们的自我……成为你自己！"但它们又是不同的。果戈理寓社会批判于幽默夸张，意在揭露俄国专制制度下人与人之间的不平等；鲁迅则假借一名迫害狂患者之口，对"礼义之邦"实乃"食人民族"的旧社会大加鞭挞，那种忧虑悲怆全然是中国的，是一颗反封建先驱者的灵魂的呐喊。其内涵之深刻、情绪之愤激、色调之冷峻、言辞之激烈，都远远超出前者。而在纪德，感性的张扬本身便是一种目的，是他的美学。他在这个领域的创造是独特的，其所达到的酣畅淋漓，是前无古人的，即使舍弃掉他珍视的理念内涵，也是完全自足的。那是一种普鲁斯特式的重量级，虽然朝着另外的方向。

被当代人改写后的故事，往往成为映现当代人生存图景的一面镜子，他们的趣味和美学，英勇或者怯懦，光荣或者困窘，一览无遗。然而十分遗憾，我们看到的每每令人扫兴。在《尤利西斯》的主人公布鲁姆身上，一点也没有古代英雄力挽狂澜的气概，他却猥琐、怯懦，明知妻子同人幽会都不敢吱声。其他几个主要人物也都是精神空虚，人格分裂，思想庸俗，理想破灭，传统文学人物的神圣灵光和英雄色彩已消失殆尽。这方面走得更远的，当属当代美国作家巴塞尔姆的小说《白雪公主》。这部曾获美国"全国图书奖"的小说，借用了格林的同名童话。童话中纯洁美丽的白雪公主，在小说中仍然是头发黑如乌木，皮肤洁白如雪，但每天忙于打扫煤气灶和刷洗烤箱；也有七个男人，让人想到那七个可爱的小矮人，但他们却是制造东方婴儿食品的商人；王子保罗是以自命高贵的失业者的面目出现的。场景也已从华丽的宫殿和梦幻般的森林，转移到当代的城市生活中,汽车、商业、吸毒等构成了故事的氛围。最后,公主得了性病,七个小矮人靠刷洗楼房发了财,所谓王子最后也在一堆绿沫中死去……巴塞尔姆用嘲讽的笔调,揭示了现代生活的丑陋芜杂和人心的庸俗不堪,宣告了童话在今天的破灭。它正是物欲至上的资本主义原则下社会生活的变形写照,反映了当代人的精神危机。通过人人熟知的、已经成为一种文化背景和共同记忆的故事,来表达新的主题,无疑如同黑白色调间的对比,会产生反差强烈的戏剧性效果。

既然说到戏剧性,不妨再举一个戏剧领域内的例子。与前面提及的带有现代派乃至"后现代"意义色彩的作品相比,我国的川剧艺术家魏明伦的《潘金莲》,则完全是出自正面的思想启蒙,某种程度上令人想到欧洲文艺复兴时"人的解放"的精神呐喊。但其题旨的表达,也是通过对原有故事的颠覆来实现的。背负了几百年淫妇恶名的潘金莲,在剧本中完全成了追求爱情和幸福、向往个性自由的新角色,她之勾搭武松也获得了全新的意义评价,令人想到英国作家劳伦斯《查泰莱夫人的情人》中的女主角。曾有评论者撰文,谈及作家未免急于阐述理念,而使故事成了附庸,损害了艺术的独立与完整。这批评颇有道理,但你还得承认,对于以打动人、感染人为目的的艺术来说,这种翻案文章式的做法,比起新起炉灶,效果确实要好得多。就好比看到魔术师将美女变成野兽,台下的观众难免大叫一声:"嘀!"

# 始终如一的吟唱

大师无疑是一个崇高的称呼，但同时也是一个语意含混的指称。这倒不仅指今天人们过于轻率的赠予已经几乎把这个词的神圣性消解殆尽，即使在讲究严整的过去，它给人更多的也是一种观念的抽象，一团高山仰止般的感觉。那情形颇像雾中的一座雕像，或者，透过云层望见的星辰。这当然无助于人们更好地理解其作品，于是便有种种探询与阐释、比较和分类等，旨在使进入变得较为容易些。由于角度和方法不同，研究者会有这样那样的发现，但有一种感受却一定是共同的：真正的大师自始至终关注的是同一个问题。关于这一点，曾获得诺贝尔文学奖的南斯拉夫作家安德里奇有个说法："每一个作家实际上只是写唯一的一部书，后来他不断地改写和重写这部书，直到自己生命的最后一刻。"

作家是生活的参与者和记录者，尤其是后者。由于经历和遭际，也由于美学和趣味，甚至还可能由于偶然的触发，他开始对某个领域、某个主题产生兴趣，并致力于表现这一点。这些领域或主题因人而异。很可能，在开始时他未必知道能走出多远,他可能还时常会瞥一眼旁边的道路。但是随着他的行走,他发现道路越来越开阔,越来越望不见尽头,渐渐地他的目光不再游移,脚下这条路及其两侧所展现出的风景的旷远与幽深,已足以使他的情感和心智巡游往复了。于是他平心静气,沉醉于观看、欣赏和描绘。并且,随着时间的推移,他也越来越能够将视野中无限丰富的东西划归入他的领地,生活万象环列周围,为他所用,作为证据、背景或者补充,烘托出他欲表达的题旨。他使读者理解了什么叫作以一驭十。他经由一条独特的道路,连接了整个广阔的世界。当人们谈论一位作家时,首先关注的也正是其作品中这样的地方。

这便是杜甫以一介布衣之身而怀致君尧舜之志、身寄茅屋心忧天下的悲悯情怀;是鲁迅对国民劣根性的切肤体验和无情鞭挞;是哈代从诗到小说传递出的人生是一场连续的挫败的悲观哲学;是卡夫卡挣脱不掉的人的异化、隔膜和冷酷的梦魇;是博尔赫斯透过那双几近失明的眼睛窥见的迷宫:时间轮回无尽,命运周而复始,荒诞和真实难分难辨;是波德莱尔在象征的森林里集合了种种丑的意象而培育出的一朵奇异的恶之花:罪孽、淫荡、虚伪、怯懦等获得前所未有的淋漓表现,它们所造成的审美风格的"新的震颤"传递至今……如果说,以上这些出自大师之手的杰作,使人在高山仰止的同时,未免会以为这是只属于天才的独创的话,那么我们会看到,在那些影响虽然无法和上述大师相比,但仍然较纯粹的有突出成绩的艺术家那里，这点也是很显明的。在契弗笔下，它是纽约郊外绿荫山庄那班富裕体面的中产阶级家庭生活里的猥琐、烦恼和无聊，它们吞噬着幸福，仿佛"苹果里的蛀虫"；在威拉·凯瑟眼里，它是对土地、对诚实的劳动的热爱，以及对从中生长出的美好品德的赞颂，这种德行已随着与工商业兴起而来的对利益的过度逐求而日见式微；帕乌斯托夫斯基使一切平凡的事物闪耀着奇异的、诗意的光，他告诉人们，梦想对生活是多么不可或缺，它是幸福完满的重要因素；而在奥威尔阴郁的目光下，极权政治的残暴、对人性和自由的践踏是如此触目惊心，只有调动寓言手法，在一个未来的年头（《1984年》）、一个非人间的地方（《动物庄园》），才可能将它们有力地表现出来……他们的区别是显而易见的，正是这种区别使每个人成为自己。

在每个这样的作家那里，所有的努力围绕一个中心展开，所有的心智朝着一个方向汇聚，体现在其全部作品里，不论它们是小说还是诗歌，剧作或散文，甚至日记或札记。20世纪初，纪德的那部集合了诗、散文与哲学的文体奇异的《人间的食粮》，曾经以其解放感官、放纵欲望的呐喊，成为众多寻求生存依托的读者的枕边书，如果有机会读到他那个时期的日记，会发现里边几乎囊括了书中全部的素材和动机。从这同一个主题出发，又产生出日后的一系列变奏，那便是小说《背德者》等，它们同前者的区别不过是体裁和形式。对那些一生都为同样的问题缠绕、困扰的作家，时间的意义主要表现为它提供了使他的思考推进、增补、修正、深化和完善的余地，而不是去谱写一支全新的曲子。随着经验的累积，视角的调整，观念的变化，它们可能和过去产生较大差异，甚至是明显的对抗，但即使这样，也仍然是在原来话题上的展开，具有内在逻辑的一致性。就像纪德，数十年后又写了《新的食粮》，观点与前已有大的变化，舍弃了"不放过任何欲念"的主张而提出"选择的德行"，在个人外看到了群体，但这一切仍然是建筑在"扩大喜悦"也即高扬人的感情与思想基础之上的，在此意义上，这依然是一种始终如一的吟唱。

因此，对于那些给自己安排了一个中心思想——一个陈旧但仍然很有表现力的定义——的作家，一旦发觉其某个或某些作品有点不同，先不要轻率地指出他偏离了自己的轨道。这或者是出于类似修整的需要，好像人们周末从繁重的事务里暂时摆脱出来，去绿茵场上或游乐厅里松弛一下——作家有时需要通过这种变换来使自己稍稍离开问题的中心，以便更加贴近它。比如某些作家偶尔会涉足侦探小说，把它作为一种休息的方式。他的走出还是为了返回；有时，这种不和谐其实是以另一种面貌表现出了高度的一致性，像鲁迅《好的故事》，美丽缥缈的梦境下面，折射出的仍然是对虫豸横行的暗夜般现实的愤慨与无奈，憧憬的花植根绝望的泥淖。随着探寻的展开和深入，我们会越来越发现这点是普遍有效的，几乎同定律一样毋庸置疑。为了使界定也像定律那样科学，我们还可以后退一步，改变说法，但这丝毫不会影响之前的观点。那就是：一个真正杰出的作家，如果不是用其整个创作生涯和全部作品，至少也是在主要的时期、用最重要的作品，对某个或某类问题进行了观照、探询和表现。

那么，该如何解释那种彻底的断裂，那种朝向另一极端而去的背叛呢？列夫·托尔斯泰晚年断然否定了自己的一系列杰作（只对少数几篇表示首肯），卡夫卡遗嘱友人毁掉全部手稿，这种决绝的态度很容易让人产生这样的想法：他们与自己、与过去、与一向关心的东西告别了。这种念头显然是表面化的、经不起推敲审视的。事实上，这种结局正是他们出入一生的思想、观念、价值发展到顶峰的一种表现。在托翁，是在《复活》中得到述说的宗教拯救人类的想法的极致化，像任何真正热忱的信仰者一样，他不再相信一个人会找到其他的救赎之路，甚至他曾为之献身的艺术，如今看来都是可疑和危险的。这只能表明他是以一种极端的方式证实了他关怀的始终如一。在卡夫卡，最后的举动也最有力地印证了他在全部作品里对人与人之间理解、相通的绝望——既然如此，它们留存下去会有什么意义？

这样，我们就经由另一条途径回到那个论点。通过上面的分析，我们会看得越来越清楚，那些以内容多变而著称的作家，要么确是善于在不同题材中发现并表达同样的主题，这需要非凡的智慧和才情；要么则恰恰相反，说明他缺乏定力，无法向纵深挖掘，而对创作来讲，这点差不多便等同于才华不足。遗憾的是，属于后一种情形的占了绝大多数。用题材的多变来掩饰识见之贫瘠和穿透力之不足，无疑是一种巧妙的藏拙手段，就像今天的不少文学从业者，热衷于玩弄形式游戏，因为他没有其他引起注意的资本。在任何一个领域，特殊的获取是以特殊的关注作为条件的，这种关注成为他思想的中心，甚至成为一种强迫行为。作为心智活动的巅峰状态，文学创作自然更需如此。你在哪儿能找到一个例外呢？这些缺乏持久关心的作家，也许能够写出几篇不坏的东西，但他的影响是有限的、散漫的、无法聚拢的，充其量只是掠过眼前的几道闪光，而真正杰出者则是射进胸中的一束光柱。对那些死死咬住一个题目不松口的作家，你可以不喜欢他，甚至讨厌他，像讨厌劳伦斯对于性的喋喋不休，像难以忍受普鲁斯特对时间的病态的细腻感知，然而却无法否认和回避。他们已经在文学的广阔田亩上留下了各自的车辙和脚印。凭着他们对生命、存在的某一个侧面的细致的咀嚼、独特的体悟，他们丰富了经验世界，给它增添了一点什么。在这个到处只是发现重复的世界上，这实在是了不起的贡献。契诃夫小说《没有意思的故事》中那位著名的医学教授，因为生活里缺少一个"中心思想"而痛苦不堪；那些缺乏自己的根据地的作家，也一定会时常陷入无所傍依的困窘境地，会产生某种异乡人和飘零者的感觉。

《洛丽塔》的作者、俄裔美籍作家纳博科夫，在回答记者关于他的作品"重复到家了"的提问时，说过一句意味深长的话："有独创性的艺术家可以模仿的只有他自己。"这既是夫子自道，同时也概括了他的优秀同行们劳作中的共同之处。正是这种"力争使所有的书成为一个自觉的整体"的有意识追求，确立了这类作家的标高，也使得他们最终成为浩渺的文学星空中若干颗最为明亮的星辰。

## 流泪的阅读

从什么时候起,我们在阅读作品时,疏远了甚至隔绝了泪水?

我记得那些曾经与眼泪伴随的阅读。为杜甫的《三吏》与《三别》,为窦娥感天动地的冤屈,为《祝福》中祥林嫂的不幸命运,为陀思妥耶夫斯基作品中的众多被侮辱与被损害的人,为契诃夫笔下满腔痛苦无处诉说只能讲给马听的马车夫,也为那个在鞋店做学徒的可怜的孤儿万卡——他将一封写着"乡下爷爷收"的信投进邮箱,天真地盼望着爷爷会来接他……不久前,为女儿读《卖火柴的小女孩》,念到最后,小女孩冻死前在火柴的光焰中看到死去的祖母时,女儿惊异地问:"爸爸,你怎么哭了?"

我欣慰于久违的泪水。它让我获得一种对于自身的确证,使我知道,内心深处的某种东西并没有死去。眼泪天然地与善良和怜悯有关。古罗马诗人玉外纳写道:"当大自然把眼泪赐给人类时,就宣布他们是仁慈的人。心慈是人最美好的品性。"华兹华斯的一句话,则进一步标举了一个写作者应当确立的姿态:"为人类的苦难而落泪是理所当然的。"

当然,拨动泪腺的并非只有苦难,只有对呻吟的弱者的同情,眼泪才更为感动而流淌:为朱自清笔下父亲穿棉布袍子的笨重的背影,朴素的文字下跳动着至爱亲情;为《红岩》中的英雄群体,他们让人看到,信仰曾经具有抵抗死神的力量;为安徒生童话中的海的女儿美人鱼公主,为了获得王子的爱情,不惜牺牲生命;为苏联小说《这里的黎明静悄悄》中那些年轻女兵,用柔弱的身躯抗击侵略者,花朵般的生命殒落在德寇的枪口下;也为美国犹太作家辛格笔下的吉姆佩尔,受尽欺骗嘲弄,被人们称为傻瓜,但他始终不渝地相信"好人靠信念生活",以自己一生的善良、忠诚,以德报怨,映衬出世人精明乖巧后面的愚蠢堕落,强烈的反讽效果震撼人心……他们体现了作为人的尊严,显示了爱与献身的价值,标举了正当生活应该遵循的原则,让人仰望。眼眶湿润时,我们也分明听到了灵魂对自我的激励。

然而在如今的作品中,能够这样打动我们的,寥若晨星。

我不相信从外部寻找原因的种种说辞。原因不在于高科技时代新的艺术手段颠覆了传统的文学阅读,也不在于纷繁膨胀的信息壅塞了人的感受能力。这些都不是最重要的。人的进化是以万年为单位的,人性的历史比科技久远而坚固。为亲人故去哭泣,为年华易逝怅惋,为爱情而迷醉,或者辗转不眠,这些情感表现,无论是在遥远的诗经楚辞的年月,还是在即将到来的基因时代，都不会有太大区别。

最简单也最合理的解释是，当今的作品缺乏情感力量。什么都有，唯独心灵缺席。以客观超然的姿态，不动声色地从事所谓零度写作，已经成了今天的美学时尚。作家们谦逊地声称作品是写来自娱的，声明并不奢望打动读者，有意回避感动，而热衷于表达世俗的、琐碎的感情纠葛和情操。他们可以不吝笔墨地写疯狂、变态、乖戾、神经质，描绘种种情感的深渊和暗处，却小心翼翼地提防着写到感动，似乎那样做是幼稚的。躲避虚假的崇高也就罢了，我们曾受过它的愚弄，但连真正的、朴实的感动也要躲避，对真实的人性光辉视而不见，这就很不应该。其实质便是主体关怀的缺失、精神境界的平庸和暧昧。在这种意识之下产生的作品，可以有繁复精巧的结构，幽微纤细的感觉，层出不穷的形式感，娴熟艰深的技巧，然而缺少一样东西：感动。于是我们只能和泪水隔绝了。

当然明白，情感只是文学诸种功能中的一种，而眼泪也只是情感反应方式之一。不能指望读博尔赫斯会泪流满面，他的作品体现为一种卓异的洞察，时间循环无限，命运仿佛迷宫，阅读的愉悦来自智慧被充分调遣，去破解一个大谜。在卡夫卡的世界中，甲虫、地洞、城堡，都和绝对的灾难紧密相连。它们唤起了惊骇、恐怖、绝望，都是比流泪更深刻的体验。雨果说："比天空更浩瀚的是人心。"对于这个宇宙的每一律动，有理由加以充分地、多方面地捕捉和描绘，也因此才造就了文学的浩瀚。但就其本质而言，情感却始终是最重要的，一部使人落泪的作品，该是比其他种种尺度的评判更可信赖。对每篇作品都提出这种要求，既偏狭又不现实，然而在当今媒体刊登的海量作品中，如果这样的篇章连最基本的比例都占不到，那我们应该检讨反省一番了。形形色色的苦难和伤害依然存在，不只是贫穷，还有冷漠、隔阂、不公，最广泛意义上的人的异化，它们并不因为物质时代的来临而消失，顶多变换一种存在方式。而同时，为正义和荣誉而牺牲，为爱而献身，种种可歌可泣的情操和事迹，也依然像过往的许多个世纪一样。呼唤泪水和感动——这是超越时间的人性的要求，不过在今天它们格外短缺，需要特别强调才是。

因为泪水代表一个向度。泪水发源自人性中最深沉、柔软的部分，是对人生苦难最强烈的感知和怜悯，是对世界的残缺和不公的刻骨铭心的感觉，也是对至善至美境界的向往，是爱的无声的语言。正是它，准确地说正是产生泪水的那类灵魂，在默默地同时也是坚韧地抵御和掣肘恶意、伤害和残酷，维持了最基本的人性秩序。它飘洒的疆域，在希望和绝望、罪孽与德行、最深沉的爱和最强烈的恨……总之，在情感的两极之间。这个范围是那么宽广深厚，简直就是整个生活。不能想象，一部用心血写就的作品里没有它的踪迹，更不能想象一个真正的艺术家会对泪水漠不关心。它是灵魂自然的分泌。在散文《想北平》的结尾，老舍写道："好，不再说了吧；要流泪了，真想念北平呀!"这句简单的话里,却蕴藏了产生这一生理—心理现象的丰富的密码,远远超出其字面的含义。

泪水在流淌……流泪实际上是一种能力,是我们的灵魂仍然能够感动的标志。不应该为流泪而羞怯,相反,要感到高兴与欣慰。古典悲剧正是通过使观众流泪,达到净化其灵魂的目的。由此也不妨说,眼泪也是一种尺度,据此正可以检测一颗灵魂的质地。对于作品和作者,读者的泪水是表达敬意的最好方式,而对读者本身,也是一种自我的确证,表明他依旧拥有质朴健全的人性。在使人流泪的作品和流泪的读者之间,展现的是健康的精神生态。老托尔斯泰(1817—1875)在听到柴可夫斯基的《如歌的行板》时,感动得热泪盈眶。想想这样的事情,胸怀会明净许多。泪水和神性之间,是天然的结盟。泪水的匮乏,在极端的意义上,也便意味着灵魂的缺席。

必须激发、培养和存储我们内心的感动的能量,像水库蓄水一样。对作家,这是无法推诿的职责,其重要性远远高于技艺,甚至智慧都应受到它的导引。只有本身是满盈的,才能够施予。鲁迅说过"创作原本根植于爱",而眼泪正是一种极端的证明方式。让泪水充满作品吧,灵魂会因之而飞升。

## 歧异的背后

喜爱短篇小说的人，不为契诃夫倾倒的恐怕很少。这位戴一副夹鼻眼镜的俄国作家，影响无疑至大至极。举个明显的例子，早在20世纪初即为中国读者熟悉的英国女小说家曼斯菲尔德，就在笔记及致友人信件中，对其推崇备至。她主要是以众多优秀短篇奠定了不朽文名，其浓郁的诗意、散文化的结构、重心理情感的描绘而淡化故事，都能明显地看出契诃夫的印迹。而和她同时代亦同以小说名世的英国作家毛姆，则完全是另一路数，每篇必有一个扣人心弦的故事，情节起伏跌宕，悬念迭出，让人想到莫泊桑，现代短篇小说艺术的另一个上游。

作家风格之不同，各如其面。唐诗有"郊寒岛瘦"，宋词有苏轼之豪放如关西大汉持铜琵琶，亦有柳永之细腻如十七八女子执红牙板。同是20世纪20年代美国文坛"迷惘的一代"的代表作家，海明威和托马斯·沃尔夫的差异，简直如霄壤之别！一个删繁就简，唯赘言之务去，并提出藏多露少的所谓"冰山理论"——写下来的应当远远少于隐藏着的，让读者自己去领会、填充,要意在言外;一个则汪洋恣肆,如大河狂泄,毫无节制剪裁,读者在沉醉于炽热的情感、奔放的想象的同时,也得忍受因意象过于芜杂、辞藻过分堆砌而带来的浑浊滞重。

　　作品反映作家的主观意志。不知海明威与沃尔夫彼此间如何评价,在毛姆的一篇关于短篇小说的论文里,尽管也承认契诃夫的杰出,但其字里行间给人的印象,仍然认为写好故事需要更大的才能。这还算是温柔敦厚、未违正常的论争规则,有些则实在让人瞠目结舌。远的,有列夫·托尔斯泰攻击莎士比亚,这位小说巨擘把在他之前300年的戏剧大师骂了个狗血喷头,指责其剧本中的男欢女爱为不道德,似乎它们便是一切作奸犯科勾当的渊薮,看他气急败坏的口气,有可能的话他肯定会焚其书而扬其灰。近的,是《洛丽塔》的作者纳博科夫,把托马斯·曼、加缪、布莱希特等统统贬得一文不值,甚至当着几百名学生的面,撕毁了被他称为"残酷、粗俗"的《堂吉诃德》。一般的不服气倒也罢了,他的靶子却是有定评的大家巨匠,且出之以如此骇异的姿态,实在不啻呵佛骂祖。他之所以如此,是由于这些作家都是他所谓的"高雅迷",试图表达出意识形态方面的关怀,而在他看来这些都背离了文学的功能。

　　魏代曹丕用一句"文人相轻"概括作家间的意气纷争,堪称不刊之论。由以上事例看来,这也是个世界性的问题,并非中土独擅。或随或违、或誉或毁的后面,不排除某些人事上的纠葛，利益上的争夺，以及某种酸葡萄心理，如纳博科夫对索尔仁尼琴获诺贝尔文学奖醋意十足，讥讽其信件"文理不通"。但更普遍的情形，是反映了美学观念的歧异。

对于一位作家，艺术观念的不同，实质上既是一种规避，又是一种遴选，决定着他行进的方向。每一个方向都通往不同的区域，有不同的甚至是迥异的风光。其中，那些特别令人侧目、被视为离经叛道的，往往正是走得太远的，为常人目力所不能及。这也无可厚非，艺术的疆域无边无际，永远有尚待开发的区域。尽管前人的车马已踩出条条道路，但仍有人迹罕至的远方，也总有人能因了学识、悟性等诸般机缘而踏入这块未知之地。往往正是这些人最富于创造活力。他清楚，在前辈的影子下规行矩步，常常意味着与真正的独特性相隔绝。

他既然踏出了或者自认为踏出了一条新路，便一心一意要描绘此处的风光。又既然如此投入，情有独钟，便难免因情而生障，往往如希腊神话中临水照影的美少年，以为大美斯在矣。甚至视他人脚下为歧路，说出一些疯疯癫癫的话。作为清醒的旁观者，你固然可以说这种执着仿佛一叶障目，但对当局者迷的他，则未尝不是"一花一世界，一佛一如来"。常人眼里一片普通的叶子，他则辨得清叶片的丰瘠、叶脉的走向，以及锯齿形边缘的细微特点。这备受关注的一叶，对他就是整个天地，有无穷的花样和意味。他持久而耐心，因而收获也远远多于那些浅尝辄止者，道前人所未道，扩大了这个领域的人类经验，也替自己赢得发现者的美誉。

　　游说无根，略做援引。生性谦逊的契诃夫曾感叹，在莫泊桑构筑的短篇小说王国前，后来者很难再有所作为了，但又以"大狗叫，小狗也要叫，不同的狗用不同的嗓门叫"来激励自己，开辟出一片全新的天地。论到对今天的影响，公认他要在莫泊桑之上。波德莱尔在《恶之花》中，第一次集中描绘了丑和恶，疾病和衰老，在一向姹紫嫣红洋溢着德行的芳香的文学花园里，种植了一株播撒诱惑和毒素的罂粟花，引发了一次审美观念的大地震。纳博科夫抹杀教化功能而强调游戏作用，固然偏颇，但在丰富小说形式感及增强表现力方面，实在功不可没。他的作品中迷津般的结构、迂回循环的时间、多种语言的双关效果，能让读者获得极大的审美陌生感和类似猜谜般的心智愉悦，也为他赢得了文体大师的令名。他带给现代小说的影响是毋庸置疑的。

　　了解了这些，我们对作家们的惊人之语，当会有一个较恰当的认识。如前所述，作家们多是性情中人，自我中心者，最容易自视为"老子天下第一"，而看别人都是旁门左道野狐禅。这种想法自然难说是理性的，明眼人看来不啻走火入魔，但在当事人自己，却是性情的真实流露。没有这种唯我得道的自信，也就不会有乔伊斯孤注一掷般的艺术探险，其结果就是那部被尊为"天书"或被诬为"鬼画符"的《尤利西斯》；也不会有劳伦斯的敢冒天下之大不韪，在当时社会浓郁的清教气氛中，执着地探究性与生命的奥秘，写出惊世骇俗的《查泰莱夫人的情人》。在某些时候，偏激甚至是需要的，像禅宗的当头棒喝，求其豁然醒悟。因为习惯的力量太强大，非危言难以耸听。如纳博科夫的举动，明显带有"作秀"的味道，但在他也该有不得已的缘由。然而，老托尔斯泰的偏激却不能归入此类。他在中篇小说《克莱采奏鸣曲》中，彻底否定性爱，认为除非为延续子嗣计，夫妻间不应该有性的行为。这种观点当然十分可笑，与对莎翁的攻讦一脉相通，但在这位狂热信奉宗教、鼓吹禁欲的老人身上，自有其内在逻辑的必然性，你绝不能说他是哗众取宠。

这样，我们要说，如果说对作者写什么以及如何写究其实是无可选择，由此而"道不同，不相与谋"，或各执一端，争得昏天黑地的话，在读者则无妨兼收并蓄，学一学弥勒佛的大肚能容，迦叶的拈花微笑。这又好比赛场上百米田径，选手必须专心脚下，而观众不妨让目光穿梭于不同参赛者之间，一览各自风采。一个成熟的读者，会看出每一种主张及实践，都是对生活及文学中某个特定局部的强调和张扬，是此领域内的荦荦大者。连那些最离奇的，也是在极端意义上对真理的一次贴近。而那些龃龉对立，往往也是由于各自关注的中心不同，对某些人成为焦点的，对另一些人可能恰恰是盲点。同时，优长又总是与局限相伴生，没有谁能够占尽风骚。仿佛苏东坡笔下的庐山，"横看成岭侧成峰"，角度不同所见也不一样，你无法说孰对孰错。如果能够以这样的胸怀读作品，便易于逾越门户之见，从而会有超出常人的获取。

当然，这并非主张等量齐观，取消标准的客观性或将之随意化。无论帕斯捷尔纳克的《日瓦戈医生》怎样被纳博科夫讥评为"三流作品"，无论它的结构、节奏及整个叙述方式从今日叙事学的观点看如何有松散、拖沓、陈旧之嫌，这些都无损它的价值。它对历史进程和人类命运的关心，对苦难的刻画，对个性自由、知识分子作用的思索，种种都令人心灵震撼。相形之下，纳氏作品尽管充满机智诙谐，处处体现了非凡的洞察力，但给予读者的却最多是会意的笑。在价值的序列里，伟大和出色是不同等级的东西，不会随意混淆的。

# 抵达事物核心最近的路途

习文经年,对于诗的向往一如既往,但我却从未曾写下过一行诗。不是不想,实在是自惭形秽,不敢率尔操觚,以免贻笑大方。那是一种面对神灵之物敬之畏之、膜拜有加、不敢轻侮亵玩的心情。在我看来,写作诗歌需要一种特殊的才能,那是一种直抵事物核心、洞察存在底蕴的本领。这并不是人人都具备的,在这方面,后天的勤勉也起不到多大作用。那样的才华只属于极少数禀赋特异的人,属于被缪斯之神格外青睐眷顾的幸运者。

因此,多年来,我安心于做一名诗的热心读者。虽然若按流行的标准来衡量,我的这个自我评价也极有可能不够格:我不知道近年来又兴起了哪些创作流派,不明白许多此起彼伏的口号宣言究竟要表达什么,不清楚目前哪位诗人正在蹿升走红。我的阅读范围基本上框定于过去的许多杰作,多数都是已经过世的诗人的作品,那是在多年前广泛阅读的阶段中筛选出的,从此它们长久地吸引和驻留了我的目光,再三阅读流连不已。写到这里,我似乎能够觉察到某种质疑的目光:你的视野中为什么缺乏当代创作的位置？对此我也可以找到为自己辩护的理由：如果令我心情激荡、反复吟诵的那些篇章，已经充分揭示了人生、社会、大自然的秘密，那么新与旧、古典与现代这些时间上的不同又有什么实质性的分野呢？诗歌并非时令服装，随着季节流转而更换，今天诗人们所关注的所有命题，也都是过往岁月中一代代诗人用灵魂之手反复扪摸、勘测过的，恰如西谚所谓"日光底下无新事"。写下这些，丝毫没有贬低当代创作的意味。另外，我还想说，如果现有的了然于心的数百篇、上千篇诗歌，已经基本上涉及了对于世界的主要的、最为关键的感受，那么不断地增加阅读数量，也并非一概值得嘉许。经济的增长需要GDP这样的数字来印证，而衡量阅读诗歌的效果，数目不是指标，而关键是看它们是否具有塑造心灵的功效，是否通过诗歌的浸泡，灵魂变得饱满、柔韧和阔大。

关于诗，可以有多种定义，可以从多少个角度打量，可以列举出一系列触发、感动的理由。而如果要求最为简洁地概括出对于诗的理解的话，我要说，诗是对于存在本质的贴近，是抵达事物核心的最近的路途。这一点，正是将我和诗牢牢联结在一起的纽带。

事物的特色往往在比较中更能够凸现。在文学的多种体裁中，小说和戏剧依赖于塑造人物形象与编织故事情节，散文随笔需要埋设情感的管道或者搭建思想的逻辑，它们都具有某种繁复、迂回的特性，不同程度地依赖于某些技术性的手段，只有诗歌，最大限度地剥离了这些因素，直达存在的本质。删繁就简，略去了一切交代、过渡，诗以其最简洁的形式，系连着最为精粹、凝聚的情感和思想。说到这里，不妨表达得极端一些：有些情形下，一部数十万字的长篇小说，可以用几句诗来给予高度的概括。英国大作家哈代，在《德伯家的苔丝》《无名的裘德》等一系列长篇小说杰作中，通过跌宕起伏的故事遭际，描绘了主人公悲剧性的命运身世，印证了在他的许多短诗中反复吟诵的主题：时间侵蚀希望、才华、美丽、清新、热情和活力；人生是一系列挫折和失败的冒险；人作为个体，作为宇宙和社会的生物，只是受到不可抗拒的生命力的任意驱使而已。

真正优秀的诗句，总是像一道闪电，当它闪耀时，万物被骤然照亮，呈现为一种彻底的澄明清澈。天空和大地的阻隔瞬间化作乌有。借助它的光亮，你能够观察到事物最细腻的纹理，一切荫翳都被驱逐殆尽。事物在一瞬间彻底袒露了自己。

譬如，对于生命，且听听诗是如何揭示和言说的。

生命何其短暂飘忽，思之每每令人黯然。意大利诗人夸西莫多的《瞬息间是夜晚》，对这点给予了凝练的表达："每一个人／偎依着大地的胸怀／孤寂地裸露在阳光之下／瞬息间是夜晚。"短短几句，往返于这样一组既对立又依存的范畴之中：阳光和黑暗，存在和消逝，生命和死亡。法国诗人保尔·福尔的《人生》，更是把生命的历程高度浓缩于三个片段中："一开始听到钟声：'像耶稣在马槽中诞生……'／接着是更响的钟声：'高兴啊，我的爱人！'／随后，立刻就是哀挽死者的钟声。"读着它们，会联想到汉代《古诗十九首》里这样一些句子："浩浩阴阳移，年命如朝露。""人生寄一世，奄忽若飙尘。"……把人生如白驹过隙的匆促之感，表达得酣畅淋漓。

生命尽管短暂，却因其价值和意义的充溢丰盈之感，而令人激扬不已。在墨西哥诗人帕斯的《生活本身就是闪电》中，生活获得了一种本体论意义上的观照，确立了至高无上的地位："在大海的黑夜里／穿梭的游鱼便是闪电／在森林的黑夜里／翻飞的鸟儿便是闪电／／在人生的黑夜里／粼粼的白骨便是闪电／世界，你一片昏暗／而生活本身便是闪电。"

生命的意义经由具体的生活而呈现，恰似音乐通过音符而存在，图画通过线条和色彩而存在。生命中，面临着无穷的可能性，尤其是在青年时期，不同的职业，不同的生活方式，选择令人眼花缭乱。但人生的悲剧性意蕴就在于，获得和舍弃并存，选择了一条道路，也便意味着封闭了其他的道路。对于这点，美国诗人弗罗斯特的《一条未走的路》揭示得十分透彻精辟。一条道路在树林里分成两岔，通往不同的方向，行路人只能选择其中之一。那么，选择哪一条？放弃哪一条？取舍之间，似乎并没有什么必须如此的特别理由。于是作者选择了其中之一,带着很大的随意性。然而这只是第一步选择,因为这条被选择了的道路,不久又接续上了另一条,这个过程还会不断地重复。这样,随着脚步的不断延伸,当初曾经相交相连的两条岔路,相互之间的距离越来越遥远,通往完全不同的区域和风景。人生何尝不是如此?机遇和偶然性,往往决定了一个人一生的面貌。任何一种选择都同时意味着更多的放弃,任何一种实现,也都是以众多其他可能性的夭折作为代价。

"生年不满百,常怀千岁忧。"人生匆促,然而这个短暂的旅程中,仍然充满了大量的挫折,所谓命途多舛。怀疑、焦虑、消沉,丧失生存的意义感,自暴自弃的冲动,等等,种种戕害生命的阴霾,时常会笼罩在灵魂的天空。这是葡萄牙诗人佩索阿的比喻:"我的生命是一条废弃的船／背叛了命运／躺在荒凉的港湾／它为什么不拔锚启航／乘风破浪／去和奇迹联姻?""行动的躯体已经僵死,没有／意志使他复生",这种困惑的极致状态,便是莎士比亚戏剧中丹麦王子面对的命题——"生存还是毁灭?这是一个问题。"

但无疑抗争才是人间正道,经由它才能最终达成和命运的和谐。在里尔克的诗句中,生命的理想姿态应该这样确立:"我是一只鹰／一阵暴风／还是一首伟大的歌。"用凝聚起来的全部生命力,来对抗世界的荒谬感,努力摆脱生存的种种有形和无形的羁绊,让灵魂向着一切美好的东西敞开。就像葡萄牙诗人安特拉德所吟唱的:"急切需要创造快乐／成倍地增加亲吻和收获／急切需要把玫瑰、河流寻觅／还有那美丽的晨曦。"只要这样做了,我们就会拥有和欣赏到那么多珍贵的事物:孩子的笑靥,恋人的絮语,射进丛林深处的一缕阳光,澄澈的溪流中水草轻柔的摇曳……总之,诗是一种内在的光源,其投射之处,晦暗的都会被照亮。一位名叫让尼娜·米托的法国女诗人,更是把诗中所蕴含的力量,提升到天地自然一般的位置:"在飘落的雪花上或累累的硕果上／在灌木的叶芽上或鸟群中／让诗歌展示第五季节的电光。"

由此出发,我始终如一地认为,诗是文学的最高境界。作为一名散文写作者,散文中的诗意一直是我心仪的一个维度、一种尺度。阿索林、希梅内斯、都德、屠格涅夫、帕乌斯托夫斯基、普列什文……他们一连串闪光的作品夯实了我的这个信念。我认为,倘若一名散文家的作品被认为具有某种诗的特质,是一种很高的褒奖。我期待着将来的某一天会得到这样的奖赏。

诗歌不能给我们带来被世俗世界奉为圭臬的东西,如金钱、名声、地位等,却能够在潜移默化中,传授给我们对待、处置这些事物的正确的态度,使我们与它们、与整个世界,建立起一种恰如其分的关系,使我们的生存,得以构建在美的、理性的根基之上,牢固而又充满情趣。什么时候,都不应该忘记伟大的智利诗人聂鲁达的那句话:"吟唱诗歌不会劳而无功。"

# 为什么不读经典？

"所谓名著，就是大家都认为应该读而都没有读的东西。"马克·吐温这句颇具调侃意味的话，道出了经典作品——名著的另一个名字——所面对的尴尬：今天，没有人质疑、否认应该读经典，但真正的践行者却寥寥无几。这种知行不一，透露出的是什么样的信息呢？

我想，至少有以下一些因素，让人们对经典作品敬而远之。

因为经典不打算讨好人，不挖空心思地邀宠，不千方百计地诱惑你去读它。作家在写作时，只是要写出他对生活的所感所思，他自己的欢欣和疼痛，满足自己正常的或者是稀奇古怪的念头。他是写给自己看的，至多是写给他认为可以与之对话的少数人看的，并没有打算将大量的读者变成自己的拥趸，也没有其他的动机。曹雪芹赊账喝粥写《红楼梦》时，并没有想到把它做成畅销书，赚它个钵满盆溢。因此，他们不会时刻想着为读者提供方便，不那么追求顺畅好读，不制造噱头来哄你逗你，不担心你理解不了因而降格以求。既然兴趣不在艺术之外，因此也就有足够的勇气藐视市场法则，这样，它倒是很好地保持了本身的纯粹质地，这有助于它成为经典，虽然往往是在其后很多年的事情，且也只有其中的极少数获此幸运。

这一点，正是经典作品最为根本的特质。它决定了、派生出了经典作品的其他许多特征。对于那些渴望阅读之"轻"、把阅读当作一般性的消费的读者，这些特征往往成了一道屏障，让他对经典产生出隔膜，结果他将无缘分享那些出自人类杰出头脑的感受、智慧和发现。

因为经典总是关注那些具有根本和普遍意义的生存状态，它们构成了生活的最基本的框架，展现了生活背景上最广阔最朴素的底色。生活的画面尽管千姿百态，但都是由那些最基本的元素组合拼接而成。谁会去关心一个荒野里的农民的拓荒经历，不管是北欧的荒野或者是澳洲的荒野？我们的一心瞄准时髦或"前卫"话题、挖空心思梦想一鸣惊人的作家想都不会想。但汉姆生关注了，在《大地的成长》中；怀特关注了，在《人树》（又译《人类之树》）中。这些题材具有巨大的容量，汇聚了生活、生命和人性中最为本质性的成分：劳作和收获，困厄和希望，勤劳和勇气，忠诚和怜悯，等等。它们是劳动的颂歌，更是对生活的本质层次的揭示和表现。

因为经典瞩目的是事物的内部，是对于存在的深层的揭橥，在层层剥茧抽丝般的探寻、追究之后，它触及事物坚硬的内核。即便从某个轰动一时的新闻事件入手，经典作品也总会深入其中，烛照其背后的人性的晦明、生活的沟壑——这一点成为它和平庸作品的本质区别。后者对那些热闹喧哗、充满戏剧性冲突的地方会趋之若鹜，但也仅仅是关心事件的进程而已。在故事之外，它没有耐心、也没有能力去做更深入、广泛的关注和分析，甚至缺乏这种兴致。《安娜·卡列尼娜》取材于旧俄时代彼得堡社交界的一则轶闻，《包法利妇人》来自一桩沸沸扬扬的通奸事件，这类故事都足以吸引眼球，也永远会受到报纸花边新闻栏目的追逐，但在这些地方我们发现不了"人"，发现不了心情和意绪，那些驱动故事萌生和发展的动力。只有托尔斯泰和福楼拜，才凭借他们天才的洞察力，精确地描绘出了一个人的热情和梦想，挣扎和无奈，揭示了人性的丰富和局限，欲望和规范无休无止的纠缠。

因为经典有时会显得呆滞笨重，不曾以轻盈妩媚的姿容愉悦人。为什么会这样？一个人的时间精力的投注，以及相应的资源配置，基本上是一个常数。他太留意那些本质性的东西了，目光常常就疏忽了表层和细节，而后者倒是容易带有一种妖娆轻松的神情。这就仿佛现实生活中，许多真正具有个性的人，常常显得大智若愚，小事情上犯糊涂，会因某种乖戾的举止而被取笑。倒是那些乖巧机敏、八面玲珑的人，虽然在处理具体的人际交接、事务往来时可以滴水不漏，但如果试图从他们身上发现独特的人格和精神性，往往是缘木求鱼。在并不那么具备观赏性的后面，经典体现了一种真正的深刻和独特性的禀赋，可惜却经常被缺乏耐性的读者误读。

因为经典所关怀、所弘扬的，总是具有永恒性的东西，这点使其和当下性的喧嚣隔离开来。不同的时代，社会生活的内容固然千变万化，但那些支撑了人类社会运行的基本价值理念，却被一代代的人们自古传承至今，并没有根本的变化。善良、慈悲、正义、爱和献身……经典作品认可这些，并加以进一步表现。它们因此也朴素无华，就像稻谷一样，人们每天食用，却很少会想到去赞美它。这样，那种试图追逐新奇的阅读倾向——在每个时代这都是一股强势力量——就难以眷顾这类作品。他们会认为经典作品是老生常谈，转而追逐那些看起来带着某种新奇色彩的东西。但新奇本质上是浮泛易逝的、似是而非的，形式常常远远大于内容，并不具有经典作品无限的生长性、丰厚的阐释空间。今天又是一个生产时尚的时代，各种时尚在以加速度涌现，形成高潮，很快又过时，被新一轮时尚替代，仿佛水面的泡影，生灭一瞬间。遗憾的是，由于受鉴赏力的局限，仍然有不少读者醉心于这些表面上的热闹，经典受到冷落，也就难免了。

因为如今市场化的、总是显得过于旺盛的需求，以及技术发展的冲击，也影响到传统上对写作的虔敬之心和对创造出经典作品的强烈意愿。在这个注意力成为稀缺资源的时代，作品的数量而不是质量，变得更为重要。快速是这个时代的美学，市场化的旗帜所至，一切切磋琢磨、精雕细刻，已日渐式微。

网络的普及，博客写作的泛滥，更使得发表的门槛不复存在，最基本的审核程序和资格认证都不再有了。既然许多写作者已经先自放弃了美学追求，指望读者能领略经典作品雷击般的震撼或者春雨般的浸润，也便无从说起。就像尚武时代会形成炫耀膂力的时尚一样，一个时代的作品所呈现的总体面貌，也会培养出相应的阅读趣味。

因为经典是需要充足的时间，从容的心境，来细细咀嚼，慢慢品味的。而现代人匆促的生活节奏，过于丰富乃至泛滥的信息，培植了一种浮光掠影的阅读习惯。当一个人看社会新闻都只看标题的时候，你怎么指望他能够静下心来，欣赏一段风光描绘，揣摩一种心理的细腻变化过程？怎么能够指望他还能够讲求节奏、韵律、布局谋篇的微妙之处，沉浸于纯粹的美的文字中，辨析并享受风格之美？在对所谓效率的追逐中，我们变得匆忙和粗鄙，只能以一种消费的心态，消受那些等而下之的粗糙的读物了。就像传媒学家尼尔·波兹曼在其著作《娱乐至死》中所揭示的，这是一个泛娱乐化的时代，一切文化都心甘情愿地成为娱乐的附庸，且毫无怨言，而深入的思考则在迅速地销声匿迹。

因为……

总之，诸多方面的因素汇合在一起，形成一种阻碍的合力，让我们疏离经典，面对人类精神的优秀创造物却漠然视之。于是，这也就让我们和深刻，和睿智，和经由艰苦求索而获得的精神愉悦等美好而珍贵的收获无缘了。我们可以列举出种种疏远经典的理由，可以努力为自己寻找形形色色的借口，这些解释也似乎完全说得过去，但只要想到我们因此将会损失什么——仅仅这一点，就足以证明这样做是不应当的，是不明智的，是值得采取一切可能的措施加以避免的。

领悟了这一点，我们应该有所行动。

# 第二辑 汇 聚

# 镜子和容貌

爱书人单调的读书生活中，时常会点缀着某些自娱性的节目。这些不足为外人道，但在当事人自己却真能品尝到一丝特异的滋味。譬如，我们有时会看到一位读书人站在自己的书橱前，静静地浏览林林总总的藏书。这倒没什么，触动我们的是此时他的表情中的某样东西。目光在一排排书脊上逡巡往返，仿佛元帅检阅列队待发的兵士，但元帅脸上攒足了威严，爱书人却是如霭霭月光般温情宁静，容易使人联想起挽起沉甸甸的谷穗时的农人。间或他会抽出一本，随意地翻翻，目光的柔和散漫泄露了此刻他对别物是视而不见的。此时的情形，和爱恋得遂后的心旷神怡颇相邻近。

事实上也是这样，爱书人与他喜爱的书之间都曾有过某种精神上的肌肤相亲，因而检寻起来总是难免动情。这或者不易为别人理解，但好在他常常就是我们自己。

书很多，时常又摆放得杂乱，一本书置身其中，便仿佛一片叶子藏于一棵百年老树。但对于爱书人，每片叶子都是独特的、可辨可识的，当他的目光抚摸过的瞬间，便仿佛有一阵轻风掠过，每一片叶子都会发出自己独有的声响、光亮和气息，它们自书的内部向外放射。对于爱书人，它们曾经是或者仍然是一种触摸或叩击，散漫的一瞥或者长久的凝视，轻拂过的和风或是炸裂般的响雷。

这种影响不会没有印迹。在窥探一个人的内心世界时，他的藏书常常有助于我们做出准确的判断。某种意义上可以说，它们无言的站立要胜过冗长的自我表白。一柜注入了主人心血的、历经多年搜集积聚的书籍，不可漫不经意地对待。一本书是一条流向心灵去的小溪，无数条溪流的汇聚便形成一个湖泊，阳光下熠熠发亮。那是情感与智慧之光，诗和哲学构成它们的色谱和波长。它的每一闪烁都是一次对灵府的照亮。它又是一面镜子，在屏息凝神的注视中，它的主人的精神容貌会从深处渐渐浮现，依稀可辨。

谁热切阅读陀思妥耶夫斯基的小说，或勃洛克的诗，他对苦难和拯救的理解肯定会比别人深刻；谁对希梅内斯笔下那头可爱的小银驴喜爱不已，他定然依旧保存着一颗善良多情的心，在日常生活中会设法看护好每一缕笑容，会努力消除每一丝新萌生的敌意；喜欢卢梭、爱默生或梭罗的，常常是对物质泛滥技术至上心存忧惧的人，他们的目光比常人清醒，望见了富裕背后新的贫困，在机器的轰鸣声中他们会怀想草长莺飞、水色天光，那里更适宜生长自然、朴质、健康的人性；喜爱李太白诗、苏东坡词、袁中郎文到了脱口成诵地步的，多半是些任性自适、不肯受羁绊束缚的人物，因为循规蹈矩或者物欲机心过重的人难以进入那种自由奔放的精神。这样看来，人选择书的同时，本身也在为书所侵占——它们的精神、气息、趣味和美学进入他的视野和胸次，浸润他，熏蒸他，最终成为他灵魂心性的一部分。

　　这时，我们便在不知不觉地接近另外一个角色：时间。它深藏不露，平常不易被想到，只是在翻动某本年代已久的书籍时，才偶尔从那已变黄变脆的纸页间瞥见它隐匿的影子。然而它却是不可忽略的。如果说，精神对于精神的呼应、推动、扬弃或者对立需要一定的条件，它就是那条件，仿佛土壤之于种子。一本书在某个时分与主人相遇，进入他的书橱，并被阅读，这些看上去完全偶然的因素背后，其实是精神的一次主动出击。选择离不开尺度，而尺度总是寓于某一段具体的时间。看不到这一点，我们对于书与人关系的认识就不会完整。每本书都或深或浅或显或隐地同一段生命时光发生关联，联系着彼时精神或情感的特定状态，折射出迷茫或者坚信，颓丧或者热狂，对感官的迷醉或者对理性的崇仰。在刚刚踏入青年的门槛时，谁不曾揣着满腔奋斗的激情，一遍遍捧读英雄史诗般的《约翰·克利斯朵夫》？而当步入世路渐行渐远后，恐怕他更易于领会《变形记》中那只由人变来的大甲虫的焦虑、无奈和孤独感。每个人的读书生活都是一连串类似的疏远和亲近。那些在任何时候都不会被弃置一侧的书，往往是缩略储存了对应着整个人生的丰富的意义密码。如《堂吉诃德》，青年人读了觉得好笑，中年人读了陷入沉思，老年人读了却想大哭一场！书与人之间存在着动态的相互对应，它们在时间中呈现并展开。这样看来，检视一个人读过的书，实质上是在阅读一页精神生长的历史。

一个人若拥有数千册的个人藏书，它们所引发的好奇心会是多样的。有些人走进他的书房时，会惊诧于其内容的纷繁驳杂，它们构建出一个无限阔大的精神空间，使试图按学科专业分类的努力变得困难了。尽管如此，我们却了解它们的主人并不是一个随意的购书者。这说明在这本书与那本书之间，不同种类的书之间，一定有着某种内在的逻辑关联，尽管这种联系常常是潜隐的，只有书的主人自己才知晓的。它可以是一种应和，也可以是一种补充或者是一种渐进的导入，或者是一种突兀的激发，甚至还可能表现为拒斥和对立——一种极端意义上的联系方式。每本书都在参与绘制一幅内在统一的精神图式，都是不可或缺的一道线条、一个细节或一处局部。有多少具备自己个性的读书人，就会有多少独特的精神景观，它们可以相似或接近，但绝不会雷同。

西哲有言："人的品格，可从他所读的书判断，犹如可以从他交往的朋友判断出来一样。"这句话或许简略了些，没有能够揭示出精神生活中人及书的互动过程与机制，但无疑它是对的。吟诵起这句格言，我们不由得又一次想起那个古老而贴切的比喻——镜子和容貌。

## 藏书的形成

一个读书人是如何聚集起他的图书的？为什么是这些而不是那些？他和他的藏书间是一种什么样的关系？这个话题或许并不重要，但或早或迟，它会浮现在一个爱书人面前，引发出某种思考。

不少人书柜里的内容丰富驳杂，林林总总，外人乍看上去会感觉眼花缭乱，难以推测其主人的专业，然而这种情形，通常正可以看作其主人值得信赖的标志。因为某种知识、学问必然要仰仗其他学科的支撑、滋养和启迪，它们之间的区分只是表面的、相对的，而联系则是绝对的、无条件的，就像七色光谱，赤橙黄绿青蓝紫，在互相包孕中达到舒缓的递进。不管是任何一个知识领域的跋涉者，只要有一定的、也许应该说是基本的悟性，早晚总会把脚步迈进相邻的领域，让目光渗透进另外一片风景。而且，随着功夫的精进，伸延的幅度会越来越大，也越能抵达对象的纵深地带。这完全是一种正比函数关系。相反，如果谁的藏书整齐划一，可以很方便地归类，我们倒是有理由对其当下和未来生发忧虑。难道他不曾在某个时间感到过局促一隅的支绌和困惑？难道世界的整体性从来就没有对他展现过魅力？这方面的从一而终并不值得褒奖，就像不应该称赞瞽者的目不斜视，聋人的耳根清净。

在以往知识综合的时代，大师们都是一身而数任，像文艺复兴时期的达·芬奇，在著名画家、雕刻家的身份之外，其成就涉及天文、地质、力学、几何学等领域。今天每个学科都被细分为众多分支，这样的念头，单是想一想就觉得奢侈。然而即使如此，不同学科间沟通联结的渠道仍然是存在的。因为它们虽然是存在的本质的不同侧面的映现，反映的却是同一个本体。文史哲揭示了精神文化的血脉与走向，数理化展现了物质的构造腠理与运动形式，这种揭橥是共同的，缺少哪个方面都不完整，因而相互之间难以隔断。即使一些似乎界限分明的学科之间，其实也有不少的勾连。经济学的许多术语、模型让人畏惧，但某些学者以随笔的方式，将诸如机会成本、投资和受益等概念引入对现实人生的选择与筹划上，却能够给我们别具只眼、耳目一新的感受，是读多少作家的哲理散文都得不到的。建筑和音乐，乍看风马牛不相及，但如果一个人熟谙音乐，当能够从建筑物轮廓的起伏、线条的抑扬、色彩的搭配，感知到一种藏身于土木砖石间的韵律和节拍，自然不难理解何以说"建筑是凝固的音乐"了。

所以，书籍间的联系是天然的、天经地义的，因为世界就是如此。不但大师们都深刻洞察了这种广阔联系，并在其作品中予以展现，任何一个人，只要欲在某个特定领域做出成就，他也必须心有旁骛才行。甚至可以说，这不是一个个人意愿的问题，而是一个必然要发生的结果，就像烧开的水会沸腾一样。这时，谁固守自家的狭隘领地，便是在通往真理的路途上自设藩篱。再退一步讲，即使他甘愿做一个旁观者，譬如一个只为愉悦自己的、热爱文学的纯粹读者，但只要他的阅读是严肃认真的、对自己负责的，这种转换也势必会发生。只要不是时髦的追风者，只会跟着媒体上的排行榜选择速朽的读物，总有一天他会将目光投向其他的领域——历史学、哲学、宗教、伦理学、心理学等等。譬如苏东坡，儒道释兼容，诗书画俱佳，古代中国最核心的精神文化蕴含，最主要的文学艺术样式，都深深地烙印在他的生命中。单单是为了理解他的那些千秋华章，就需要到一个多么阔大的领域涵泳一番。又譬如，如果缺乏相应的宗教文化背景，缺乏对福音书中爱即受苦的认同，缺乏对"上帝死了"带给世界的巨雷轰顶般的震撼的深刻感知，要想读懂陀思妥耶夫斯基，理解那种苦苦的追问、反复的辩诘、焦灼的哀痛，实在是一桩过于艰巨的任务。

这便是一个人的藏书会不断自我扩充——从数量到内容——的根由。随着阅读和思索的拓展，不同书籍之间会自然地产生吸引、呼唤，要求彼此间的接纳和浸润——这背后实际上是阅读者心灵的驱使。这个过程十分自然，毫不勉强，仿佛树干生长到一定时候总要生发出枝杈。而画地为牢、自我封闭反而是困难的、不自然的,仿佛硬要撑直随风起伏的树苗。经过一连串的碰撞、交会和融合,最终会形成一个有机的生命体——这里使用"最终"这个词只是为了表达上的方便,因为一个强壮活泼的生命会永远保持敞开和吸纳。这样,藏书的聚集过程便可以借助某种形象、图式来描述。甲通往乙,在稍远处又接续了丙。道路纵横交错,最终交织出一片旷野。河流次第流淌,在远处汇为一片潋滟湖光。

在这样的生命体中,头脑和肢体,神经和细胞,都会获得相应的形式。充任这些角色的书籍,可以姚黄魏紫,千姿百态,因不同阅读主题的追求千差万别,而在在各异。它们之间千变万化的组合搭配,勾画出了不同的精神图像,让人联想到生物学中繁复的纲目谱系。如果就不同爱书人的藏书做一个比较,有些是直系血亲,另一些则是陌路行人。如果这些书籍的拥有者试图有所创造阐发,他们的作品很可能成为各自藏书的投影——当然不是机械的投射,而毋宁说是一种类似化学反应的过程的产物。每一本藏书都会作为这种反应过程的元素而起作用,从而生成不同的物质。世界和生活的丰富性,每个人精神创造的唯一性,在这里也获得令人愉快的印证。

就像常用的一个比喻——一枚硬币的两面——所表示的那样,藏书一旦形成,经由其情形我们大致可以了解拥有者的品位,他的趣味和涵养,喜好和厌恶,知晓他思索、研究所达到的广度和深度。这方面既不容易滥竽充数,同样也难以晦迹韬光。所以某个西方作家写道,聪明人要懂得保密,要小心着不给人看到自己的藏书,因为那样就等于把你的老底亮出来了。笔调诙谐,读后不由莞尔。由此再进一步推想,某些暴发户靠精装华美的书籍装点门面的做法,实在让人不敢苟同。那些烫金或敷银、塑封或皮饰的书籍,因为只是依从流行的或人云亦云的标准而购置,没有经过其心灵的嘘拂,便缺少内在的生命温度。最好的情形,也只是像把天下的美人临时生拉硬拽凑在一起。她们之间原本路人,彼此隔阂,难以形成融融泄泄的亲情氛围。而她们与主人之间,尚且谈不到最基本的了解沟通,更遑论缱绻之乐?

# 纯粹的读者

在精神生活的领域，那些有所创造的著书立说者始终是公众和舆论目光投注的焦点，荣誉的无形花环总是不离其左右。这自然没有什么不合适的。他以自己的劳作使文化之树生长出一片新叶，他有理由享用一份祭品。但这只是一个方面。我们在向作者致敬的同时难免要想到如影随身般的另一些人：读者。一个简单的事实是，一本再好的书，倘若没有读者，又何以存在并发挥其影响力呢？

于是我们的视野中走来了读者。相形之下，这是一个远为庞大和芜杂的群体，正可谓"滔滔者天下皆是也"。我们不能不有所规避遴选。正像堆积如山的书籍中真正有价值的总是少数一样，经过道道筛选，在排除掉趣味恶俗者、追逐时髦者、狭隘功利者一干人等后，我们会发现有一些人无愧于优秀读者的标高。而在这一族类中相当主要的一个支系，以其特征的鲜明，使我们久久地驻留目光。纯粹的读者——我想出这样一个未必恰切的名字称呼他们。在这个纯粹性日益难寻的时代，他们的存在本身就是一种特异的姿态。

不用说，他们都是用了全部身心性命去拥抱书籍，读书便是他们生活中的中心事件。在常人看来，他们的外在生活极度单调枯燥，毫无跌宕起伏，只是逛书店买书、阅读、三五同道相聚谈书等一系列情节的无数次重复，仿佛同一个简单方程式的多次代入，时间或者地点是仅有的分别。然而只有他们自己才清楚，那实在是精神的一场不散的华宴：思想放射出热烈或冷冽的光泽，情感的浓郁或微妙的香味袅袅缭绕。仿佛高脚杯里漾动的液体和一道道精心做成的佳肴，但酿造、烹制它们的是最优秀的心灵和大脑。

每一个这样的读者都受着一种持久不衰的热情的烧灼。点燃它们的是灵魂深处永不餍足的渴求，而精神园林里那么多的优良树木又时时备足了薪柴。在这样的火焰面前，那些媚俗、造作、粗鄙、哗众取宠、小言詹詹，总之，所有异质的东西都会像汉白玉雕像上的污垢一样无处藏遁。因而他们总是与好书同在，为邻为友。这里面有一种互动：正因为他对于书有着信徒般的虔敬，他便也获得了一份赏赐。

如果说前面的粗略勾勒让我们看到了他们作为杰出鉴赏家的眼光，以及其所植根其中的精神的纯粹性，那么他们身上同样体现了这个词的本来意义。这后一点并不重要，却很独特。某个时刻我们会诧异地想到，这些堪称优秀的读者们相当多甚至是大部分人都十分惜吝笔墨，终其一生不着一字者大有人在。与酿蜜的蜂和吐丝的蚕不同，他们好像只是热衷于汲取，而关闭了创造的一极。这里面莫非有着什么玄机吗？

　　这点其实并不难索解。与好书日夕晤对，他们的目光已被磨炼得格外挑剔，不能容忍平庸和哪怕是一点儿瑕疵。镌刻着深刻、独特和完美等字样的标尺不独对外，也被用来测量自己。当内心萌生创造的冲动时，他们最先做的往往是看它是否达到了一定的标高。倘不是有确切的把握，便迟迟不肯迈出步子。这种姿态固然值得嘉许，但也隐含了制约自身发展的危险性。他们忽略了精神有自己的生长史，潜意识里梦想着不需爬越梯阶直接到达祭坛。他们没有足够的耐心，也缺少一些应有的明智去接受粗糙和缺失，不明白一切精良的制作最初都脱胎自这样的毛坯。另外，他们普遍缺乏技术层面的训练。他们热衷于事物的核心和实质，这没有错，但对于创造者，任何一个方面的欠缺都可能是致命的。他们尽管有着独到非凡的识见，但试图诉说时，笔下却常常苍白平庸，毫无光彩。这些在开始时让他们沮丧，到后来就变得疑心重重，最终使许多人裹足不前。

　　好在这种缺憾只是轻微的，能够排遣的，不足以伤害他们对于书的热忱。因为对他们来说，读书便是目的本身，由之而来的快乐欢愉是充分自足的，并不需要外在因素的佐助。他们未能成为精神乐坛上出色的演奏家，却成了一名优秀的聆听者。这同样足以傲人。相对于前者，由于不必受制于从事著述所不可或缺的分工的精密性，也由于无须为着具体的写作操作——多数情形下是一场极其繁重的、既耗时又耗力的苦役——而逼迫自己有所割舍放弃，他们有足够的自由去亲近精神园林中的每一丛葳蕤。他们中的不少人有着几千上万的藏书，但从其内容的纷繁上，却无法得知主人的专业或主攻。这只能说明他们精神漫游的疆域是多么广阔，而他们眼中所见的无边斑斓又一定促使他们向更远处迈出脚步。自语言中采撷而来的那一份幸福感，其真实和丰盈只有他们自己才清楚。从某种意义上，他们是真正的个人主义者，是自恋者，是同自己玩牌玩得津津有味的人。他们的迷恋执着像茨威格小说《看不见的珍藏》中的艺术品收藏家，但不同于后者的是，他们收藏的对象是智慧和美。小说最后，作者引用歌德的一句话"收藏家是幸福的人"来表达自己的感叹。如果稍做改动来称呼这些爱书人，也一定是十分恰切的，那就是——

"爱书人是幸福的人！"

# 阅读让人保持生长

大多数旨在谋生的职业行当，都有一个或长或短的学习期。第一步是入门，从最基本的知识和技艺学起，然后一步步地提高，到了某个时候，就可以出师了。这时人们会说，他有本事了，有自己的饭碗可端了。

读书也容易被人这样理解，特别是将它和"上学"连着说的时候。不论是读大学、中专或者职校，都会学习某一个专业，几年后学成毕业，通常情况下会获得一份与所学专业有关的工作。这个工作给了他稳定的收入、生活的安全感，以及在社会上安身立命的位置，等等。这样，读书的目的达到了，读书本身便似也可以暂告停歇了。在很长的时期内，这曾经是一种普遍的认识。随着时代的飞速发展，尤其是近20年中伴随科技发展而产生的知识爆炸，认为知识应该随时更新，也越来越成为新的共识。

但这样理解读书，包括为了更新知识的阅读，显然是过于功利化了，把它等同于一般的谋生手段了。为了谋求职业的读书，只是读书行为的一部分，也只是读书的目的之一。而且在某种意义上还可以说，它并非是最为重要的部分。

实际上，从本质上来讲，读书最具有魅力的所在，最让人沉醉之处，还是在功利目的之外。是为了开阔眼界，扩充经验；是为了增进知识，获得智慧；是为了陶冶情感，享受情趣——这些，正是纯粹意义上的读书。而所有这些，最终又可以归结为一点——阅读，有助于使阅读者达到人的价值的最大化实现，成为一个有趣味和内涵的人，一个丰富和深刻的人。

阅读可以极大地填补经验的不足。一个人，哪怕生活阅历再丰富，也总是有限的、相对意义上的，对于纷纭复杂的现象世界而言，他所拥有的经验永远只是九牛一毛。这种缺憾，庶几可以经由阅读而获得某种弥补。书籍是一个缩微了的世界，举凡大千世界中存在的、发生过的有意义的一切，不论是有形的物质化、事件化的存在，还是不可见的精神的活动，都会被记录、描述、分析和评判，都会在茫茫书海中的某一本中栖身，所以，13世纪阿拉伯神秘主义学者穆希丁·伊本·阿拉比这样宣称："宇宙就是一本巨大的书。"而当代文学大师博尔赫斯则说："世界作为一本书而存在。"阅读，将我们的经验世界无限地延伸，上下五千年，纵横几万里，都是书籍的触角伸延和窥伺的领地，都在文字的掌控中，它能告诉我们想了解的一切，就看我们的期望有多大。书籍，是我们的脚掌，也是我们的翅膀。阅读可以让我们超越一己的生命只能拘囿于某个时空中的局限，通过想象和代入性的体验，而拥有不止一次的人生。在经验的茂密丛林之后，优秀的书籍还能让读者窥见林梢上晨曦一般的智慧的光亮。那是对于现象世界的深入观照和探测，是建立在经验之上的思索和领悟。大到文明的辉煌与湮没，王朝的强盛与衰败，小到个人命途的坎坷或顺遂，生命感受的丰盈或贫瘠，都有着可以寻绎的深层原因。要破解其间的复杂、玄奥、迂曲和幽微，需要眼光，需要识见，而优秀的书籍可以助我们一臂之力，因为在字里行间流动的，正是一辈辈人的智慧。经由这种接力般的传递，我们时时刻刻都能够面对人类的精神宝库，每当打开一册优秀的书籍时，便仿佛是在掬饮一捧甘洌的智慧泉水。难道不应该产生出由衷的感激之情吗？通过支付阅读的时间，我们使自己的整个生命增值。

比以上这些更为重要的，是阅读对于生命状态的陶冶。不妨用这样的一句话加以概括——阅读能够让人保持生长。

这是因为，仿佛自然界的光电现象一样，自阅读中也会产生出来一道光束，它不但映照了外界，更照亮了内心。这一道光束，当它烛照自身时，便是一道精神的 X 光，探测的是灵魂和情感的状态是否健康、坚韧和飞扬。

生理的健康，需要对身体持之以恒的呵护——健康的饮食，规律的作息，养成锻炼的习惯，等等，如此才能保持肌体的活力，阻挡疾病的侵袭，延缓衰老的降临。同样，要达到精神上的健康、洁净、生机勃勃，也要靠日常的呵护，体现为永远的现在进行时态才行。既然如此，那种功利目的之外的、以精神的喂养哺育为目的的读书，也就不是可有可无的了，而是充分必要的，须臾不可或缺的，是一个人灵魂成长的必要的条件。因为人格的长成，不像一种谋生技能的获取，可以在短时间内获取，可以一劳永逸，一辈子都能够享受红利，而是伴随整个人生的事情。抵达这一目标可以有多种途径，但读书，无疑是其中的一个至为重要的方式。影像特别是网络的出现，对书籍长期以来的至高无上的地位带来了冲击，某种程度上削弱了它的作用，但绝不可能完全替代它。

人类的历史，也正是一部智慧积累的历史，当然也包括生存、生活和生命的智慧。面对社会和人生的种种疾患，古今中外的圣哲们已经开列了许多药方，指出了诸多化解的途径，那都是心血的结晶，是最杰出的灵魂的产物。它们最为常见的存在形态，便是大量的优秀书籍。人生苦短，我们没有必要、更没有可能每一件事都要自己去体验，自己去获得经验抑或教训。我们需要的是做一位"拿来主义者"，既然时光的淘洗和无数人的筛选已经将它们判定为颠扑不破的真理了。

荣获诺贝尔文学奖的美国作家福克纳就说，每隔一段时间，他就要重读一遍《圣经》，从原典中获取力量。他为我们标举了值得仿效的姿态。在物欲喧嚣的今天，我们要时常读陶渊明的诗，读梭罗的《瓦尔登湖》，从大自然的美、从简朴但充满灵性的生活中感受生命的尊严和意义，认识到追逐物质享受的虚妄。当生涯遭逢苦难，我们应该从盲人女孩海伦·凯勒的《如果给我三天光明》中汲取跨越坎坷的勇气，从史铁生的《我与地坛》中获得超越的智慧，明白残疾也是包括肢体齐全者在内的所有人的共同命运，从而获得看待生命的新的视角，并领悟到精神健全的重要。当心灵受到虚荣火焰的炙烤时，读一读古罗马皇帝奥勒留的《沉思录》吧，它会时时提醒我们：地位、荣耀和浮华，都会像台伯河的流水一样，转瞬即逝，唯有德行的力量，可以穿越时空。

而在今天，一个人的心灵版图中，有那么多的角落被蒙上了尘埃，需要经常打扫干净，有那么多的地方显得荒芜，需要栽植上一簇绿色。因此，阅读也就不可能一蹴而就，而是随时相伴的了。要时常读优秀的书，给灵魂添加正面的东西。这是一种你进我退的较量，仿佛拔河一样，己方的劲头增添一分，对方的力量就会减弱一点。随着阅读的深入，心灵的宁静增加一份，物欲的冲动就减弱一份，崇高的念头升高一些，卑琐的念头就会降低一些。相应地，精神健康的指数，也就会逐渐地攀升。

一个阅读者，一旦从这个意义上理解读书，读书这项活动，便不是高雅的点缀，不是自我标榜的方式和手段，而变成生活的一项切实的内容，一件须臾不可停歇的事情，成为生命的不可切割的一部分了。

生命的历程充满了不确定性。我们目睹到不少的变故，曾经的激情少年变得暮气沉沉，曾经的纯洁无瑕变成了玩世不恭，曾经的坚守信仰变成了与世推移，这种巨大的转变令人惊愕。这里面固然会有各种原因，但一定程度上，应该与当事人疏远了甚至舍弃了阅读有关。书籍不复能够成为更新生命、推动成长的力量，不复能够成为对于侵袭生命的负面力量和因素的阻挡。这不能不说是一桩不动声色的悲剧。

我们的祖先早就清楚地认识到了读书的效用。汉代刘向曾经说过："人少而好学，如日初之阳；壮而好学，如日中之光；老而好学，如秉烛之明。"书籍的光亮，可谓映照着人的一生。

明白了这一点，剩下的事情就是及时迈步了。

生命就是不断的生长。一旦停止了，就意味着临近了死亡。

阅读是一生的事业。

# 重读之书

今天，书实在是太多了，印制的便利使得它们像雨后林间空地上的菌类一样迅速地滋生繁衍，但可惜少有肥厚鲜美的上好蘑菇。在这个讲求一次性消费的时代，书也正日益被制作成一盘快餐，给一些心不在焉或行色匆匆的目光浮掠一过，而后永久隔绝，阴阳暌违。谁还记得一个月前读到的书名吗？谁还想起一年前是哪本书曾经红透了半边天吗？

这时候，一本能使人一读再读的书会显得非同寻常。与其说这是书的幸运，还不如说是读书人的幸运。这自然首先要归于书的品格的优卓。这样的书毫无例外地源自最优秀的心灵和大脑，就像鲜美多汁的水果离不开肥沃的土壤一样。它的情感的醇厚和智慧的深邃，经得住最细致长久的咀嚼。凭了这点，它不会像畅销书那样轰动，因为它无意取悦迎合公众炫耀浮泛的流行趣味，但也不会像后者那样速朽，因为真正的深刻和独特便意味着生命。耐久性差不多是它的最大特点，说到这样的书时，适用的计时方式是几十年，上百年，甚或几个世纪。

在汪洋书海中，这样的书永远是少数，然而它们的影响力却大到不可估量。几乎可以这样说,正是这些书构成了基本的文化景观;正因为有它们,书籍及书籍史这些词汇才有了真正的意义。在这些用智慧和心血写就、被时光精选过的书中,有些就成了经典,像《论语》,像《红楼梦》,像莎士比亚的著作……它们已不是值得一读再读,而是需要时时去阅读、吟诵。慢慢地,这种吟诵声就会渗透进后来的时空,又渐渐地化入一代代人的血肉筋骨,成为他们精神气质的一部分。其余的那些,也会成为人们乐于驻足流连的一处处胜景别苑。如果文化的递传是一条河,它们就是河中央最丰沛湍急的水流。

要进入这些书,窥见它们的精深奥妙之处,需要许多的介绍诠释,就像现在通常看到的情形。它们经得住最深刻聪颖的目光的长久凝视。但另一方面,它们又具备惊人的朴素感和亲和力,能获得最普遍的应答与共鸣。像一册《唐诗三百首》中收录的那诸多篇章,联结起了十几个世纪间中国人的心灵空间,仿佛一台情感发生器,发射出生命的欢喜与悲哀,1000年后引发的心灵震颤和当初一样。这类书总是在某个方面登峰造极,使得此前和此后的同类的创作只能成为铺垫、背景或衬托。譬如,在对个人独立性的强调、对俭朴生活的钟情及对自然美的赞颂方面,有什么书比得过陶渊明的田园诗或梭罗的《瓦尔登湖》?它们的思考和表达是那样深邃微妙,以至于试图再增添些什么是件很困难的事。再譬如,还有哪句话在揭示人生的根本性困境上,能够比肩哈姆雷特的那句"生存还是毁灭,这是一个问题"?在这个意义上,它们常常成为源头和中心,围绕它们衍生出若干话题和一系列阐释。

与它们相比,还有一类书或许不那么风光,甚至于有些怪异奇诡,但它们无疑值得谈论。它们以其鲜明的独特性使自己远离大量雷同的面孔,将触角伸向人类经验的若干盲区,大大拓展了认识与表现的疆域。在我时时瞩望的小说天空中,博尔赫斯、纳博科夫和舍伍德·安德森正是三颗这样的星辰。在他们笔下,时间和命运犹如迷宫,人受到畸形情欲的驱使,生活和寓言难分难辨。作为作家,他们提供了一种全新的东西。这是以我相对较熟悉的文学为例,实际这种情形存在于每一个知识领域。

读这样的书,面前有时会浮现出一眼永不枯竭的山泉。它的蕴藏好像是无穷尽的,你以为早已熟悉它的细部了,隔些日子再翻动时,依然有新的启示和灵感源源涌现。这点与一般畅销书的即时性恰恰相反:它们穿越了时间而非被时间遮蔽。即使再过上二十个世纪,也不能想象,我们会不再朗读"床前明月光""春眠不觉晓",会厌倦安徒生的童话,会在陀思妥耶夫斯基的小说前闭上眼睛。它们源自自然和人性中最基本的方面,只要月光、春天、雨水、梦想和苦难存在一天,它们便不会被忘记。作为心智活动的读书之美丽幽雅,几乎完全是因为同这类书发生了关联。我们之所以未被层层堆积的平庸之作乃至印刷垃圾窒息了灵性,没有深陷在流行思想和趣味的泥淖中,很大程度上要归功于它们的照耀和吹拂。英国小说家毛姆的一段话正可看作来自反面的印证,他说:"我绝不让自己被说服去读那些刚出版两三年的畅销书。我常觉得这件事实很叫人吃惊:许多非常受欢迎的书,我没有读它们,对我却没有丝毫损失。"

尽情掬饮一流的精神佳酿来喂养我们的灵魂,让短暂微渺的个体生命在与人类智慧的晤对中获得一份超拔、坚实和持久——做一个这样的读书人是幸福的。那些值得一读再读的好书,那些亲爱的珍宝,给予它们的读者的是一种长久的熏蒸,那种香味会渗透他们的整个生涯。他们会满怀感激地看待这一点。可惜的是,人生苦短,能用来重读好书的时间总是太少。这种缺憾感,已经被一位真正的爱书人——100多年前的乔治·吉辛,在他那本有名的《四季随笔》中抒发过了。读了它们,会使我们的重读之念变得更强烈、更迫切了——

"哎,那些不能有机会再读一遍的书哟!"

## 阅读的季节

在今年这些难得的阴雨连绵的夏日，我用一周时间读完了托尔斯泰的《复活》。掩卷沉思，第一感受，却是为当年未读而感到庆幸。

准确地说，不是未读，而是未能读下去。上次同它面对，大约是大学二年级的时候。记得读到聂赫留朵夫下决心和女囚犯玛丝洛娃结婚，以洗涤自己的罪恶时，就再也打点不起继续阅读的兴致了。大概由于正值绮思连绵的年龄，那时大脑中的感应神经对于与浪漫爱情有关的种种信号最为敏感，最能捕捉，而在这部小说中，这些内容正集中地体现在开头的几十页里。年轻的士官生聂赫留朵夫在姑妈家的乡村别墅度假时，对侍女玛丝洛娃萌发了爱情，那是一种纯洁无邪的精神之爱，羞涩快乐，温情脉脉。3年后，再次回来时，他的灵魂已经受到军队中兽性淫荡风气的腐蚀，对玛丝洛娃起了邪念。尽管在复活节夜晚的晨祷仪式上，目睹美丽善良的玛丝洛娃亲吻祝福一位乞丐，他的精神世界曾一度返回到纯洁无瑕的当年，但最终灵魂中的兽性占了上风，聂赫留朵夫屈服于自己的淫欲，就在接下来的那个夜晚，占有了玛丝洛娃，成为其人生悲剧的始作俑者。那些有关爱情的生动的描写，曾在我记忆中长久地萦绕：两人在花园里丁香花丛旁的追逐嬉戏，第一次亲吻的激动颤抖；复活节之夜，少女玛丝洛娃脸上被对人、对万物的纯洁之爱点燃的红晕，和那双乌黑发亮的眸子。同样铭刻在心的，还有那个罪孽之夜的环境气氛：浓雾弥漫的院子，迷蒙模糊的灯光，远处河面上冰块崩塌、坼裂的声音……当时经常能看到一位西语系女生从宿舍楼下走过，这时每每会联想到小说中的女主人公，可能因为她也长着一双微微斜睨的眼睛，和少女玛丝洛娃一样？如今想来着实荒唐，但在习惯于将自己和身边的他人比附为所读过的书中的某个角色的当时，倒是未觉得有何不妥。

  这些，便是当时我对于这部杰作的几乎全部的印象了，至于其他，对旧俄时代草菅人命的法庭、监狱等国家机器的谴责，对道德纯洁和灵魂净化的思考，所有这些既在篇幅上占了大半、同时又构成这部小说灵魂的内容，当时却隔膜得很，难以进入。文学社会学中有一派说法，认为一部作品的完成，是作者和读者两个环节共同作用的结果。同样的一部作品，因读者感受反应的不同，效果大相迥异。这样来看的话，我当时的阅读趣味，更多的是止步于一种清纯的诗意的情境，从这种幼稚的判断力出发的阅读，自然难以领略一部伟大作品的深刻之处。

相比之下，那时对屠格涅夫的《猎人笔记》却读得十二分地投入，品尝到了无穷的、酣畅淋漓的乐趣。俄罗斯大地的迷人风光，树林、草原、庄园、池塘的四季胜景和晨昏之美，被屠氏一管生花妙笔描摹得生动如画，令我如醉如痴。对于不久前还以把风景描写的名段佳句抄录到本子上为乐事的我，这本书显然是一座巨大无比的宝库，琳琅满目，美不胜收。在我当时的文学观念中，风景描写是衡量作品的一个重要标准。

但时隔20年后的今天，再来读同样的两本书，却发生了明显的感觉位移。读《复活》，当年吸引自己的那些内容，在睽违多年后，依然能够以其深邃的人性描写唤起一缕激动，夹杂了一缕对已然消逝的青春心境遥相祭奠的复杂情绪。而当年难以进入、难以深切体会的部分，也清晰地显露出其丰厚的内涵：一颗真诚的灵魂对于如何建立一种合乎道德的、善的生活的严肃认真的思考。这样，这次重读事实上就成为一种全新的阅读。读《猎人笔记》，也仿佛寻回了一件丢失已久的珍宝，回返了当年和大自然亲密无间的心境，但不再有当年的激动，而代之以一种平静的愉悦，仿佛嚼完甘蔗后，唇齿间一缕淡淡的回甘。

这种变化，首先应该归因于时间。

时间是酵母，是酒曲，是神奇的催化剂，它能变换心情，改写认识，修正观念。既然对同样一件事，不同年龄可能有大相径庭的看法，对同一本书，不同时间产生不同的感想评价，也就不奇怪了。说到底，阅读是和生命大致同步的，被一圈圈生命年轮围在中间的，是作为载体的不同的书籍，和经由它们催生、折射、反映出的阅读主体的不同的生命感悟。

现在明白了为什么叔本华说"有些书不宜读得过早"。除了极少数的天才和弱智这两种极端的智力状态之外，一个人什么年龄适合读什么，大致差不多。书籍是一颗种子，阅读者的灵魂是播撒其间的那一块土地，种子能否发芽，发芽后长势如何，取决于土质、温度、湿度是否合适，而这些指标更多隶属于时间的范畴。你不能要求小学低年级孩子能够理解孔孟、老庄、佛学思想，尽管他可能熟诵里面的某些句子，但与真正领会其意义内涵是两回事。因为后者仿佛开在高处的屋门，需要经历来充当垫脚石，才能够登堂入室。我的女儿今年10岁，前两年喜欢《蜡笔小新》《樱桃小丸子》，现在又缠着我给她买《数码宝贝》和《哈利·波特》系列，我觉得再正常不过，并不拿名著杰作来揠苗助长。所以，在一次老乡聚会上，当一位望子成龙心情迫切的家长说到除了各种外语、奥校课程外，他还为正在读小学三年级的儿子报了少儿哲学班时，我不由得失态地笑出声来。着什么急？等他步入青春的门槛，生和死的困惑开始像地平线上的闪电那样在远处闪现，像虫子一样咬啮他的灵魂时，哲学自然来找他了，挡都挡不住。为了呼应前面叔本华的说法，我还要说，有些书读得过晚，也是一种损失。年过而立，再来读维特和绿蒂的寻死觅活的爱情故事，恐怕很难心跳加快。如果他抛书而他顾,这既非书的过错,也非他的过错,只能怪缘分错失。

不揣浅陋,回顾一番自己的阅读经历,觉得大致也能够佐证此点。更早些不去说了,将大学时的阅读趣味和今天比较一番,就大相径庭。因为所读为中文系,举例也仅限于文学作品。当年,诗歌中最爱卞之琳,"明月装饰了你的窗子,你装饰了别人的梦"。看风景的人儿啊,又被人当作风景来看。落寞轻愁,如淡烟如飘尘一般缥缈,恍若无迹。还有朱湘的《采莲曲》,一度能通篇熟诵,因为印象镂刻得太深。"小船呵轻飘,杨柳呀风里颠摇,荷叶呀翠盖,荷花呀人样娇娆。"一个青春的、轻柔的、青绿色的梦境。唐诗宋词中,也爱读凄凉怅惘的吊古伤怀之作,"江雨霏霏江草齐,六朝如梦鸟空啼","六朝旧事随流水,但寒烟衰草凝绿",等等。其实当时并没有也不能够理解那种砭骨的悲凉,只是因为青春生命中的哀伤淡淡急于寻找一个落脚之处、托身之所,"为赋新词强说愁",而将之误读、使之浪漫化了。不知从什么时候起,肯定是后来许久的事,开始喜欢上了宋诗,欣赏蕴藏其间的那种沉稳扎实的理趣与机锋:"问渠哪得清如水,为有源头活水来","不识庐山真面目,只缘身在此山中",等等。钱锺书先生的那本《宋诗选注》,页边翻得起皱了。

散文中,当年最爱的是抒情散文,徐志摩的《翡冷翠山居闲话》,繁花照眼,幽香拂面,信口唱歌,随兴起舞,真是好文章。今天重读，却只觉得轻佻造作，俗艳不堪，奇怪当年自己怎么会如醉如痴。如今，那一代的散文作家中，由当年的隐身幕后而变为登上前台的，是梁遇春、丰子恺，他们的作品远非徐氏的那样华丽浓艳，却是从心田里流淌而出，具有切实的生命感悟，不由得不打动你。不过要说到今天最令我心仪的，还是蒙田、爱默生等域外大师的随笔文章。既有来自经验和思索的透辟、坚实、强大的理性，同时依然涵养着鲜活的感性、热情，想一想，该怎样状写它们罕见的特质？

读小说，前后也不同，甚至是大异。当年读雨果《悲惨世界》，简直崇拜得目瞪口呆。错综复杂的人物，跌宕起伏的故事，瑰丽奇伟的文笔，天下还能有比这更好的小说吗？谁要说有，我肯定是第一个激烈的抗议者。但现在却迟迟积蓄不起再度翻动的兴致：想起那些无处不在而又无奇不有的戏剧性成分，我就直想退缩。我明白，那种热情已随着能够容纳、激发、呼应它的年龄而告隐退。真实性，已经成为决定我当今的阅读取舍的一个执拗的、先决性的标准。今天吸引我的注意的，是这样的一些名字：卡夫卡的《城堡》，索尔·贝娄的《赫索格》，穆齐尔《没有个性的人》，等等。没有激烈冲突的故事，没有大起大伏的情节，没有所谓的典型人物，没有狂喜和号哭，没有消弭了矛盾冲突的大团圆。目光所及，都是庸常平淡的生活景象，然而其中自有让人感到惊骇的东西：雾一般飘忽而迷离的心绪，无声无息却又无始无终的悲剧性，个人的孤立、渺小和猥琐，面对强大的无物之阵所感受到的压抑和茫然。它们仿佛是从墙缝里透进来的阴冷的风，并不以张扬的方式存在，却能够被确切地感知到。生活的真相，也正是藏身在这样一团暧昧混沌的无形之形中。读短篇，那时喜欢莫泊桑，每篇不长，却有着跌宕起伏、一波三折的故事。还有欧·亨利，那一个个匪夷所思的结尾，真好。现在则喜欢契诃夫、契弗，还有卡佛笔下那些平淡的人生片段，它们比照着身边生活的样子裁剪而成，却又探测和挖掘了某种不凡，使其中的一些隐晦和蕴含得以明朗、显形。那些男女主人公们的故事怎么那么熟悉，同样的遭遇不是也发生在你我身上吗？——永远怀着变动的热望，却永远在既有的秩序里打转；总是向往远方，而远方也总是远方。某种可能的变化的闪光最终还是被习惯的云雾遮掩，被惰性的陷阱吞没。因为惯性的强大力量，因为环境比人强。

　　这种随着年龄而变动、应和着生命内在节拍的阅读兴趣，虽然容易为外人所忽略，但的确是真实存在的，每个有过类似体验的读者，当会颔首认同。我想将此现象称为阅读的季节感。仿佛在一个季节中，视野中总是会有一些发育得更为葳蕤茂盛的植物，在一个人生命的不同阶段，目光也会投向某一类特定的书。

　　前面谈到了不同年龄会喜欢不同内容，其实这种区别也表现为体裁、形式上的偏好。通过一种迂曲的通道，诗歌、散文、小说这些不同的文学形式，分别被赋予在在各异的职责，以表达与之相谐相适的感受、心绪或者思索。年轻时喜欢读诗、小说，因为在这两种文体中，生活以浓缩和放大的面貌出现：最强烈最细腻的情感，最感人最骇人的场景，最丰富的可能性，最纯粹的质地，等等。这当然更能够吸引眼睛总是向天边张望的青年人，因为那里面的一切才像真正意义上的生活，而眼下陷溺其中的生活不过是一种粗糙的摹本罢了——这样的念头毫无疑问是轻狂的，问题是谁在年轻气盛、信奉"生活在别处"的时候不曾受其蛊惑？前行不远，到了另一个阶段，风景便有所不同了。"收拾铅华归少作，屏除丝竹入中年"，终日为生存、责任打拼，事务繁多但缺乏戏剧性，生活忙碌却没有新鲜感，可能读散文更好。这种文体，有着生命体验的全部要素，无论描述感慨，记录感悟，都是直抵内核，切中肯綮，同时又避开了烦琐的细节，褪去了夸张的色彩。这显然为忙碌而务实的人生阶段，提供了一种技术手段上的便利。由此继续迈步，渐行渐远，守候在前方的便是老年了。老年容易让人想到冬季木叶脱尽的树木，外在风貌上已然是删繁就简，内在神魂方面也更邻近得鱼忘筌的境界。我认识的一位耄耋老者就曾经告诉我，因为精力不济，目力衰退，不能看很多的书，但又想读点什么，就找来格言、随感录等来读，读一则，想一会儿，体味其间深湛的况味。这一篇篇少则几十字、多亦不过几百字的短小文字，却实在具有充足的弹性和深广的空间，其中的某一句话，若引申开去，添加人物和事件，可能演绎出一出悲欢离合的人生戏剧，其丰富性足以铺陈出一部长篇小说，因为它本来就是来自对许多次这样的生命历程的归纳总结。我想，这也应该是老年人基本不读小说的原因：经历几十度寒暑春秋，阅尽悲欢离合云诡波谲，早已经直接抵达形而上，还有什么必要再多看一段他人的故事呢？"太阳底下无新事"，所有貌似不同的故事都遵循着相同的人性法则，沿着某一条必然性的轨道前行，或疾或徐。即便一位老人偶或会翻阅叙事性作品，那往往也不是小说，而是历史或纪实。不是为了了解，而是旨在印证。

在不同的生命季节里，阅读的视野会有扩张和收敛的区别。这一点具体体现在读书的数量和范围上。年轻时，生命充溢着扩张感，喜欢泛读博览，从数量中获得快感。那时节，也具备实现这一目标的相应的客观条件：事务少，时间丰富，为什么不让自己纵身一跃，投入书籍之海呢？单单是想到去浩瀚的书海击水，就足以带来良好的自我感觉。同时，年轻时也容易受舆论和时尚支配，对于那些上了排行榜的畅销书，会急切地找来一读。即便别人说不值得读，不信，偏要自己判断。人到中年，则谨慎得多，更愿意参考别人的建议决定取舍，众人都说值得读，再找来看，以免浪费本来就已经捉襟见肘、左支右绌的时间。步入老境，又偏向另一极端，别人说值得看，也轻易不肯跟随，只相信自己的判断，只愿意反复读某几种自己认可的书，因此数量上的急速缩减便是一个自然的结果。用数十年的经验、见识和心力，道道筛选下来的少数书籍，当然更值得信赖。当目光收缩聚拢到很小的范围时，每每意味着打量是细致和深邃的。日前去邻居家，见其年近八旬的老父亲正在读《东坡乐府》，手边还有一本翻开的《稼轩长短句》。邻居讲，这两本书，老人已经交替着读了一个多月了。老人的心境不好揣度，但又不妨揣度。是怀想曾经有过的"把吴钩看了，栏杆拍遍"的当年豪情，还是感慨"老来情味减，对别酒，怯流年"的晚岁心境？或许，某个时辰，萦回胸间的还有对已经故去的老伴的追想，"十年生死两茫茫，不思量，自难忘"。

"年年岁岁花相似，岁岁年年人不同。"星移斗换，境随心变，同样一本书，前后隔了多少年再来读，会有不同的体会。一部《堂吉诃德》，少年看了开怀大笑，中年读来若有所思，老了再来读，却泪流满面。这样的书像一座藏有若干间密室的古堡，开启各个房门的钥匙是不同的年龄数字。一部书倘若具备这样的品性，就不复是那种只在短暂时间内生长的应季作物，而成为一棵贯穿悠长岁月的大树，沐雨栉风，与时间对抗。这往往是那些杰作的共同特性。相应地，对它的阅读也就像一次需要心力和体力支撑的长途跋涉，当然是要跨越具体的、有限的时间界标的。

大多数的好书是具有普遍意义的，是喂养一切人的面包和水。但当一个人有了某种特殊的遭逢，心境思绪因而长久萦系时，他当会情有专属。有一些具有同样的质地的书籍，就会进入他的视野，有的最终将作为其生存境遇的印证之物驻留下来，化为他的精神地形图中的一个点或者一条线。在它们身上，可以凝聚和寄寓他对于生活的理解，他的悔恨和梦想，欢乐和疼痛。袁中郎描述自己读到徐文长诗文时的心情，"（两人）跃起，灯影下，读复叫，叫复读"，字句间雀跃而出的，正是这种深得吾心、一拍即合的知音之慨。他人的著作往往成为自己情感思想的孵化器，成为浇开胸间块垒的一杯酒。从感应、共鸣出发，他走向进一步的阐扬引申，将探索的疆域向更远处延展。谁不幸遭遇疾病的长久惨痛的蹂躏，辗转于生与死的交界，读史铁生的《我与地坛》《务虚笔记》等，必会有沉痛而剀切的感触。他从个体的残疾，憬悟到一切人类其实都在限制之中生活，残疾是生活的本质，从而获得一种超越。一帆风顺志得意满的人，对此恐怕难以理解，某个红得发紫的女影星，就在自传中写道，她乘飞机，从舷窗俯瞰地面，激情满怀地想：天下不管什么事情，只要我想做，就一定做得到！听那口气，简直是那位无所不能的上帝。后来此人已经因涉嫌偷逃税而锒铛入狱，铁窗之内，不知是否还有这样的豪情。每个人都有自己的命运，如果谁的生命能够一直风帆高张，当然值得羡慕。但问题是他迟早总会遭遇颠踬，即使避开了一切挫折磨难，最后还有无所逃避的死亡。倘若始终不曾进入这样的思索层面，难免有一天会无所适从。

不好简单地说什么时候适合阅读什么，因为这方面的情形复杂，变数众多，难以一概而论。任何圈点排列"必读书"之类的举动都是冒险和轻率的，哪怕这样的做法出自大师宿儒之辈。但是另一方面，却可以指出任何时候都不需要读的书，就像美女的标准因人而异，丑女却能够很容易地指认一样。它们不过是一些杂草，暂时寄身田垄，一番摇曳后，即告凋零摇落。远的不必说，近的不急于说，说说过去了一段时间但还留有一星残损的印象的，像上海或者北京的"宝贝"们春宫画般的自我裸露，像小资们孤芳自赏的、螺蛳壳里做道场般的轻吟浅唱，就都是这样的东西。

## 把电影当书看

做某件事情久了,就会形成一种特别的习惯。理发师看人从头看起,修鞋匠看人自下而上。画家眼里,世界无非线条和色彩。在经济学家看来,谈恋爱、养孩子都有一个成本收益问题。所以,既然忝为爱书人,我把看电影比作读书,应该也算是事出有因吧。

准确地说,是看电影的DVD。数码技术的发达,光盘供应的充足,使得一个人可以轻而易举地装备起自己的电影艺术库藏。一台播放机,一沓光盘,能够让你随时踏进一个酣畅的梦境,就像在零碎的时间翻开一册书一样。碟片本身也像一册书。揿动视频按钮,首先跳入眼帘的正片播放、分段选播、字幕设置、音效选择等菜单内容,多像是书前的目录。而那些导演意图、演员介绍、评论音轨等包含在花絮里的丰富内容,又仿佛是书的正文后面的注解。借助于高科技的神力,DVD画面远比当年的录像带、VCD都清晰得多,这令人联想到当今用纸及印制都十分考究的新书。其交互功能的强大,也彻底改变了以往电影线性播放的特点,使得你可以从间断的地方重新续上，或者挑出某一节反复观赏，像不像在书页中夹一片书签？书签就是手中的遥控器。

但我更想说的还是书的内容部分，买椟还珠可并非我的本意。

不同的电影让人想到不同的书籍。数量最多的当然是通俗类读物，警匪、言情、恐怖，像报亭里的报纸杂志，像小报上的连载，时时都在眼前晃着，想不看都不能，不说也罢。那就说说其他的。宫崎骏是一连串东瀛的童话，温馨、纯粹、奇妙。《龙猫》是天才想象力产下的宁馨儿，美好得让人想流泪！神奇的大树，澄澈的月光，天真的女童，充满灵性的动物，画面中藏着自然和人性里最好的东西。相比它的单纯，《阿拉伯的劳伦斯》应该近于一部气势恢宏的史诗了。主人公建立独立统一的阿拉伯国家的梦想，在多年的努力后终于破灭，郁郁而终，令人感慨。《尤利西斯的凝视》让人想到一个地中海的神话。影片中美籍希腊裔导演的巴尔干诸国之旅，是为了寻找几部失传的电影胶片，实际上也是一次心灵的回归之旅。影片中先后出现的三位女性，阿族的旅伴，塞族的寡妇，萨拉热窝电影档案管理人的女儿，都令人想到希腊神话里英雄尤利西斯返乡途中的三位保护女神。在凝视中，他看到巴尔干动乱的历史和现实，流血和死亡从来不曾离开过这块多难的土地。《飞越疯人院》则是一篇出色的寓言，可谓是对当代法国思想家福柯的"疯癫-文明""规训-惩罚"理论的形象解说：当一个人试图反抗某种既定的秩序,每每就会受到以堂皇的理由为借口实施的惩戒,甚至被清除,哪怕这种秩序是多么荒诞。巧妙的讽喻,直指真实存在的困境。到了流亡海外的苏联导演塔尔科夫斯基那里,影像获得了诗篇的特质。《乡愁》,一首自亚平宁半岛遥望俄罗斯大地的诗。凝滞的长镜头,油画般的画面场景效果,浓雾笼罩下的田园,贯穿始终的汩汩水声,疯子在罗马广场的演讲,诗人手持蜡烛穿越水池的仪式,都是一连串密集的象征。塔氏被公誉为"电影诗人",用摄影机延续了蒲宁、纳博科夫、布罗茨基用文字对故国故乡所做的怅惘回望。读他的作品需要心智、感受和足够的耐心。它们像一杯苦涩的茶,只有澄心静虑,才能品出悠长的滋味。

《甘地传》当然是声光版的圣雄传记,严格的写实,讲述一位伟人的生平和一片大陆的命运。《阿甘正传》呢?则是借传记之名行虚拟之实,用超现实的方式讲述现实——20世纪中后期美国的现实,一个人可能具有的生命的现实。《疾走罗拉》体现了后现代文本时空架构的某种特性:时间逆行,镜头不断回返到当初,主人公面临三种可能,三种结局,三种人生的样式。眼下魔幻电影如火如荼,《指环王》《哈利·波特》系列连创票房纪录,但那种冲击力更多是拜技术和形式所赐,说到真正的魔幻精神,则非《黑暗中的舞者》莫属。对令人窒息的苦难命运的恐惧和逃避,获得拯救的期盼,经由另类的歌舞组合,表达得激情澎湃,直把人看得热血沸腾。《罗塞塔》却像是一部秉承"零度写作"原则的纪实文学，冷静客观，不掺带拍摄者个人的主观感情。摄影机同步跟进，晃动的镜头，快速的拼接，把主人公——一位18岁女孩急促的步履和沉重的呼吸，径直送到你的眼前、耳畔，传递出底层人生苦涩的原味。阿莫尔多瓦的西班牙风情，则是另一个极端，赋予影片最充分的戏剧性，让人想到曾经一度流行的跨文体写作。广告、拉丁音乐和舞蹈、嵌入的电影片段，同性恋、变性人、软色情，离奇的情节，难以置信的巧合，共同编织了一出出爱与死亡的激情故事，炽烈如同那些大红大黄的色彩。围绕着《鲜活的肉体》，上演了多少《捆着我绑着我》式的悲喜剧，打造出了多少《神经濒于崩溃的女人》。

博尔赫斯在《虚构集》中如此评价自己，他已经不再相信自由意志，而是喜欢重复卡莱尔的这句有气魄的话："世界历史是我们被迫阅读和不断撰写的文章，在那篇文章里面我们自己也在被人描写着。"电影在世界之内，自然也是书的一部分——一页、一段或者一行。童年、青年、中年、老年，童话、诗歌、小说、散文，不同体裁的书被用作喻体，比况生命的不同阶段，对此我们已经耳熟能详。电影是用镜头的篇页连缀拼接的人生之书，时间是其中的第一主角，所以塔尔科夫斯基用"雕刻时光"来表达自己的电影艺术观。两个小时里，说尽平生；一页之掀，倏忽数年。《阳光灿烂的日子》《牯岭街少年杀人事件》《教室别恋》，是关于少年关于成长的回忆录，至少也是片段。青涩的时光，忧伤的青春，挟带着暴力和性的觉醒的爱情。成长的标志是创痛，经由一次次的心灵结痂而实现，同时以交付出梦想和激情作为代价。章回小说喜欢说"且听下回分解"，电影里的下回，便是魔法的一次次施展：刚刚红颜照眼，转瞬韶华不再，谁能阻拦？王家卫执导的《花样年华》中，张曼玉饰演的女主角风情万种，却在淅沥的雨声中，在确凿的背叛和模糊的期待中，渐渐老去，不得不老去，真是此情何堪，夫复何言！同为香港导演的许鞍华，先后有《女人四十》《男人四十》问世，生命中场的诸般滋味中，最浓一味是苦涩。40岁的感慨哪儿都有，跨越文化宗教种族国度，大陆这边是《一声叹息》，大洋那边是《美国丽人》。再向前走一程，《关于施密特》正在不远处等着。老了，退休了，等着有地方接纳他去发挥余热，等着女儿有耐心接受他的关心，却都等不到，只好给一个偶然认识的非洲男孩写信，借以排遣内心无穷的寂寥和不堪忍受的生存之"轻"。不妨将这样一份惶惑尴尬，和西塞罗《论老年》的长篇论述比照着看，才好说拼接完整了一幅老龄的全息图像。看这样一些电影，谁说不是在回望和前瞻自己的足迹？酒杯举起时，浇泼的不正是自己胸中郁积的块垒？

　　大道多歧，具体的、个人的命运又何尝不是如此。人生道路毕竟万千条，许多从无交会的可能，因此不妨看一看别人的生活，别处的风景，以扩大自己的经验世界。仿笛卡尔"我思故我在",不妨说"我观故我知"。最方便因而最常用的方式,是把不同题材的影片当作窗口,透过它来张望或是窥伺那一片片经常是殊异的风景。这就好像谁想了解某个领域的情况,通常会到图书馆中,通过分类卡片查询检索。但说《七宗罪》是惊悚小说,《野战排》《全金属外壳》是战争小说,《地铁》《猜火车》《发条橙》是犯罪和沉沦小说,显然是同义重复,说了等于没说,需要更进一步的解读,找出深藏在故事皱褶、情节肌理中的人性的歌哭——而这只有通过读书般的投入、沉浸、吟味才能得到,而不能听任影像画面在眼前一掠而过,毫无用心。因此,说看电影仿佛读书,毕竟不仅仅是在修辞学的意义上。

　　用这样的方式来观看,你就会发现可归入监狱题材的影片《肖申克的救赎》,实在是一部最好的励志读物。非人的铁窗生涯,将多少人的意气梦想消磨殆尽,变得浑浑噩噩,但蒙冤入狱的主人公,面对把牢底坐穿的无望,却从不自暴自弃。数年中,他每周都坚持向有关社会机构发出一沓求助信,不屈不挠,终于得到了大量的捐助,将原来简陋的图书馆扩充得有模有样;还辅导不识字的狱友学习文化,并通过考试取得了资格证书。他的每一天都过得充满意义,富有尊严。最为震撼人心的一幕,是他在面对狱方的残酷黑暗而彻底绝望后,通过凭借信念、毅力和缜密在 20 年间偷偷挖掘的一条秘密通道,逃出监狱,逃向自由。影片告诉观众,一个人在绝境中可以怎样做。其内在精神,让人联想到德国心理学家弗兰克的《活出意义来》,一部源自亲身体验的人本主义心理学名著。"二战"期间,弗兰克曾被关押在奥斯威辛集中营,他观察到,即使在这样恐怖的地方,毒气室和焚尸炉随时可能攫取人的生命,人的外在的行动自由被剥夺殆尽,但仍然具有内在的精神自由,那就是可以选择以尊严的态度,面对和承受苦难。这也正是海明威小说《老人与海》中表达的主题:一个人,你可以把他打败,却无法把他打倒。战场就在人的内心,敌人就是怯懦、放弃、屈服,以及一切自我挫败的念头。

有些书在所呈现的面貌之后,有更丰厚的意味,就像塞万提斯的《堂吉诃德》,游侠小说外表之下遮掩不了其发掘人性的努力。同样,一些电影在类别的标签下,也有更开阔的解读空间。如果不悉心品读,就会把丰富的对象单薄化了。斯皮尔伯格拍摄于20年前的《外星人E.T.》,仅仅是关于外星人的科幻电影?小男孩和被遗弃在地球上的外星人纯真的友情,一页美丽的童心和人性,令人对高科技的前景充满信心。但到了后来,在库布里克的《2001太空漫游》中,技术的阴影已经被充分地渲染了。希区柯克的《群鸟》,结尾群鸟袭击人,在恐怖惊悚的画面后面,有另外的一些什么,是不可测知的灾难,还是危机四伏的生存?令人悬想不尽。

就个人趣味而言,相对黄钟大吕般的宏大作品,我尤其喜欢那些具有隽永的风味,令人想到一篇散文、一首诗歌的影片。好有一比：烈酒不适宜频频把盏，但清茶却可以时时啜饮。这类影片故事情节不多也不曲折，省出的空间留给了心绪的酝酿，氛围的布设。温馨是它们的基调，扣摸灵魂最柔软的部位。像陈英雄的《青木瓜飘香》，就是一位侨居巴黎的游子对于记忆中故国的深情回眸。20世纪50年代初的越南，战争前宁静的河内，一个温暖的亚热带的梦境。溶溶月，霭霭风。虫鸣唧唧，琴声泠泠。澄澈的眸子，润泽的肌肤，清晨微明中的凉爽，黄昏晕染弥漫的灯光，剖开木瓜，排列整齐的种子像晶莹剔透的珍珠。像席慕蓉还是林海音？林海音《城南旧事》的结尾，在老北京南城胡同长大的小英子，跟着父母去了海峡对面的岛上。在知了声声鸣着夏天的漫长暑假里，她会不会也像五年级男孩子冬冬一样，到长着遮天蔽日的老榕树的乡下度假？到底同宗同祖，《冬冬的假期》，还有《童年往事》，在台湾导演侯孝贤的笔端，流淌出一样的清新情韵——摄影机也是导演手里的笔，在各人手中会写下不同风格的文章。这样的作品，应该类似唐诗中的绝句吧？唐诗香清益远，不唯氤氲中土，还播及四邻；袅袅余音，不但飘荡在往日农业社会湛蓝的天空，即使在今天的通都大邑的高楼深巷之间，也随时能够捡拾到它溅落的串串韵脚。韩国的《八月照相馆》，一对青年男女欲说还休的爱情，有关生命和死亡的不朽主题。惆怅隐忍，平静从容，现代化的都市生活，古典东方的美学韵味。不过倒也不必过分强调文化的区别，灵魂有着相同的构造，关键要看拨动心弦的是一只什么样的手。看侯麦的"四季的故事",法兰西的精致、细腻与妩媚是他的,画面的光和影是毕沙罗和西斯莱的,音乐是克莱斯勒的,如醉如痴是我的。

多数电影自书改编而来,书是电影的生身之母。然而这个家族最不讲究长幼排序先来后到,常常是备尝劬劳的母亲默默无闻,等到儿子大红大紫衣锦还乡,人们才想起他也是父母生养的。所以小说先要登上屏幕才能更好地登上书架,所以那么多小说家争着给张艺谋打工。这是声光时代的游戏规则,你可以不服气,但奈何不得。看电影仿佛是读小说的缩写本,与一两个小时的时间相匹配的空间中,勉强放进去了故事梗概,却不容易容下心绪幽微、情感烟云、字词风采,而后面种种,却正是构成作品魅力的关键因素,就好比美人之为美人,除了身高、体重、三围等"硬指标"外,更多的还是要凭借憨笑丰肌,顾盼生姿,嘘气若兰。托尔斯泰《战争与和平》里,安德烈公爵在奥斯特里茨战役中身负重伤躺在地上,仰望无垠的蓝天,对于生和死、短暂和永恒,生发出大段感悟,电影画面却对此无能为力。纳博科夫的畸恋小说《洛丽塔》历经挫折搬上了银幕,却未获预想中的成功。除了触犯了当时电影不得表现乱伦主题的禁忌,我想更深层原因,还在于它是一种冒险的转换。纳氏之成名,除了题材独特,其独步天下的文字魔力,筑成了另外的半壁江山。那些自嘲、反讽、双关语等等,联袂而来翩然而去,触摸探勘的,正是人性纵深处最幽暗暧昧的部分,对此电影语言如何表达和再现？而舍弃了这些，尽管演员演技不错，到底只能止步于一个畸情故事，就好比飞燕不复擅舞，虞姬不复能歌，虽然姿色依旧，还能说是本来的她吗？

  我自然也明白，指望如花少女兼有耄耋老者的识见，要求攀岩高手同时又是游泳健将，既不讲道理，又没有可能。电影之所以能够那么久地雄踞艺术前台，那么无远弗届、老少咸宜，公正地讲，倒也自有自己的利器高招。一些东西隐匿之处，另外一些东西凸显。画面、音响给人生动逼真的现场感，更让人能够随时进入和沉浸，所以好莱坞被称为"梦工厂"，也是名副其实或者说实至名归。这样一想，就应该能够比较释然了。至于文字转化为画面而造成的语言魅力的耗损流失，就权当是读了唐诗宋词的白话今译吧。归总了看，能否说不赔不赚？说不好，不好说，因此，不说好。就个人而言，我认为使遗憾最小化的方式，是既读书又看电影，吃着碗里的看着锅里的，鱼与熊掌都争取得到，尽量求得对审美资源的充分发掘，获得最大化的审美体验。个人的体会，恐怕只对个人才适合吧。

  有多少关于读书的书？我无法回答，料想别人也一样。哪一部是最好的关于电影的电影？我想大家推荐的会差不多。文章最后，当然不能不谈一谈朱塞佩·托纳多雷的《天堂电影院》，电影爱好者的《圣经》——谁最先想到这个比喻的？应该以电影的名义奖赏他。它被称为电影中的电影，仿佛博尔赫斯被称为作家中的作家,《圣经》被称为书中之书一样。故事背景是 20 世纪 50 年代初,意大利西西里岛上的小镇,那里人人热爱电影,放映机的光束投射进每一颗灵魂,少年在电影中梦想憧憬,成人在电影中悲欣交集。那些为电影而陶醉的场面,那个泪花闪闪、把每句台词一字不漏地背诵到底的观众,那段被银幕上下的光和影浸润的、刻骨铭心的爱情,都在讲述着关于美、关于爱、关于生活的种种。那是电影的黄金时代,走进电影院,就是走进了天堂的一角。这种情境我们也曾经十分熟悉,20 世纪 70 年代,我们的少年时光,有多少个夜晚,是在故乡小城设施简陋的影院,甚至是在村镇的露天放映场上度过的,成为那些贫穷单调的日子里的一缕温馨记忆。这些美好记忆,足以让我们重新捡拾回对于电影的信仰。把电影进行到底!在镜头变换、光影明灭中,安放我们的梦想,检视我们的人生,直到剧终。

# 与书有关

## 聚书家

　　这个称号,作为标志一种身份的名词而被我收藏进自己的语汇库,该是在读了一位朋友的一篇夫子自道式的文章后。

　　朋友藏书数万,文章写得风趣谐谑。照他的说法,藏书家这个名称,往往与特定的版本校勘之学相关,透出一股贵族气,恰似当今十分热门的种种资格认证,需要学历、测试等来予以证明才行,门槛很高。至于爱书人的名号,倒是无须太多附加条件,谁都可以如此自称,不必谦逊揖让,但又失之于过于主观和宽泛,缺少外在的衡量标准,仿佛20世纪80年代的青年,在征婚广告上总要自称"爱好文学"。他讲自己购书藏书一向秉持泛爱主义,于好书"有爱无类",因此不会被讲究术业有专攻的藏书家们引为同侪;但自封的爱书人又太多,滔滔者天下皆是也,其中颇有一些在他眼里显得可疑,既不敢更不甘把自己归入此类,担心早晚可能招致羞辱。权衡之下,他想到用"聚书家"这个词语来自称:由爱书而积书、聚书,乐此不疲,这个词因其行动色彩而具备了一种生动饱满的质感。如果说爱书标明一种情感状态,那么聚书,便是把情感外化为行动,是经由孜孜不倦的搜寻积聚和堪称丰富的拥有,确凿无疑地证实自己的身份。另外,虽然友人文章中没有谈及,但在聚书的漫漫路途上,他难免会对某一处风景有所偏好,多看几眼,这样便埋设下了与藏书家对话的可能性。再进一步,倘若哪一天,由博返约,滥情变为专宠,也许就有人愿意用藏书家来称呼他——聚书家云云,实在蕴含了十分开阔的契机,仿佛一处伸向不同方向的岔道口。

借用加缪的一种表达方式,我们可以说:聚书家是荒诞的人。至少他是一个漠视常识的人。他知道,穷其一生,他也不可能把这些书看完了,或者援引一个朋友的说法,现有的书已经足以使他看瞎几双眼睛了。那么他为什么仍然乐此不疲?为什么满坑满谷犹嫌不足,还要添加添加再添加?最有效的解释也许要到心理学中去找寻,那种作为驱动力的意愿,在情感谱系中,该是与偏执颇为邻近。有一点是肯定的:至少在他沉浸于这种行为的时候,他变成了天真的儿童,死亡、衰老都离他很遥远。他是在挑战局限。在酣畅的迷醉中,不知春秋代序,老之将至。一份报酬也便相伴而来:由于他忘却了时间,时间的损伤也便疏忽了他。看看历史上那么多长寿的藏书家吧。

一个货真价实的聚书家,骨子里一定具有占有狂的某些基因。当他的目光掠过那一架架、一排排永远不会去翻阅的书时，心情该和皇帝检阅后宫中千百妃子时一般无二：虽然绝大多数他都不会宠幸，但想到他有这个权利，只要愿意便能够随时行使，就够了。因此，他又是一个典型的意淫者。

## 到一个地方买一册书

这曾经是我延续了十几年之久的习惯。

记忆中有据可查的最早的一本，是大学一年级暑假，漫长的假期，在家闷得发慌，便独自骑车到几十里外的桑园镇闲逛，那是有"杂技之乡"之称的吴桥县城所在地，在县城的新华书店，我发现了一册爱情短诗选集《恋歌》。那个年龄，选择这样的书，也是再自然不过。交钱时，那个胖胖的中年女售货员提醒了两次：看好了，这可是诗。是不是她认为诗是不值得买的？开学了，我把这本书带到学校，在传阅的过程中，不知被哪位同学据为己有，总之是没有归还。那个年龄，单单这样的书名就能让人入梦。只记得书是淡蓝色的封面，上面绘着象征爱情的心形。一颗还是两颗？是否还有一支箭头从中间穿过？

大学三年级暑假前，去湖南邵阳实习一个月，在当地购到黄裳的《金陵五记》。说来也奇怪，文字间那舒缓低回的语调，吊古伤逝的怅惘，按说是属于历经沧桑的人生的，却让我流连不已，也许缘于"为赋新词强说愁"的少年情怀？当地弯曲逼仄的石板小巷，古旧乃至破败的前朝建筑，被岁月风雨侵蚀得阴暗潮湿的民居，都在印证我从这本书中感受到的情绪，虽然一个是名震八方的六朝古都，一个不过是普通的湘南小城。因为这册小开本的书，这位作家被我归入心仪者之列。也是凑巧，结束实习回京，在武汉稍停，在长江旁的一家书店，购到他的另一本书《过去的踪迹》。当时正逢长江洪峰经过，在大桥上俯瞰，但见江流汹涌，浊浪排空，惊心动魄。

参加工作后，有了出差的机会，通过这种方式得到的书也随之大量增加。我这里只列举几种最初两三年间的收获。李霁野翻译的乔治·吉辛的《四季随笔》，陕西人民出版社出版，印数只有1000多册，我是在1986年从贵阳黔灵路新华书店买到的。1987年夏天，在西安小寨附近，我买到了一册《蒙田随笔选》，那应该是20世纪80年代后国内的第一个译本，很薄，如果仅仅读过这一本书，恐怕难以想象作者曾经构建了一个十分浩瀚博大的智慧世界。还有黑塞的《纳尔齐斯与歌尔德蒙》，购于上海淮海路的一家旧书店。扉页上还写了几个字：寒雨，落叶。那是1987年的深秋时节。今天看到这几个字，我依然仿佛嗅到阴雨天中梧桐树散发的气息。

这样做，当然首先因为书是好书，但除此外也另有一种意味：纪念一段经历，见证一道履痕，存放记忆的片段。因此，有几本平时情形下买与不买两可的书，在旅途中也被我收入行囊。扉页上简短的有关购书时间、地点、天气等的记载,是通往记忆之域的一条小径,联结起消逝了的时日,显影曾经有过的心境。这样,我收藏这些书,约略也是收藏起了某一段时光,哪怕它是多么短暂和清浅。

从什么时候起,这个习惯于不知不觉中放弃了、遗失了?到一个新的地方,已经不复有寻访当地书店的念头,即便擦身而过,也难得再次体验当年雀跃喜乐的情绪。家中早已书满为患,不忍再蚕食日益逼仄的空间。现有藏书读过的最多不过十之一二,没必要再扩展书家族中旷夫怨女的队列了。况且"太阳底下无新事",书也是如此,守住少量的佳构杰作也就够了——这些都是我为自己的"不作为"寻找的借口。但在内心深处,我知道,最为关键的,其实还是热情的衰退。这个行为本身是与迷恋、陶醉等飞扬的精神状态密切相关的,是诗性的,是生命活力的千姿百态的外在表现形式中的一种。它们正在随着年龄的增长,渐渐地,然而又是不可挽补地减弱。这种念头让我惶悚。

## 看这个人

看呢,这个人,他又在他的书柜前踟蹰呢。

抽出一册书,翻翻,放了回去。再抽出另一本,浏览一番,再放回。如是者再三,可以耗去一两个钟头时间,甚至更长。

从书被摆放在书柜里的位置看,这些被他抽取的书,相互之间或许比邻而居,但也可以相隔遥远。这种挑选是否依循着某一条路径,听从着某一个指令?本人当然会了然于心,但作为外人,我们却只能猜测。有一些比较容易解译。看他抽出一册某作家的小说,然后又是该作家的一册随笔,或者一本文论,以及有关此人的传记,自然而合理的解释是,这个作家成了他探测研究的对象,此刻他是在进行对照、比较、印证,试图经由迂曲的甬道进入幽深的内宅。

但在许多情况下,联系并非这般醒豁,而只是呈现为某些端倪,需要我们以同情心和想象力作为丝线,于大片空白中去勾连和缀接。比如刚刚见他翻阅一册陀思妥耶夫斯基的小说,为什么转身又抽出一册蒙克的画册?联结起这两册书的那条内在的通道,是否正是北欧冬天阴郁晦暗的天色所唤起的情绪,以及分别由文字和色彩表达出来的梦魇、苦难、挣扎和绝望?当几个世纪前法国哲人拉罗什福科的《道德箴言录》和当今美国幽默作家比尔斯的《魔鬼辞典》,被他次第浏览,是否正可表明他希望拥有一种冷峻的智慧和姿态,来把握和观照世态人情?

当然,还有一种情况,本人似乎也说不清楚。它更像是一次偶然的、随机的选择,在因果链条之外,具有强烈的不确定性,使得有关的解释也具有了更大的自由度和伸缩性。吉辛在《四季随笔》中曾经写道:"有时,我突然不知为什么想着要去读一本书，或者由于某种极为琐细的启示而想读某一本书。昨天黄昏时散步，走到一个旧农舍前，门口停着部车，这是我们医生用的两轮单马车。走过后我又回头看：烟囱那边的天空，有淡色的晚霞，楼上一扇窗户闪着光。我自言自语地说道：'《特利斯特兰·项狄》。'立即又匆忙赶回家，埋头于一本20年之久不曾打开的书本中。"某种神秘的气息氤氲其中。我想说，在书柜前的这种随意抽阅，每每也会出现类似的情形，仿佛不受自身意识的支配，一个人把手伸向某一册书。

  但是且慢。真的是毫无来由吗？仅仅是受到随意性的支配吗？果然存在着与意识毫无干系的自主动作吗？下这样的结论还宜审慎。对吉辛的尊敬，并不妨碍我们去留心他的注意力未曾顾及的地方，在他的睿智的沉思之外添加一些散笔余墨。不曾读过吉辛提到的那部小说，猜想一定是作者眼前此刻的场景，和那部书中的某个情境正相吻合，唤醒了他沉睡的记忆，就像相同的频率引发了共振。既然这样，就不能说是空穴来风，哪怕飘忽仿佛游丝。

  回到此刻，书柜前的巡视者，他的手何以会伸向某一册书？为什么是此而不是彼？最有说服力的解释，是因为他感受到了一种精神气息的吸引，如同铁屑簇拥着赶赴磁铁的一端。乍看起来，仿佛意义是缺席的，但它很可能藏身在一个更隐秘的层面上。当他目光驻留在一册法布尔的《昆虫记》上时，极有可能是童年田园生活的动人场景，此时在脑海的某处皱褶中瞬间闪现了一下，长久以来它们都被都市钢筋水泥的天空地面严严实实地遮蔽。同样的，当他翻阅一本藏地或新疆的游记，我们不妨推测，也许是他正在期待一次这样的旅行，盼望获得新的体验，借以稀释目前平静却单调的生活带来的倦怠麻木，满足内心深处某种"生活在别处"的情感祈求。混沌学中有个著名的"蝴蝶效应"理论，一只蝴蝶在东海岸轻轻扇动几下翅膀，却在西海岸引发了一场突如其来的风暴——万物之间的联系绵密而深微。既然如此，某一种心情通过某一本书获得印证和呼应，衍生或纾解，相比之下应该具有更多的确定性。

于是，在人与书之间，一只伸出的手臂便成了连接彼此的桥梁。

## 失而复得

谈论这个话题的前提是，这是一册你喜欢的书，但一度丢失。

丢失的原因多种多样，重新获得的感受却是一般无二。走失数日的孩子终于找到了？负气出走的情人回心转意重新投怀入抱？这些比喻只能约略表达那种情绪。它带来的喜悦，完全不同于新添一本中意的书。在可触可摸的物质形态之外，一本失而复得的书还添加进了别的东西：像水一样流淌而过的时间，寻找和期盼的心情，等等。在它丢失的那段或长或短的时间里，这些成分渗透进了这本书，从而使它变得不同。它仿佛瓷器上的光亮，树林里的鸟声，使事物生动。

　　一册曾经失踪的书终于又回来了，回到你的案头，你的手上。破损的封面是由于多次被目光浸泡，起皱的边角来自手指的反复摩挲，松垮的书脊呢，是曾经承受过多少次掀开合上的翻阅——这些都让你内心涌出一阵亲情般的感觉，仿佛在一对情意深笃的夫妻眼里，对方脸上的皱纹都令人爱怜，因为它们见证了共同生活的年轮。随意读几段吧，那些熟悉的句子曾经被含在嘴里反复品咂，此刻那种滋味又一次从字里行间漫溢出来，飘散开来，联结了过去的记忆。

　　这样的书，因为曾经渗入了你生命的气息，它在你心目中的分量，自然不是一本新书能够相比的。在这种情形下，人与书之间，某种关系的调整也在悄悄发生。它作为阅读对象的功用性常常淡化，而更多地成为一段供飞翔的精神落脚歇息的枝杈，一处让灵魂栖居安顿自己的空间，一位隔一段时间就想去拜访一次的老朋友——倒不是为某件具体的事情，只是想看到他的脸，拉几句简单的家常，便会感到慰藉。这样的书又仿佛博物馆中的文物——一只银碗，一副铜箸，其作为餐具的实用功能已经让位于审美观照，参观者端详着它们，思绪盘旋飞翔，想象悠长岁月中无尽的秘密。

　　当然，失而复得的说法是打了折扣的。严格意义上的完璧归赵，属于小概率事件，极其罕见，大多数情形下，回来的不会是原来的那本，而只是相同的版本，几千几万册批量印刷品中的一册，一件替代品。但这已足够了。人的移情本领与生俱来，会自造出幻象来愉悦自己。生活中不乏这样的事情：一些痴情男女，有过失败的然而是刻骨铭心的初恋，再次择偶时，仍要选择与最初恋人形貌相似的人。联想及此，就知道替代之物不可忽略的功用了。

当然，这些滋味，这些感受，对局外人来说都是隔膜的，不足道的，甚至是不存在的。你努力地给他讲，仍然仿佛对牛弹琴。这是一种最为私密化的约定，几乎无迹可寻，然而其真实性毋庸置疑。它们是一道无形的光亮，只被热切张望的人看到。

对于我来说，它们曾经是这样的一些书：李广田《银狐集》，孙犁的《风云初记》，王蒙的《淡灰色的眼珠》，舍伍德·安德森的《小城畸人》，曼斯菲尔德的短篇小说，阿索林的随笔《卡斯蒂利亚的花园》，等等。

# 第三辑 宛 转

# 回到先秦

匆促倏忽又一年。年初订计划,岁暮做盘点,看收获几多,阙失何在。

忝入操持文字者列,读书是职业行为、分内工作,也是个人爱好。因此一如既往,今年依然是完成任务和兴之所至相结合。今年时间较多余裕,相应地心境也更为从容,因而可以稍做筹划。年初我即为自己设定目标,暂且放下一向作为主要阅读内容的文学,多读一些传统文化书籍。这既是应和当下弘扬优秀文化传统的倡导,也是为了更加清晰地了解自己作为族群一分子的精神构造和血脉由来。

在这个理念的引导下,今年的阅读便有一个明确的指向:回到先秦。正如长江、黄河、珠江都发源于青海玉树,诞生于那个年代的经典,也是中国精神的"三江源"。因此,读物的遴选,基本上都是围绕被称作"经"的那些书籍而展开。

儒学自然无法避开,它是中国传统的主河道。《论语》曾经读过多遍,今年没有列入功课,倒是一册60多年前李长之所撰《孔子的故事》,描绘传主血肉丰满,阐发思想鲜明清晰,消遣般地读过，也权当是一次愉悦的温习。它被列入"大家小书"书系，当是由于其充分体现了"大手笔写小文章"的雅俗共赏的特色。着力较多的是孟子，以往未能读完全部，不足以深切理解其何以居于"亚圣"之尊。他继承了儒家道统，将之发扬光大，但其思想中鲜明强烈的人民性，却始终被后世统治者有意地淡化甚至遮蔽。"民为贵，社稷次之，君为轻"，这样的话君主肯定不爱听，难怪他被供奉于孔庙中的牌位，明初差一点被杀戮成性的朱元璋逐出。

春秋时期，王室衰微，诸侯争霸，这便是《左传》故事展开的舞台。最早读到它还是刚进大学时，古汉语课上读到《郑伯克段于鄢》，郑庄公与母亲武姜挖地道见面，感觉十分怪异，实际上是那时对于人性的沟壑尚难以洞悉。有了岁月和阅历作为铺垫，今天再来读《左传》，就读出了时势和人力的纠缠，也读出了实力和名分的争斗，读出了肉食者争夺权位的尔虞我诈、骨血相残，也读出了卑微者视原则胜过生命的纯洁壮烈。据说婚姻成功的要素，是"在合适的时间遇见合适的人"，其实读书也是如此，只有具备了足够丰富的人生经验，才更容易辨识世界的光亮和昏昧。

曾经数次起念读《易经》，但每一回都是望而却步。连孔子那样睿智通透，尚说"五十以学《易》可以无大过矣"，为阅读设定了资格门槛，我等愚钝之人更不敢率尔操觚，还是推到以后吧。《尚书》篇幅不大，倒是囫囵吞枣地读过，周人敬畏天命，旦夕怵惕，克勤克俭，《孟子·告子下》中一句"生于忧患，而死于安乐"，也发育成为中国文化中因应危机的能量，多少次濒临沦毁而涅槃重生。孔子处身礼崩乐坏之时，毕生为恢复周王室的礼乐秩序而奔走鼓吹，读了此书，对其苦心孤诣也愈能理解。

读先秦经书，离不开参考后人的阐发笺注。这类著作众多，为选择哪些颇费踌躇。早年读金克木先生文章《书读完了》，曾惊讶于他何以有此念头，如今则备感会意。虽然传世书籍汗牛充栋，但大量传、注、疏、集解云云，都是围绕有限的几部经典而展开的，仿佛一棵大树生发出众多枝杈。其中的杰出者，自身也穿越时光成为经典。读前述几种经书时，参考了多种书籍。宋代大儒朱熹的《四书章句集注》自然不可不读，今人杨伯峻的《孟子译注》，王宁、褚斌杰等的《十三经说略》，台湾学人杨照的《经典里的中国》，等等，也都程度不同地有所涉及并获益。

虽然初衷未曾考虑文学，但不久就意识到，其实文学始终缭绕不去。古代尤其是先秦，文学寄寓于历史、政论、哲学等诸多文体样式之中，并非只有《诗经》《楚辞》。《左传》记人传神，叙事精彩，精于谋篇，文风朴厚；《孟子》气盛言宜，辩势滔滔，设譬取喻，曲尽其妙。古人的音容连同他们的生活，隔着缥缈的岁月烟云，分明依然栩栩如生。即便是最为古奥难懂的《尚书》，仔细辨识，那些誓命训诰等，言辞间也有一种恳切、庄严和典雅，是一种正大浑厚的气象的投射。

目标明确，就更能够感知到时间的易逝，好几册计划中的书目还未及翻开，一年却行将消逝。孔子评价门生子路："由也升堂也，未入于室也。"那么，自己这一年的经典阅读达到的是什么程度？入室是断断不敢想，某些方面，是否距厅堂不远？推想下去，来年复来年，倘能持之以恒，常葆精进之心，或许入室也并非遥不可及？

这样的想法，很是让自己受到鼓舞。

# 读那些"伟大的书"

许多年前,还是办事毛糙的青年时,十分向往上了些年龄的人处世的应对自如。但有一次,听到办公室里一位素以稳健著称的中年同事感慨:活到这么大了,怎么越活越糊涂?当时颇感意外。如今自己也已人到中年,才悟出这话的深意,才明白世事洞明人情练达并非就是把人生弄清楚了。许多具体的事务处理起来倒可以说是得心应手了,但一些根本性的问题却未见考虑深透,或者竟是越发掂量不清了。那些时不时会来心头叩问一番的困惑,说复杂确实复杂,但若简单地归纳的话,大概也不出这样的范围:我是谁?我需要什么?等等。这些问题及发问的方式,分明让人想到哲学书籍上那些冥思苦想人生意义的哲人,当年可是曾被自己当作不着边际的呓语而嘲笑过的。

谈起这些,是因为读到一本新出版的书:《伟大的书》。这种自己感觉到而没有能够理清的思绪,如今被这本书的作者——一个叫作大卫·丹比的美国人说了出来。

我拥有信息，但没有知识；我拥有观点，但没有原则；我有本能，却没有信念。

作为影评家的作者这样写道：

作为媒体的一员，我也厌倦了媒体；在那个图像的深谷里，在那个狂乱而阴郁的另一半生活里——那里充满了名字、地方、闲聊、打斗、赛车、专家谈话、夫妻互相指责对方不忠的日间节目、实足的忙乱感、不停的运动、难以置信的活动和从头到尾的无聊、需要得到满足时的哼哼声……

在援引了他的职业给他带来的厌倦后，他感慨："我的记忆正消失于媒体生活的迷雾中，我是个看生活而不是个过生活的人。"

其实，他表达的也正是我们共同的困惑。我们虽然并不是媒体从业者，但都生活在媒体的掌控之下。影视、报刊、广播乃至网络等，无孔不入无远弗届地要以自己的声音影响我们的价值取舍，操纵我们的思想和行为，在很大程度上这个目标也达到了，证据之一便是我们越来越听命于媒体，根据它的鼓噪好恶，来安排我们的行止。如果我们的看法和公众不同，首先怀疑的往往是自己。然而，它的瞬息万变、自相矛盾、似是而非等等，最终使我们厌倦了；与信息的爆炸相同步，我们的无所适从感也达到前所未有的程度。与我们习见的前辈作家们的心有余而力不足一类的指向性较明晰的中年感慨比较，它更宽泛，更玄虚，不好把握，但无疑是真切存在的。只能用厌倦、疲惫、困惑一类的词汇来命名它，那是一种从核心出了毛病的感觉。它甚至也不是独属中年的，而是属于全体人群的。只不过人到中年，自知岁月倥偬来日无多，对于只有一次的生命，掂量得更认真仔细，感慨自然也会更多、更深。

当然，这是前面的延伸，但并非题外话。人的境遇是一样的，在地球日益成为一个村庄的今天，尤其如此。否则我们也没有必要耗时费神，去读一个不认识的外国人的书了。和我们同样受着困扰的这个外国人，决定通过读书来寻找摆脱，但可能连他自己都怀疑是否能奏效，因而不十分有把握地称之为"奇怪的解决办法"。但他还是做了这件事，而且，看来解决得还不坏。否则，他也就不会写下这部具有总结性质的、洋洋近50万言的作品了。

这肯定是一个罕见的事例：一个功成名就的影评家，在早已为人夫、为人父的48岁时，为了摆脱精神危机，又回到母校哥伦比亚大学，重修两门本科生的必修课，即人文经典和当代文明这两门因其重要性而被称作"大书"的课程。因为他相信："在一个功利的、庸俗的、被媒介弄得眼花缭乱的社会里，大学是仅有的几个诚挚热切的地方之一。"他想通过这些书籍，找到陈词滥调的媒体与心满意足的中产阶级生活所不能提供的更精致美丽的人生快乐，找到万花筒般纷繁炫目但又转瞬即逝的时尚快照之外的、被时间验证了的永恒的精神风景。这当中固然有驳斥当时（20世纪80年代末至90年代初）校园中否定传统经典和核心课程的"学术左派"的动因，但在阅读乃至写作的过程中，却实实在在地变成了一部西方伟大文化传统的展示长卷。

丹比先生这样总结他阅读西方经典的经历："我是在把自己暴露于某种比我的生活更广阔、更强大的东西之中。"这种表述对我们东方式的思维或许过于抽象、语焉不详。好在接下来用于说明这些的材料都是生动具体的。荷马、萨福、柏拉图、亚里士多德、维吉尔、但丁、蒙田、卢梭、莎士比亚、马克思、尼采……这些重量级的名字，作为书的目录更作为叙述的脉络排列，显示了一种别样的清晰。它们或者是西方传统的源头和母体，或者是当代文化的堡垒：

> 这些书是一些最直接地涉及什么是人以及人可以是什么的书，它们应该成为每个人的教养的一部分。

正如书中泰勒教授告诉学生的话，他们"必须使劲去伸展自己，去拉自己，以便去读这些书"。也就是说，这些书首先是一些能使你伸展自己、拉自己的书。它们把人的乐趣、感情和理性扩展到了最大的限度，迫使人质疑自我，质疑社会，而陈腐的大众文化却只能将人引向相反的方向。它们是西方文化的精髓，诞生于人类历史上最睿智深刻的大脑，关注的又是人生和社会的根本性问题，而非如时下大量出版物那样充满即时性的东西，瞬息万变飘忽不定，纠缠细枝末节而忽略重要和整体。后者每每是加重了而非去除了人们的困惑，向它们寻求解答，无异于南辕北辙、缘木求鱼。作者写道，他不但要解决自己的困惑，还想让他的孩子们"获得一种柏拉图认为一个'正当'的人所必须具备的性格的稳固性和明澈性"。作为圈子中冷静的一员，经历了对媒体所代表的大众文化的彻底失望之后，他把目光投向往昔，试图从研读经典中寻求和真理的联结点。一个人会判断失误，一个时代会看走了眼，但被时光淘洗筛选出的东西是不会错的。

但这样绝不是说丹比先生是抱着膜拜的态度去读这些书的，那样的话，这本书的价值也将大可怀疑了，该和诠释政党意图的意识形态读本没有本质的不同。相反，他是从怀疑走向确信的。他如实地告诉读者，已很久不曾认真读过书的他，开始时是如何难以集中注意力，坦诚地讲述了他对作者及作品曾抱有怎样的偏见，以及是如何摆脱偏见、发现以前未曾觉察到的好处的。如谈到薄伽丘，"我原以为他只是个开下流玩笑的讨厌家伙"，但在细读后，发现他的故事里具有"一种兴高采烈的自由"，一种"优雅和出人意料的力量"，作者"和莫扎特一样享受着创造艺术的幸福"。在他的那些故事里,"性爱是意愿和欲望,而不是引诱"。他得出结论,薄伽丘"是个想激励他的读者去实行他们的自由的寓言作家"。所有这一切,都在印证着他在副标题上称之为"我与西方世界不朽作家的历险记"的行为的性质———一次精神的历险。由于阅读的起因是为了澄清精神的困惑,指向明确,意愿强烈,便有别于当年大学时当作完成课堂作业的、散漫无所用心的浏览;由于是直接面对原著,便还原了被媒体的二手翻版所糟蹋了的经典的本来面目。这其中有质疑,有诘问,有审视,既然经过了深思熟虑,所得也就真实而剀切。作为一部辩驳性的著作,这种方式给对方的驳斥更有力量,因为后者并没有真正阅读他们指责的那些著作,其立论多数情形下只是基于一种假定。作为个人重新定位自我的心路历程,这一详尽披露的经过也让人更觉得真实可信。习惯于人云亦云、从流行的书籍中找寻安慰、却最终陷入迷乱的我们,如果以前尚未能意识到自己的误区,那么在读了此书后,应该用心检讨一番了。

  作者的表述,也与我们通常见到的这类书大相径庭。后者多是学究般转述解释,每每艰涩枯燥得像学院派的论文,远离文笔情趣,令人难以卒读。相形之下,本书则更像一部以作者为主角的、生动流畅跌宕有致的小说。作者对自己及有关人的生活经历及有关事件的画面式的描述,与对经典的理解、分析和议论穿插、结合在一起,自由挥洒,风格精确而恰当。

像谈论莎士比亚的悲剧《李尔王》时，始终结合了对自己的母亲晚年生活情状的描述。父母对儿女过度的爱，老年人的不近情理的固执，两代人之间的微妙的、却又是不可避免的冲突龃龉，这些戏剧中的主题，都在作者的生活中获得了印证，也帮助作者增进对原作的理解。又比如《卢梭》一章是这样开头的："我曾经朝罗纳德·里根扔过一个西红柿。我是在让·雅克·卢梭的影响下朝里根扔西红柿的。"对20世纪60年代美国大学校园里激进学生运动的回忆，是和对卢梭反抗思想的阐释交错进行的，他层层推进地揭示了虽时代相异、但同属社会叛逆者的二者间的内在逻辑关联。这种方式，用我们习惯的说法，就是"书为我用""把书读活了"，不但书是书，人生、社会都变成了一部大书。语言风格上，也大可圈点。下面只是从《卢梭》一章中随意抽取的一段文字：

> 卢梭的著作里有些段落现代得令人毛骨悚然。他理解每一个叛逆青年的情绪，每一个精疲力竭、受够了办公室的厌烦的人的心境，每一个在鸡尾酒会上不信任地看着人们假装互相喜欢的女人的心情。这就是名副其实的现代人的厌恶情绪。

准确的理解、阐释辅以生动的表达，这样的文字如果还不能叫好，那我们未免太缺乏感受力了。

我想，严肃的阅读或许是一种结束媒体对我的同化的办法，一种找回我的世界的办法。

一如其所期望的，作者借助阅读，还原了伟大的书作为强有力的故事或革命性的思想的角色，再现了它们在感性和理性上的巨大渗透力，展示了它们能够扰乱人、震动人、给予人快乐的力量。或许作者会欣慰于自己对"文化左派"的逻辑严密、弹无虚发的反击，既然这是他写作此书的初衷，但对于我们，更为重要的应该是另一种东西：作者找回了一度失落的自我，找到了真切而坚实的榜依，发现了什么是人应该把持的根本，什么是真正的精神营养，什么是虚假的、应当抛弃的东西，在纷乱中重获理性的清明。因为我们同样罹患这种精神疾患，正迫切地热望得到救助的办法。他的方法和道路应该给我们以启发。这些西方智者的思想之泉将会洗涤我们的心灵，因为精神是没有疆域的。另外，我们还有自己的源头：《诗经》《道德经》《论语》《楚辞》《史记》，这些孕育了一个伟大的文明的经典，同时也会成为抵抗今天的喧嚣与骚动的、来自另一方向的屏障。正如该书译者在后记里谈到的：

> 到头来，丹比先生也有可能不仅怂恿了你去读西方的伟大著作，还有可能间接地、意外地怂恿了你去读中国的

伟大著作，因为真正伟大的书只有一个主题，一个无穷尽的主题，那就是人对自己和他的社会的知识。

这种结论是自然而然的、合乎逻辑的。

# 方志的诗意

新买到一册明代刘侗、于奕正所著《帝京景物略》，这部始刊于崇祯年间的记述当时北京景物的地理书，本质上是一部文学游记，作者之一的刘侗，正是晚明著名文学流派竟陵派的代表作家，因而此书文字颇具该派幽深孤峭的特色。与同时代而稍前的公安派小品文的清浅俊爽相比，此书遣词造句很有些怪、险、拗、涩，不那么痛快，但细细品来，却也别具异趣，那味道有点儿像嚼橄榄。像写当时德胜门外的水田："水田数百亩，沟洫浍川上，堤柳行植，与畦中秧稻，分露同烟。春绿到夏，夏黄到秋，都人望有时，望绿浅深，为春事浅深；望黄浅深，又为秋事浅深。"我用半个月的时间消消停停地读完了它，对我所寄身的这座古都三个多世纪前的容颜，有了一种仿佛雾里看花般的恍惚而又亲切的感受。

寻检起来，数年间陆续搜购的有关北京的方志类书籍（多写风景名胜、史迹风俗等）也很有几册了，如《燕京岁时记》《长安客话》之属，乃至近年出版的《北京的胡同》《北京四合院》等等。它们从一个个特别的视角，让人看到过往岁月中这座城市的一幅幅风情画卷,细节异常生动清晰。像老北京们熟听的"一岁货声"——从正月里的"江米年糕,蜂糕艾窝窝咧"到六月的"一兜水的哎咳大蜜桃"再到深冬卖水萝卜的"又酥又脆的心里美来",声韵清亮婉转,风味十足,曾让老作家梁实秋、萧乾等数十年后仍旧不能忘情。正是这些书,让我们看到了帝都古城巍峨皇城森严之外平民化的一面、温情富于人性的一面,以及它成熟深厚的文化熏蒸出的气息,它独特的韵味和诗意——那种浑然深厚无所不在的东西,并且得以较直接地贴近和把握它。

  不只是北京,也不只限于若干历史文化名城,一座但凡有些特色的城市,只要它之吸引人并非完全凭借商业力量,这样的书就都是有益的。这时候,即便是一本针对旅游者的薄薄的小册子,它蕴含的信息也比人们想到的要多。一般说来,与历史上的重要人事相关联的史迹,不论是遗址(如古战场)还是建筑(如某人的故居),甚至是植物(如景山公园吊死崇祯皇帝的老槐树),常常成为方志书述说的重点,它们在存照历史的同时也很自然地负载了某种历史的意味,最易诱发人的种种感慨。读了这样的记载,再去看面前的遗留物,常常有一种抚摸历史的感觉;另一方面,对民俗风情饶有趣味的描绘,像前面提到的"一岁货声"之类,则是一个城市的世俗生活的鲜亮的一笔,使随着岁月逝去的既往的生活形态,终有一日会在缅怀者的面前复现、展开,表情生动。这些正是方志类书籍的意义。相对于正规意义上的历史书，它们只是补遗和附注，但它们却常常比前者更容易让人获得历史感。即便把一个地方住成了家，面对一种新发现，他仍然会浮想联翩。譬如读了《帝京景物略》后我才知道，距我住处不远的高梁桥，今日颇为拥挤杂乱的摊贩市场、简陋民居、火车站及附属设施的混合体，明代曾经是"绿树绀宇，酒旗亭台，广亩小池，荫爽交匝"的游晏胜地。逝者如斯，天道沧桑，睹今而忆昔，脑海里不免要跳出类似的句子。这样的悬想当然不会毫无意义，它有一个诗的内核。

多年来，不论是为了消遣而翻书，还是为了游历而做准备，我得益于形形色色的方志类书的可谓不少。譬如说，我游玩苏州感到惬意尽兴，我想固然是因为切实感受了它的山温水软、深巷杏花、吴侬软语这些江南风情的柔美，但倘若事先不曾耽读过有关这处江南名区的数种典籍方志，不曾游心于干将莫邪的传说，不曾驰想吴王夫差与越女西施的故事，不曾像熟记张继杜荀鹤白居易们数十首吟咏这座城市的诗作那样对有关的历史记载了然于心，要理解这座古城浸透了历史苍茫感的特有情调，会有更多一些隔膜。又譬如说，许多年前我在毫无准备中匆遽地闯入了成都的怀抱，是购自住处附近书亭上的一本《成都竹枝词》，帮助我从时间的另一端建立起对这座陌生城市的了解，那种扑面而来的优游乐生的氛围，是我从现实中感受到，又从书上获得印证的。竹枝词，这种始于民间而经文人修饰过的体裁，正不妨看作方志的变体，它所描摹的风俗时尚连同描摹的方式，是地方志中最活泼生动、最具魅惑力的部分，足以使后人面对历史的沉寂的冻土层，依稀想见曾经存在过的温煦和喧哗。

我此处使用的方志的概念是不规范的，它所涉及的范围也常常逾越正式的定义。用这样的心思来读方志，眼光会穿透刻板的文字表层，感受其潜隐中的意味。它们帮助人完成一次奇妙的往复循环，在现存与湮灭、形下与形上、真实与虚妄之间，使心灵的空间得以延展。这个心灵的行旅中，到处放射出、弥漫着浓郁的诗意。至于像《帝京景物略》这样有声有色而又准确信实的，那更是完美地结合了诗与史的品格了——"事有不典不经，伺不敢笔；辞有不达，奕正未尝辄许也。"具有这样品格的书还有不少，像《水经注》，像《洛阳伽蓝记》，以及晚明张岱的《西湖梦寻》之属。对于这一类的书，我总是爱不释手。

# 袁中郎不做官

在我读到的古代作家中,明代公安派代表人物袁中郎(袁宏道,字中郎)是比较可爱的一个。说可爱,而不说可敬可畏之类,实在是因为从他的作品中,你随处可见一颗率真心灵的自由倾诉,毫无一般古代作品中酸儒动辄代圣贤立言、为天下筹划的迂腐,更兼出之以活泼清丽不事雕饰的语言,仿佛与好友联床夜话,听他利嘴快舌,剖白心志,煞是痛快。所以当年林语堂倡导"性灵",要将袁中郎作为旗帜,而郁达夫也说过这样的话:

> 世风尽可以改易,好尚也可以移变,然而人的性灵,却始终是不能泯灭的。袁中郎的诗文,虽在现代,还有翻印的价值者,理由就在这里。(见郁达夫《重印〈袁中郎全集〉序》)

这些感受，在读了新近出版的《袁中郎尺牍》[①]后，得到了进一步印证和加强。这是因为书信作为一种私人之间特别是亲友间传递信息、诉说所感所思的体裁，比准备拿去刊印发表的文章，更少些拘谨忌讳，多些奔放随意。袁中郎写了那么多"独抒性灵，不拘格套"的小品文章，但当他对官宦生涯感到厌倦、"悔当初无端出宰"时，也只有在尺牍中才好写下"觅什么鸟举人进士也"这样粗鄙然而解气的话。

袁中郎的厌官而不愿做，颇可一谈。这本书中收入近三百篇尺牍，有关的句段可谓俯拾皆是，读来令人莞尔。袁中郎作为晚明文学中颇有声势的公安派的领袖人物，文人的放任散漫、寄情山水、喜好谈佛说玄而厌倦琐务冗役的做派，在他身上体现得也最充分。所以虽然出任江南繁华之区的吴县（今苏州一带，1995年撤销县）县令，在常人眼中也该是个"肥缺"了，但一旦觉出做官妨碍限制了他的自由天性，他便要耿耿于怀了。他写信给舅舅诉苦：

甥自领吴令来，如披千重铁甲，不知县官之束缚人，何以如此……官味真觉无十分之一……（《与龚惟长先生书》）

---

[①] ［明］袁宏道《袁中郎尺牍》，中国广播电视出版社，1991年。

这种苦,这种束缚,盖有出处矣:

> 上官如云,过客如雨,簿书如山,钱谷如海,朝夕趋承检点,尚恐不及,苦哉,苦哉!(《与沈广乘书》)

他用自嘲的口吻,向朋友讲述自己官场周旋的狼狈无奈:

> 弟作令,备极丑态,不可名状。大约遇上官则奴,候过客则妓,治钱谷则仓老人,谕百姓则保山婆。一日之间,百暖百寒,乍阴乍阳,人间恶趣,令一身尝尽矣。苦哉!毒哉!(《与丘长孺书》)

一连串妙喻,真可解颐,基层官僚那种夹缝中生活的尴尬情态跃然纸上。到底是文章魁首,写烦苦也能出之以奇语:

> 作令如啖瓜,渐入苦境,此犹语令之常。若夫吴令,直如吞熊胆,通身是苦矣。(《与何湘潭书》)

文人笔下,自然不无夸张,但他之不适宜扮演这个角色,却是确凿无疑了。这种烦恼愈积愈多,于他已成为戕伤性灵的桎梏,捎带得连见到官服都腻歪了:

> 自入秋来，见乌纱如粪箕，青袍类败网，角带似老囚长枷，进退狼狈，实可哀怜……（《与罗郢南书》）

他自忖自度：

> 人生几日耳！长林丰草，何所不适，而自苦若是？（《与汤义仍》）

于是，解脱桎梏，回复身与心的自由，对袁中郎来讲，便是唯一的选择了。

此志既定，莫可移兮。找借口辞职，连续上书七次申请，不达目的不罢休，终于遂愿。这时的文字即刻飞扬起爽快喜悦。

> 败却铁网，打破铜枷，走出刀山剑树，跳入清凉佛土，快活不可言，不可言！投冠数日，愈觉无官之妙。（《与聂化南》）

此后一年多时间里，他放游吴越山水，耽读佛学命典，真正沉浸于生命的大自在中。

> 湖水可以当药，青山可以健脾，逍遥林莽，欹枕岩壑，

> 便不知省却多少参苓丸子矣。(《与汤郧陆》)

简单地称道袁中郎辞官不做并不足取。官总要有人做，社会分工需要这一角色，能造福一方的好官多多益善。事实上袁中郎在吴县也颇有建树，公正清廉，很得民心。他的辞官不做，本质上是在羁绊和自由之间舍彼取此的问题。做官尽管可以带来种种物质好处，但政务缠身却约束了他的行止，尤其是束缚了他的精神的自由，闲云野鹤手挥目送的雅趣惬意，于斯不复矣！权衡之下，他终于挂冠飘然而去，听从了内心的指令，复归于自由之域。这种自由固然离不开一定的条件，《孟子·滕文公上》所谓"有恒产，则有恒心"，袁中郎无疑有一定的物质保障，这与他的断绝仕进之念不无关系，但这只是问题的一方面。君不见红尘攘攘中，多少人为了并非必需的某种东西，蝇营狗苟，活得劳累可悯。这个矻矻以求的目标，可能是名，也可能是利、是权，总之是物欲的缰锁。在这种追逐奔突中，他们完全漠视了乃至于丧失了一颗自由的心灵所体验到的霁月无边的境界。在这个意义上理解袁中郎的所为，才能够撇开就事论事可能带来的纠缠不清，直接触及事物的核心。《世说新语·识鉴》所谓"人生所贵唯适意耳"，这话可以移来作为最好的注脚。

# 甘美的小鱼

英国大哲学家罗素在《我是怎样写作的》一文中,谈到他年轻初学写作尚未入道时,曾受到一位未来的姻亲洛根·史密斯的影响,后者对文章的文体、风格等分外醉心,譬如他曾告诫罗素"每隔四个词用一个逗号"等。2009年,百花文艺出版社的"外国名家散文丛书"推出一册这位文体家的作品《史密斯散文选》,读来兴味丰饶。第一篇题为《幸福》,文中这样写道——

板球运动员在村里的草坪上打球,翻晒干草的人在傍晚的斜阳下干活儿,小船乘风驶行——这一切在我的脑子里产生了幸福的幻觉,仿佛一片没有乌云的乐土,一个古老的黄金世界,正隐藏着,不是(像诗人们想象的那样)藏在遥远的海洋里,或是在无法攀登的大山之上,而全是在这儿,近在咫尺,倘若你可以找到的话,就在一道山谷里。某些绿草如茵的小路似乎通进那边的小灌木林,野鸽子在树林里边谈说着它。

开篇便很能够代表整本书的风格面目，从篇幅上，更从内容和表达上。作家试图表达这样的思想：我们有可能获得幸福，事实上可以在我们居住的那片小空间，在我们周围熟悉的事物中获得。总之，在琐事里。他用《琐事集》命名自己的作品，当是源于对自琐碎细微的事物中发现诗的意味的喜爱和自信。这点他确实也做到了。不论从前面这段文字中，还是从全书上百个相仿佛的片段中，都会让人感到流布其间的凝练、精警、蕴藉和韵律。清代桐城派古文家姚鼐提出过声色格律之说，移来形容史密斯的文风似也无不可。作家对文体锤炼的努力是明显的，但由于火候的老到，读时却只觉浑然天成，并无斧凿的痕印。

具有这样品格的散文作品还有很多，已蔚成一片苍翠的风景。好像不曾见过对这路文章的定义，但其间的共同之处却是鲜明可感的，即在尽可能简短的篇幅内，容纳相对单纯（而非简单）的一个观念、一种感受、一缕幻想、一片景色，表达上既凝练精简又舒卷自如，尺幅之间自有一种摇曳的风致。它们的美让你想到一条清溪、一片流云、一簇新竹、一株佳卉。

举例并不难，以魅力历久不衰被公认为名作的，就有都德的《磨坊书简》、希梅内斯的《小银和我》、阿索林的《西班牙小景》、普里什文的《大自然的日历》等等。都德笔下普罗旺斯天空的繁星，阿尔卑斯山间的寂静；阿索林的西班牙众生相，那一颗颗或平和达观或隐忍谦卑的灵魂；希梅内斯的长了一双聪慧温顺的大眼睛的小毛驴，以及从这双眼睛里映出的天光云色、莺飞草长；普里什文的俄罗斯的原野森林，在季节与空间的交叉点上无可计数的美的细部和瞬间……它们单纯却不单薄，明净而非清浅，艺术的纯粹性的一面在这里得到最充分的展现，一切多余的、芜杂的、不和谐的东西更容易被发现，受到驱逐。如果说局部的瑕疵在长篇巨著中无甚妨害的话，那么对这种文体却可能是致命的。它对完满圆融的要求很高，若功力火候不足，恐怕难以藏拙。

文学的巨制宏构太多了，上述的作品往往被忽略，好比面对一片树林，人们目光盘桓不去的总是那些枝干粗直冠盖繁茂的大树。但树下空地上那些葳蕤的灌木，纤柔的草花，也自有其独具的魅力，漏掉它们终归是一种遗憾。屠格涅夫以长篇名世，但他晚年的一册《爱之路》散文诗集，影响力比之小说并不逊色，像《门槛》，像《麻雀》，喜好文学的有几人不知？这类作品也并非总是偏于阴柔美，像高尔基的《海燕》，像柯罗连科的《火光》，都充满了阳刚的力量。即便是柔美的一路，也远非时下小品中习见的甜腻之作，它们更自然更真诚，更能见出艺术的品位。

这样的作品，本质上更应归入诗。对于许多大作家们，它们常常只是创作中的一种即兴，一种调剂，一种正式进入文学竞技场前的技能训练。但从上面列举的作家们所取得的巨大成绩看，它也完全值得作为终生目标来追求。洛根·史密斯在自己作品集的扉页写下一句话："小鱼是甘美的。"这样的定位是恰当准确的。

## 《金蔷薇》与一个消逝了的夏天

康·帕乌斯托夫斯基的随笔集《金蔷薇》，作为一部探讨文学创作和作家生活的散文体作品，如今已成为众多文学爱好者爱不释手的名著，但在我读它读得忘乎所以的时候，它还远没有今天这样显赫的名声。我读到的是当年上海译文出版社的一个译本，译者李时，封底下方印着"内部发行"的字样。那是 20 世纪 80 年代中期的一个夏天，我刚参加工作不久，心境依然在延续着青春时代的梦幻，与此书的相遇，就像在最适宜恋爱的年龄，邂逅了一位美目盼兮、巧笑倩兮的佳人。

掀开这本书，森林、草原、湖泊的气息扑面而来，那样新鲜、强烈和浓郁，仿佛重返童年的感受。从书中，我了解了什么是对文学事业最深刻的理解，对作家劳动的最诚实的忠告。那是注入了作家自己的切身体验的最宝贵的经验。这一切首先都是通过一种充满诗意的语言呈现的，仿佛碧绿的荷叶上滚动的露珠，与当时习见的文学教科书四平八稳、枯燥乏味的语调截然不同。

真正的散文饱含着诗意,犹如苹果饱含着汁液一样。散文是布匹,诗歌是经纬。有的散文毫无诗的因素,这种散文所描绘的生活是一种粗糙的、没有翅膀的自然主义……

从对文学中的诗意的关注出发,这部书还以一种纯洁的笔调,赞美和讴歌了生活中的一切具有诗意本质的存在:温柔、善良、怜悯和爱,梦想之于人生的价值,大自然和艺术的无与伦比的美,为正义和理想而献身的崇高情怀……在一段不短的时间内,这本书成为一名出色的向导,让我认识了蒲宁、普里什文、叶赛宁、勃洛克……我想方设法从书店买到、从单位资料室里借出这本书中所谈到的这些作家的作品,没有一本让我失望。

寻索起来,从这本书中我得到的最大收获,是学到了一种感受事物的方式。世界内在的丰富、生动和神秘性因为这本书而对我洞开,让感受的捕捉、分辨和吟味,成为一种自觉的、微妙的、乐趣无穷的行为。那个漫长的夏天,用炎热和骤雨,用阳光动感的碎片和静谧柔美的树荫,用斑斓而细密的诗意感受,把我彻底地笼罩、浸泡。下了夜班后回到六楼的集体宿舍,望着窗外深蓝色的夜空,怎样随着时间的流逝,一点点变幻着颜色。无所事事的漫长的白天,我又像一个梦游者,游荡在热风和白得晃眼的阳光下。我记下自己对光与影、色彩与气味的感受，涂抹了整整一个本子，梦想着有一天写出一本乔治·吉辛《四季随笔》那样的散文，当然，主角只是夏天。

俱往矣。弹指间，整整20年过去了。

时间改写心境，其剧烈程度，会令当事人自己都深感诧异。从几时起，曾经遥望天边云朵的目光，已被眼前数不清的琐事冗务遮蔽、阻断。曾经放飞清澈梦想的情感飘带，也为心中种种暧昧芜杂的念头所羁绊，再也难以飞升。这自然是源于现实法则对于梦想摧枯拉朽般的毁灭力量，但又何尝不是出于一种或许是自觉的规避？现实生活遵循着适者生存的社会达尔文法则，它常常是与诗意为敌的。在一个人身上，二者呈现为一种此消彼长的对立的、紧张的关系，仿佛拔河赛事中的双方。倘若哪一个人始终坚持了对于诗意的固守，往往便意味着处世上的笨拙，与种种利益无缘不说，甚至还会不时地受到羞辱。这是一个悖论，然而这样的例子却屡见不鲜。诚如获诺贝尔文学奖的苏联流亡诗人布罗茨基所言：

一个热衷诗歌的人，比不关心诗歌的人更难被战胜。

然而对某一类人来说，这不是一个可以选择的问题，而是一种宿命。

不管如何，诗意的感受既然曾在一个人灵魂中真实存在过，就不会彻底地湮灭。如今，这本书已经有不止一个译本，以一种感激的口吻赞扬它的文章,更是屡屡能够读到,每一次,都能让我重温当年的心境,温暖而怅惘。在文学梦幻早已化为碎片的今天,它依然能够短暂地再现一抹虹霓的影子。多么怀念那些日子啊,那是青春的最后的乐句,是梦想的最后的边界,是"夏天的最后一朵玫瑰"。

## 受难之爱

> 为什么我的眼里常含泪水?
> 因为我对这土地爱得深沉。

艾青的这首《我爱这土地》,写于风雨飘摇、山河破碎的1938年,写出了一个在苦难中挣扎的民族对遭敌寇铁蹄践踏的国土深沉的爱。那样一种杜鹃啼血般的决绝,今天读来仍然要心魂战栗——死了,连羽毛也要腐烂在这片土地中……

对祖国母亲的深爱埋在心底,和平的日子里可能浑然无觉,但一当她陷入苦难困境,我们心的琴弦马上就会被铿然拨响。只有这样的时刻,才最能检验和确证我们的爱。爱总是与受难相连。

苦难最能理解苦难。让我们把目光投向北方,那一个被皑皑冰雪和无边白桦林覆盖、空中飘荡着忧郁悲怆的旋律的广袤国度,那里比任何别的地方更能够对这一命题做出答复和诠释。俄罗斯,陌生而熟悉,遥远而亲近。也是一块负载了太多苦难的土地,暴政肆虐,生灵涂炭,以革命的名义流放、监禁、滥杀无辜……俄罗斯漫漫的长夜！连绵无尽的苦难像一块块烧红的烙铁，烙在不幸的人们心头，大地弥漫着焦腥的气息。"我们这混乱、恶劣的生活，被镇压者的呻吟和妻子们的眼泪……"索尔仁尼琴，一位获得诺贝尔文学奖的流亡作家这样写道。

应该是逃避和遁隐的时候，从生理学到伦理学，有一千种理由足以证实这一行动的正当和必要。然而，从那块土地上的诗人们——这民众心声的记录者、抒发者的笔下，我们却难以找到趋利避害的算计，明哲保身的精明，一朝远祸的庆幸，那些我们曾经非常熟悉的东西。相反，我们读到的是另外一些：禁锢下默默的抗争，泪水后凄凉的微笑，在寒冷的长夜抖瑟着眺望天际——坚信晨曦将会从那里升起……总之，是主动迎接苦难的姿态，是忍受苦难直到尽头的意志。

这里有一位女诗人，阿赫玛托娃，她被誉为俄罗斯诗歌天空的月亮。但月光柔美恬静的色调何曾属于她的命运！丈夫在"大肃反"中被镇压，爱子遭囚禁，她自己的创作也遭封杀，被迫喑哑了歌喉。一生坎坷，晚年方才云开月霁，但在其发表的一首控诉暴政的长诗《安魂曲》中，却听不到自怨自怜，响遏行云的依然是拥抱苦难的爱。

> 不，既不是异国他乡的天空下，也不是在他人的卵翼之下，在我人民蒙受不幸的地方，我与我的人民同在。

甘愿领受苦难的宣言出自一位女性、一位母亲之口，便天然地逼近了一个关于孕育与生产的关系的真理：只有在血光和疼痛中，才有新生命的诞生。是的，我们忍受，但这绝不是精神的怯懦和麻痹，它面对的也不会永远是黑暗和虚无。"涅瓦河烟雾茫茫，太阳暗淡，但希望始终不渝，在远方高歌。"总会有那样一天，风和日朗，"让监狱的鸽子在远方咕咕叫鸣，让轮船在涅瓦河上平稳航行"。而为了这个日子的降临，在苦难中的忍受、抗争是一种必须要付出的代价。女诗人直面苦难的姿态，让我们恍惚望见了十二月党人的妻子们，望见了列维坦画笔下的弗拉基米尔大道，她们正是从这里踏上了通往西伯利亚的茫茫路途，义无反顾，身影消失于漫天风雪中……

爱国常伴随着流亡，这一悖谬现象在那块土地上却反复出现。比起当年的十二月党人，今天的流亡者被放逐得更远。他们被剥夺了国籍，但文化和语言无法被剥夺，而这些也就等同于一颗心，一个生命。也是诺贝尔奖得主的流亡诗人布罗茨基致信当时苏联的最高领导人："我属于俄语，属于俄罗斯文化，我是它的一部分。"在欧洲，在美国，流亡者们受到庇护，衣食无忧，但他们无时不在思念遥远的祖国。索尔仁尼琴自比为扔进篝火的枯枝上的蚂蚁，它们本来可以逃生，但是不，刚刚克服恐惧，它们又转过身来爬向枯枝，"有一种无形的力量在拖它们向后，返回失去的祖国！"这样的感情，也同样流露在曾经流亡的茨维塔耶娃笔下，流露在流亡终身的蒲宁、纳博科夫笔下，流露在险遭放逐的帕斯捷尔纳克笔下。尽管他们遭贬遭谪的原因不同，所生活的时代不同，身世遭际及创作也千差万别，但在对俄罗斯母亲哀哀欲泣的爱这一点上，却是高度一致的。如此深沉凝重的情感，只能源自某一支文化的血统，源自精神的深厚的蕴积。

有一天我们终于明白，这些其实可以用一句话来概括：向苦难奉献自身吧，为了爱。陀思妥耶夫斯基的一段话是最好的注解。

我们确实只能带着痛苦的心情去爱，只能在苦难中去爱！我们不能用别的方式去爱，也不知道还有其他方式的爱。

爱即是受难，只有忍受苦难的爱才是真实的，有力量的，才能够指向希望。

这便是阿赫玛托娃们执着的苦恋后面的全部秘密，是贯穿始终的动力和依凭。它最初来自直指苍穹的十字架，来自飘荡缭绕的晚祷的钟声。从托尔斯泰笔下悔过的囚犯身上，从蒲宁书中虔诚的香客身上，也从阿赫玛托娃诗里流泪的母亲身上，我们读到爱、受难与拯救的主题的不同变奏。它源于宗教，但最终已作为一种理性的文化精神进入心域，成为不可轻易撼动的内在律令。那该是多少个世纪里心血的聚化，是一代代的承传。来自十字架的启谕已深入人心,即便在教堂颓圮荒芜、圣像遭涂污、钟声哑默不闻的岁月里,人们也依然怀了这样的信仰去生活,去忍受,去对抗不义和残暴,去梦想未来和幸福。它已然是一个历史的范畴,它所言说的也不限于某种具体的事件或境遇。爱即是受难,这句话对应的是生活的全部宽阔和纵深。它是彼地文化中最沉郁浓重的底色,像冰雪覆盖下的永远的伏尔加河。

这时,我们再吟诵起勃洛克的诗句,便能获得更为深透的理解——

> 我的俄罗斯,我的生命
> 我们同在忍受煎熬

## 乡野的俄罗斯

从作为一种整体的文学来看,在我所喜爱的外国文学中,还找不出一个国家的作家,能像俄国作家们那样痴迷执着、一往情深地描绘和赞美那一片广阔土地的田野风光和乡村生活。翻开一本书,不管是小说,还是散文或诗,总不难发现那些熟悉的景物——刚解冻的浮着冰凌的河水,报道春天来临的白嘴鸦的叫声,教堂和墓地的十字架,泥泞的乡间道路上的马车,花楸树和白桦林,黑麦田和荨麻地,以及茅草或木板房舍背后忽然闪现的少女的彩色头巾……

无论是旧俄时期,还是苏联时期,都是如此。这一点已然成为一种集体行为,一个十分突出的特色。这里的自然风景的描写,并非仅仅作为人物刻画、故事展开的必要的背景或铺垫,而是不可替代的、独立自足的。单以几代中国读者耳熟能详的名篇为例,像屠格涅夫的《猎人笔记》、契诃夫的《草原》,其中飘荡的森林和草原的气息,农民、马车夫和流浪者的生活,都曾经感染了几代人、无数读者。在俄语作家中第一个获诺贝尔文学奖的蒲宁那部被认为是关键之作的《阿尔谢尼耶夫的一生》中，占据中心位置的正是迷人的乡野风光及生活，是大自然的四时变化在主人公心灵中引发的感触。

这些当然与俄罗斯的特殊性有关。它首先是地理上的，俄国地域辽阔，大自然的原初的形态保持得十分完好。俄罗斯油画、电影，处处都在印证着这点。其次是社会结构上的，与西欧各国不同，俄国在19世纪以前一直是典型的农业社会，大部分人口居住生活在广袤大地上的一个个村落里，以农业为主要生计。这些势必会在心灵的生活中打下印迹，导致对土地、对古老生活方式的深深眷恋。曾驻苏联的美国记者赫德里克·史密斯在其《俄国人》一书中，把俄国人的家国之恋形象地称作"克瓦斯爱国主义"。克瓦斯（又名格瓦斯）是一种盛行于俄罗斯的自酿酸甜饮料，十分普通，但是家家饮用。这是一个再好不过的概括——俄国式的爱，正是寄寓于乡土之中。当作家艺术家进行创作时，不可能不表达出这一点。因此，果戈理写道："我们的没有烟囱的农舍，光秃的原野——这一切在我的心中胜过最美好的天堂。"俄罗斯心灵的创造物，列维坦、希什金的油画中深秋白桦林的金色闪光，笼罩着乡村墓地的永恒宁静，柴可夫斯基的音乐中的如泣如诉的旋律，都是被这种情感催生的。

彼得大帝改制，标志着资本主义在旧俄的萌芽，但这点主要体现在几个大城市中，对于乡野生活方式的触动太小了，而后者却是整个社会生活的基础。一直到十月革命后苏联步入工业化时期，乡土依然是作家们心中不解的情结。天才的诗人叶赛宁，被高尔基誉为"大自然专门为了写诗、为了表达那绵绵不绝的'田野的哀愁'而创造出来的一个器官"。他的笔下，不论晨曦晚霞、飞雪流云、白桦林、稠李树、牲口圈、黑麦田，还是镶着淡蓝色护窗板的矮屋、收割后的光秃秃的原野，每首诗都散发着俄罗斯乡土的气息。敏感的诗人对工业化的前景深感忧虑，担心会破坏乡野的美。他把象征着产业革命技术力量的火车憎恶地称作"铁的客人"，称电线杆为"公路的石制双手压在农村的脖颈上"。他把城市的兴起比作"黑色的毁灭"，自称是"乡村最后一个诗人"。叶赛宁的眷恋也许是一个极端的例子，所以在只能以一种声音发言的当时，被当作颓废作家批判。当时也确有不少作家真心地讴歌建设和开发，欢迎工业化的到来，并产生了大量作品，但它们今天已鲜为人提及。硕果仅存的几部作品，其还能够让读者读下去的原因，也并非因为描写了机器马达，而恰恰是由于字里行间处处浸透天空和土地的气息，人和自然的关系处置得较为恰当，没有过分张扬人的所谓壮志豪情以致到了虚妄的程度。像著名的《金蔷薇》的作者帕乌斯托夫斯基，在《卡拉布迦日海湾》这部中篇小说里写了为开发里海海湾的芒硝而做出的各种努力。对于荒凉的草原大风暴的描写，使得小说具备了一种奇异的气氛。更晚时候直到20世纪七八十年代，索洛乌欣、卡扎科夫、阿斯塔非耶夫，也都淋漓尽致地描绘了对大自然和乡土的爱。读一读阿斯塔菲耶夫的《俄罗斯田园颂》吧！这篇数万字的长篇散文，歌颂的是每个俄罗斯家庭都有的菜园子。蔬菜草木，家畜家禽，昆虫鸟类，描绘到的有上百种之多。田园生活的种种细节，都被如工笔画般纤细入微地描摹出来，整部作品色彩斑斓，读来让人心潮激荡，恨不得马上扑进美丽肥沃田园的怀抱，充分体验、享受乡间生活的无穷情趣。

当然，并非只有俄罗斯作家才对田园、乡土一往情深，在其他国家的作家笔下，它们一样被浓墨重彩地描绘着，像哈代小说中的威塞克斯，像《呼啸山庄》中的荒原，像薇拉·凯瑟的美国西部。但它们或者是作为故事发生的背景，或者作为表达题旨的象征。读法国小说，我们也许会忘记普罗旺斯的秀丽风景，缺少它们似乎并无大的妨碍，而德国作品里那些森林湖沼往往显得神秘诡异，它们因担负了形而上的哲理而让人感觉隔阂。但俄国作家们笔下的乡野，本身常常便是主角甚至便是一切，有生命，有血肉，有灵魂，鲜活生动，不可或缺。读一读契诃夫的名篇《草原》吧！小说记述的是一辆旧马车穿越草原的一次旅行，通过作为主人公的小男孩叶果鲁希卡的眼睛，展现了广袤的俄罗斯大草原的雄奇气象。无法测度的天空的深邃，无边无际的大地的广袤，白天是视野中的单调的景色，悲凉悠长的歌声，停滞闷热的空气，骤然降临的暴雨，夜晚是暗红色的月亮笼罩下的神秘的影像，禾秸和枯草的浓重的香气，虫和鸟的叫声。那是一种被遗忘、被荒废了的美，读着读着，你会感到，那些风景本身就是生活的隐喻，充满了爱恋和忧伤、向往和缺憾。它们是完全自足的，人物和故事某种意义上只是起了一个贯穿作用。

帕乌斯托夫斯基的散文集《面向秋野》中，有一篇是论述诗人勃洛克的。他谈到诗人对贫穷的俄罗斯的哀哀欲泣的爱，以及这种爱如何不能为今天的人们理解时，写下过这样的话：

> 子孙们不了解，也不愿了解贫穷，这种贫穷充满着哀悼的歌声，充满着迷信和童话，充满着胆怯的、沉默寡言的孩子的眼睛，充满着担惊受怕的少女的低垂的睫毛，充满着流浪汉和残废人的胆战心惊的故事和对森林、湖泊、废井、老妪的哭声和钉死的农舍——总之，对身边一切事物的经常性的、令人难受的神秘感，以及同样经常的奇迹感："我昏然欲睡，梦境之外是一片神秘，而你，俄罗斯呵，就在这神秘之中安息。"

要爱上这些灰色的农舍、灰烬和杂草的气味、哀歌，并且在这种贫穷后面看到森林密布的俄罗斯的淡淡的美，必须有一颗坦荡而坚韧的心和对本国人民的伟大的爱。

我之所以不惮其烦地摘抄这么多，是由于这段文字中，潜藏着理解这种迷恋的最准确的答案。乡野的俄罗斯，不但以其忧郁的、粗犷和柔美并存的自然风光使人沉醉，更蕴含着丰富的精神资源。在俄罗斯文化和宗教中，拯救、奇迹是天然地同贫穷、苦难相连的。因此，对于农业的、贫瘠的俄国，乡村具有本体的意义，那种来自天国的启示，就蕴藏在广袤田野上的千万个村庄中和千百条纵横交错的道路上。理解了这些，也就能够明白，为什么在被称为农民诗人的叶赛宁的诗中，圣母玛利亚要把农妇的花头巾遮在自己的金色发辫上，耶稣复活和降临的意象更是屡屡出现。香客、乞丐、苦行僧出没的道路，视野中到处可见的教堂、十字架，古老的传说和歌谣，不能不使人感受到强烈的宗教气氛。对于以描绘、揭示灵魂的生活和秘密为目的的作家，这一切当然会引起他的吟味、思索。因此，在乡村和田野上，在稠李花和浆果、缀满云彩的天空和解冻的泥泞的土地——它们无疑有着自足的美——之外，他们发现了一种精神的、灵性的生活的弥漫而深厚的存在，它们联结的是这个民族的集体意识和灵魂的秘密。蒲宁在《阿尔谢尼耶夫的一生》中，曾借主人公之口发问："俄国人为什么对破败的住宅、荒芜的花园一往情深？"可谓意味深长。

既然它的源头是历史，是文化，是一种岩石般坚固、血脉般贯通的东西，就会一代代传递下去，就像几千年来被咏颂不已的月亮，已然成为中国人审美心理结构中牢牢的一环一样。它们不会轻易因社会的变革而消失，至多是变换一种存在的形式，而其实质将保留下来。在苏维埃时代，上帝、宗教等成为不许提及的字眼，但从作家们笔下描绘的大自然中，你能发现深邃的、神圣的东西,心灵会受到深深感动,生发出一种类似宗教感的情绪。乡野,常常就是真、善、美的象征。这点集中而突出地体现在以发掘和表现大自然的美为终生目的的普里什文的全部作品中。作为一名"大自然的调查者",他倾听"森林、岩石和流水的声音",通过敏锐的眼睛,看到一个美丽和谐的"第二世界",并用一种异常精确细腻的、抒情的笔触描画下来。他的笔下,一株小草、一只蜜蜂、雾气弥漫的河湾、挂满野花的山崖,都是有生命的、充满人性的。一种泛神的观念展现在他的世界中,这个世界不独让人看到了美,更主要的是还展现了善。他认为与大自然交流能给人带来智慧和幸福。如果我们细加辨析,从这种理念中,就会发现福音书的影子:大自然所象征的公正、秩序、和谐等不正是基督世界中的理想吗?只不过,话题是在另一个方向展开的。尽管当时的意识形态口号是"人征服大自然",但在这些优秀作品中,却分明蕴含着一个确切的结论:只有像大自然所兆示的那样生活,人才能够快乐。

这样的结论,也同样贯穿在其后艾特玛托夫、阿斯塔菲耶夫等人的创作中。如果说普里什文的思索是从正面做出的,他们则更进一步,从反面也即恶的一面入手展开了道德思考。大自然象征了和谐、智慧和道德,代表了生活应有的美和秩序,而人性的堕落也总是表现为无穷的贪欲、损人利己等,在小说中都与对自然的劫掠、伤害密切相连。不论是前者的《白轮船》中杀害长角母鹿的暴行，还是后者的《鱼王》里的偷渔行径，都是对大自然所体现出的宽厚仁慈的背叛。如果追寻起来，这些都可以回溯到宗教精神的母体中，在那里，对生命的关怀同对自然的敬畏是一致的。

在善恶之外，大自然担负了更广阔的价值思考，它的意义编码可谓丰富多重。在帕斯捷尔纳克的《日瓦戈医生》中，大自然不但是被浓墨重彩描绘的对象，占据了重要位置和大量的篇幅，而且对于完成和深化主题也起着关键性的作用。俄国十月革命带来翻天覆地的社会大变动，仿佛一场裹挟一切的风暴，没有人能够躲避。小说在这样的背景下，描绘了主人公日瓦戈医生等许多人的遭遇，展示了对革命和个人命运、时代目标和个人信仰等重大问题的思考。值得注意的是，书中有这样一句话：在临死前日瓦戈医生"再次认为……他不是以公式的方式，而是以同植物王国做比较的方式去设想历史的"。相对于动荡、逃亡等，大自然体现了永存的、千古不易的秩序。森林的容貌随季节的更替而变换，春天鲜绿，秋天枯黄，时时不同，但森林本身却是不变的。历史也是如此，在种种暂时的变化下面，蕴藏着永恒的东西，那便是人对于自由、尊严的权利和追求，是宁静的、符合人性的生活，虽然它们在某段时间会被漠视乃至被粗暴地对待。对于帕斯捷尔纳克，森林、季节、大自然，成为一条联结人与社会、历史的思考的纽带。从这种有机的联系出发，他对人类的前景是乐观的，尽管眼前有太多的狂乱。同前面相比,这里的这种关联也许显得有些迂曲了,却依然有着内在的逻辑轨迹。

> 大自然、世界、宇宙的密室,
> 我全身带着玄奥的战栗激情,
> 流着幸福的热泪,
> 守护你那永恒的使命。

帕斯捷尔纳克这几句诗,最确切地宣告了大自然和俄罗斯作家的心灵之约。清风、太阳、树林、麦田、草场……乡野的俄罗斯,你的美是永恒的!

# 在旅途中读米沃什

每次外出旅行，我都要带上一册与所去之地的历史人文等有关系的书。不久前去波兰参加肖邦 200 周年诞辰的有关纪念活动，自然也不例外，行囊中除了旅行指南外，还有一本波兰作家切斯瓦夫·米沃什的《米沃什词典》（西川、北塔译）。每天晚上回到宾馆，就寝前，信手翻阅几页。这本书在几年前购买时已经大致阅读过了，但此次读来仍然有不少新的收获，我想很重要的一点，是源于亲临其地的贴近感所带来的认识和理解的深入。

这部以词条的形式撰写的、可归为广义散文体裁的图书，内容丰富、纷纭、庞杂，不论时间还是空间的跨度都很大。每个词条，都以一种浓缩的方式，描述了作者交往过的人，经历过的历史事件，生活或旅行过的某处地点，对某个主题或理念的哲学意味浓郁的思考，等等。在一个词典的框架中，盛放的是作家的经历、观察和思考。可以说它是一部回忆录，但和回忆录通常采用的编年体形式完全不同，它不以物理时间排序，而以人名、事件、概念等的第一个字母开始，对不同的内容进行勾连和组合，这样，我们看到的是一种跳跃不居的视角，能感受到里面浓郁的发散性思维的特质。无疑，它体现了一种高度个性化的写作姿态。不过当通读过全书，对作者的身世遭际，时代的风云变幻，也仍然能够有一个大略清晰的认知。

很难用几句话对这部书的内容做出概括。米沃什"由于他以不妥协的、敏锐的洞察力，淋漓尽致地描述了人类在激烈冲突的世界中所暴露的种种现象，以及他的著作的丰富多样、引人入胜和富有戏剧性"而获得1980年诺贝尔文学奖。他的丰厚博大、他的哲学玄思、他的艰涩沉闷，也同样体现在这部书中。在前后两次读这本书的过程中，流畅轻快之感始终是阙如的，倒是时常感到某种吃力，不过一次次确凿的收获的欣悦，也每每在脑力的紧张运转之后徐徐降临。

无论如何，这的确不是一部适合旅途中消遣的书。我这里仍然想说它的原因，是在我一周走马观花般的行程中，因着身临其境而产生的感性的充分介入，而对书中所谈到的一些内容，确实获得了一种比仅仅从纸面上阅读所得要更为深入的体验和认识。

比如说，这个民族的多舛的历史和苦难的命运。

华沙的老城区古意盎然，但这是战后根据原来的面貌复建的。"二战"结束前不久，希特勒为了对华沙大起义实施报复，除了大肆杀戮，还有计划地毁掉了几乎整座城市。战后，波兰被划入东方阵营，名义是社会主义大家庭里的一个成员，但在数十年中却无法摆脱受支配的尴尬。我们登上了至今仍是华沙市内最高建筑的科学文化宫，俯瞰整个城市。这是一座和战后莫斯科七大建筑风格一致的巨楼，大楼主体顶部是一座直插云天的尖塔，顶尖巨大的红五星在阳光下熠熠闪光。它是当年斯大林送给波兰的"礼物"，波兰人被迫接受了它。施予者和接受者，心理感受当是不同的。这点且不说，但其样式和整个城市建筑风格的极端不和谐，却实实在在地构成了一种对视觉的施暴。乃至于华沙流传一个笑话："住在哪里最好？""当然是科学文化宫了，只有住在那里你才看不见它。"

自华沙南行 300 多公里，到了克拉科夫，波兰几个世纪的古都。这里有王室城堡，哥特式和巴洛克式风格的教堂，还有排名全欧洲第二的中世纪广场——中央集市广场，只有威尼斯的圣马可广场比它稍大。广场上的诗人密茨凯维奇的塑像旁，到处摆满鲜花，鸽子悠然漫步，丝毫不在意熙熙攘攘的游客。仅仅因为纳粹想在此地建造一座毁灭犹太人的博物馆，炫耀他们的功绩，这座城市才幸免于被毁灭的厄运。1989 年冷战结束后，米沃什结束了在法、美两国前后接近 30 年的流亡生活，定居在这里，直到 2004 年去世。这里不是他的故乡，他的故乡是维尔诺，他在书中用很多篇幅反复写到，念念不忘。"二战"后东方边界重新划定，这里成了苏联的属地，而随着苏联解体，如今又成了独立的国家立陶宛的首都维尔纽斯。"等是有家归未得"固然是一种极度的伤痛，但能够在最能体现波兰历史和文化特色的地方度过余生，也算是一种慰藉了——我是这样测度作家的选择的。哥特式教堂的地下室，是许多王室成员和著名人物的安息之地，我看到了不久前因空难辞世的波兰总统卡钦斯基夫妇的大理石灵柩，安放在有波兰"国父"之称的20世纪政治家毕苏斯基元帅的石棺旁边。

在从克拉科夫返回华沙的路上，我们参观了奥斯威辛集中营。那天阳光明亮温暖，但仍然无法驱除心中彻骨的冰冷。铁丝网，焚尸炉，堆积如山的头发、眼镜、鞋子，挂在长长走廊两面墙壁上的囚犯的照片，将参观者赶入一个恐怖的梦魇。米沃什的许多同学和朋友，死于这一座和其他若干座纳粹集中营里，同样，也有不少人死于苏联的古拉格群岛。来自东方的邪恶还不仅仅是劳改营，我记得两年前看电影《卡廷惨案》时的惊骇。这个夹在东西两大强邻之间的中欧国家，几百年来遭受了一波波的巨大苦难，也发酵出了深厚而沉重的思索。

在这部书中，有不少词条涉及与以上方面有关的内容：屡次被瓜分乃至长达一个多世纪的亡国的历史，隐忍中的反抗，沉默中的言说，以及这种宿命般的特殊经历对民族精神和文化的作用和影响，等等。或者直接谈及，或者曲折抵达。相对于陈述事实，更多的是表达思考，某些词条甚至只是营造出了某种气氛，只提供了某一段历史的背景。但它们的集合，指向却是明朗而确切的。对于恶的思考反复出现，既触及了集权的本质，也探究了人性的幽暗的洞穴。对于高度讲求艺术境界和哲学意味、作品充满了难以言传的不确定性的诗人来讲，书中对专制主义的抨击，却是少有的犀利和明朗，作者也因此被视为一名充满了"意识形态激情"的诗人。

我这样写，很可能让未看过此书的读者，猜测这是一部有关社会政治批判的书，或许认作像索尔仁尼琴的《古拉格群岛》一样了。倘若如此，我会感到惶恐。其实这部书的色彩远非是单一的，这位作家连同他的作品，都堪称极其丰富而驳杂。他曾被同样荣获诺贝尔文学奖的苏联流亡诗人布罗茨基看作"我们时代最伟大的诗人之一，或许是最伟大的"。对他的诗歌、散文作品的——自然也应该包括本书——贯穿性的主题的概括，始终是研究者们的一个持续不衰的话题。

阿多诺说："自奥斯威辛之后，写诗是野蛮的。"这句话因揭示了诗与恶的紧张对峙关系和本质上的无能为力而广为传诵。米沃什无疑是被最深重的阴影笼罩过的人之一，但他却选择了以诗的方式言说，旨在重建被毁坏的人性基础。仅从这点上，我们就足以判定他对人类的未来是抱有信心的。他在《米沃什词典》的跋中写道：

> 因为我们生活在时间之中，所以我们都服从这样一条规律，即任何东西都不能永远延续，一切都会消失。人在消逝，动物、树木、风景也都在消逝。

但这并不意味着绝望和放弃。在本书的一个词条《好奇》下，他这样写道：

> 我们独自上路，但同时也是参与了全人类共同的事业，参与了各种神话、宗教、哲学、艺术的发展，以及科学的完整。驱策我们的好奇心不会满足。既然它不会随时间的流逝而稍减，它便是对于死亡趋向的有力的抗拒。

这段话让我们看到了作为一名行动者的米沃什。美国学者、他的学生路易斯·埃瑞巴恩曾这样概括：

> 米沃什的伟大主题是：用"人性的东西"填满宇宙。

这些摘录，约略可以让我们窥知米沃什的世界以及他对此一世界的表达方式了。但对这个话题的进一步展开和剖析，显然不是这篇短文所能承担的了。

# 土地的蕴含

有一些情怀，已经为今天的人们淡漠许久了，甚至许多人从来就不曾意识到它的存在。这只能说反映了他们的缺失，而于这些情怀或价值却毫无损害，因为它们是无所待的，相反，它们创造一切，赋予一切。这通常是最巨大意义上的事物才具有的品性，譬如土地。它们深深地隐匿着，无言地缄默着，对自己的蕴含的真实性以及深邃和久远深信不疑，知道总会在适当的时刻化作启示——此时，它们便通过一本书显现了自己。这便是挪威作家汉姆生的《大地的成长》。

《大地的成长》，是一部被誉为"挪威小说中的经典"并使作者荣获 1920 年度诺贝尔文学奖的作品。它描写的是一个庄稼汉的平凡故事。艾萨克独自一人来到茫茫荒原创业，开垦农田，搭建房屋。一个长有兔唇的女人英格尔赶来，做了他的妻子。两人男耕女织，不但克服种种艰难生存下来，还养育了几个孩子，过上了富足的日子。小说没有引人入胜的情节，文笔也朴实无华，就像生活本身一样。艾萨克的纯朴、诚实的品格，他的忘我的劳动，正是他生存和富裕的原因：他视土地为命根子，舍得挥洒汗水，土地便也回赠他一份丰饶。

谁要是仅仅以为这不过是一个勤劳致富的故事，那意味着他远没有读懂，没有进入它的深邃的意义层面。小说展示了一种古老的情感。它试图述说的是土地在人类生活中的重要意义，是存在于人与土地之间的内在联系，是土地以怎样的方式作用和影响着人的精神面貌。这仿佛有些玄奥，但又分明是真实可感的，是具体的生活所彰显的东西。借助艾萨克们粗犷的形象，汉姆生令人信服地揭示出，德行源于土地，美和善良就存在于土地本身，而使人和土地贴近的唯一途径，便是诚实的劳动。正是这种劳动，使劳动者具备了土地的美德，艾萨克身上的纯朴、憨厚和强大的生命力等，便正是它们的体现。

> 这个男人片刻不曾离开过他在大地、泥土上的天然位置。任何东西也动摇不了他。（李葆真译）

作为对艾萨克们的农耕生活的映衬，小说还描写了另外的生活：经营商店和开采矿山。它们作为新兴的现代工商文明的体现，强烈地诱惑着人们，使平静满足的日子受到搅扰。但这些热闹并未持续很久，铜矿倒闭，商店关张，它们带来的财富也都飞走了，最终的胜利仍然属于那些把整个身心都献给大地的耕耘的人们。只有土地才最可靠。作者安排了一个与艾萨克形成鲜明对照的人物，即他的大儿子埃勒苏，他聪明，自幼受宠,长大后进城到事务所做事,但养成了好吃懒做的毛病,瞧不起父辈辛勤踏实的劳动。后被除名,经商亦失败,最后独身前往美国,一去不返。在这里,诚笃和漂浮,默默劳作和心怀投机之念,各将会面对什么结果,是清楚明白的,同样无须怀疑的是这种结果正来自对土地的不同态度。

在这部书中,大地便是主角,而并非只为人物和故事充当背景——大地"是唯一的源泉,是万物的根本。你说那是一种单调而凄凉的存在吗?不,一点也不是。一个男人拥有一切;他上面的神,他的梦想,他的爱好,它的丰富迷信"。它首先是一种养育的力量。从大地的胸怀里成长出来的,不仅是粮食、果物,还有艾萨克这样的劳动者和高贵的品格。他们是另一种丰硕的果实——书名中的"成长"便同时具有"果实"的意义——如果这让我们觉得玄奥,那只是由于我们与土地隔膜得太深了。需要审度的是我们自己的内心,而非怀疑土地的德行,它们和我们脚踏其上的感觉一样确切。凡是经由勤恳的劳动和它建立起密切关系的人们,都会获得它所蕴含的善的品性,它使生存变得坚固——

你可以得到什么?你可以得到一种与世无争的清白而正派的生活。

生活在荒野中的男人是不会晕头转向的。

连它的严酷和对立,也是养育的一种方式——它们增强了他的韧性和力度,就像钢材只有经过淬火才会合格一样。艾萨克不过是他们的一个代表。

小说寄托了作者汉姆生回返自然的思想。他自小家境贫寒,很早就开始独立谋生,曾两次流落到正在开始工业化的美国,做过多种职业。他鄙视这个国家新兴的生活方式,并撰文予以嘲笑。要指出他观点的偏颇之处很容易,凡是懂得一点历史发展必然性的人都能轻易地做到,但是,他所表露的关于土地、劳动和人性的关系的思想,却是难以颠覆的。那是一种不受时间磨损的东西。何况,必然的并不就是合理的,今天也只是历史链条中的一个环节,一种远非完善的状态。时代在获得赠予的同时,所受的剥夺也是鲜明可见的。事实上,与土地分离的弊病现在就已经可以清楚地看到了。在高度工业化的西方,已有学者指陈建立在掠夺榨取自然资源基础上的现代工业文明是人类为自己选择的方向性错误。这种激烈的姿态可能使人骇异,但若联想到 20 世纪以来特别是今天产生于人与土地分离的一系列恶果,像森林和耕地的急剧减少,水土流失,生态恶化,等等,便应该理解他们的良苦用心并予以充分尊重。何况,伴随而来的还有另外一种精神资源的流失——这是更坏的。土地的原则是洒一分汗水得一分收获,它培养对劳动的虔敬,并由此派生出朴素、正直、勇敢等美好情怀,正如在山林中垦殖的艾萨克在心里喃喃自语的,"哦,只有一块耕耘过的土地才是贵重美好的东西！"而现代工商业的崛起，却在很大程度上依赖于对超额利润的攫取，它鼓励了急功近利、投机钻营、不择手段等道德观的发育壮大。鄙薄诚实的劳作，常常便意味着人性堕落的开始。像埃勒苏这样的人，如果也算是土地的一种"果实"的话，只能让人想到病变干瘪的谷穗。作者抨击了这一类人："他们都是疯狂的、病态的，他们不干活，他们不知道犁田耕地，他们只知道赌博的骰子。"

这个话题并不新鲜，是每一代人都必须面对的。"一代来了，一代又去，地却永远存在。"它因而具有本原意义上的厚度和重量。本土传统哲学的天人合一，当代西方学界对数百年来人类以宇宙中心自居的傲慢态度的审视质疑，一个突出的方面就是都注意到土地——自然的精神内涵，它对健康灵魂的锻造作用。在此意义上，《大地的成长》正是一次形象的阐述。我们还可以从早已为人熟知的、美国女作家薇拉·凯瑟的小说《呵，拓荒者！》和《我的安东妮亚》里面，看到将土地作为根基的人们是如何葆有生命和青春的光彩的，再大的挫折也无法损害他们。那是同一主题的不同变奏，回响在新大陆广阔的天穹之下。同样，从沈从文的小说中，我们也读到了话题的另一方面——离开土地的人们怎样被一点点侵蚀了善良朴实的本性。因为他们失去了佑护。而今日时有所闻的、发生在离乡进城寻找富裕之路的农民们中间的挣扎和沉沦的悲剧故事，除了需要经济学、社会学的关注外，又有多少应该从土地道德的层面上加以研究？

《大地的成长》，一部土地和劳动的赞美诗。它的质朴，它关注的事物的属性，使它处处显示一种雄浑气象。它的精神同世俗的浮泛热闹无缘，但既然联结了深邃久远，就不必担心会被湮没。它所展现出的人的生活的最基本形态和劳动的最纯粹的形式，又使得它在射出纯正的古典光辉的同时，也具备了某种同寓言相通的品格。它使我们更进一步明白，何以土地每每被唤作母亲——"地母"，这个词所蕴含的宽阔和温暖、孕育生发的力量，引发我们无限遐想。事实上，作者并非仅仅赞美开垦耕种，他开阔的目光投向了一切真正的劳动。他讴歌的人物中也有开矿人，但同时又令人信服地揭示出，那种可爱的活力依然得之于土地的馈赠。一切形式的劳作，只要是清白的，都会通过神秘的渠道与土地联结。它神秘，却并不虚妄。不会有人忘记书的结尾处，对其貌不扬的劳动者艾萨克的那段描写吧！

　　一个全心全意的种地人；一个不知劳累的庄稼汉。一个来自过去而指向未来的幽灵，一个最早在旷野垦荒、在旷野落户、享年九百多岁的人，然而，又是一个现代人。

这里，作家将艾萨克同《圣经》中种了一辈子地、活得也最长久的玛土撒拉相比，意在揭示劳动同生命的关联，而我们也仿佛看到希腊神话中从大地吸取无穷力量的安泰俄斯。他的身影就矗立在一片田野的丰饶背景之上。那是怎样的原野啊，它使人想起波兰诗人密茨凯维奇的著名诗句——

  好一片田野，
   五谷为之着色！

# 带着驴子去天堂

最初知道雅姆的名字,是从早逝的青年散文家苇岸的一篇作品中。苇岸为人高洁、正直、严谨、自律,具有强烈的圣徒气质,是这个物质时代的异数。他不幸罹患不治之症,在最后的日子里,应他请求,他的友人、精通法语的诗人树才为他赶译了一组雅姆的诗。按苇岸的遗嘱,他的骨灰被撒在他的故乡的一块麦田里。葬礼在麦田中举行,站在5月里齐腰高的麦穗间,树才朗诵了其中的两首,有一首题为《为带着驴子上天堂而祈祷》,里面这样写道:

> 上帝,让这些驴子和我同到你面前。
> 让天使静静地带领我们
> 走向林木茂密的溪流,那儿摆动的
> 樱桃树像欢笑少女肌肤般的光滑,
> 在灵魂的居所里,让我俯身
> 您的神圣水流,我愿同驴子一样
> 从它们卑微温顺的贫陋,鉴照出

> 永恒之爱的晶莹剔透。

这段文字,其实并非当时朗诵的树才的译文,而是引自台湾莫渝翻译的《雅姆抒情诗选》,作为河北教育出版社"20世纪世界诗歌译丛"中的一种出版。树才的译笔更为流畅,我曾经抄录下来,但一时找不到了。自那时起,我一直期待着这位诗人的译本问世,差不多已经失望了,才在西单图书大厦发现了这本书。

这是姗姗来迟的声音,传递的过程长达数十年。早在20世纪30年代,诗人戴望舒就曾经译介过雅姆的数首诗,并这样介绍雅姆:"他是抛弃了一切虚夸的华丽、精致、娇美,而以他自己的淳朴的心灵来写他的诗的,从他的没有辞藻的诗里,我们听到曝日的野老的声音,初恋的乡村少年的声音和为禽兽的谦和的朋友的圣弗朗西斯一样的圣者的声音,而感到一种异常的美感。这种美感是生存在我们日常的生活上,但我们适当地、艺术地抓住的。"这是一位诗人对另一位诗人的准确理解。

说到诗人,在通常情况下,人们脑海中会浮现出这样的画面:一些才华毕露的不凡之士,有着乖戾张扬的个性,落拓不羁的举止。他们的身影频繁出现在各种研讨会、朗诵会上,辩论激烈,言辞冲撞,意气十足。这些印象也许来自媒体上剪影式的描绘,里面肯定会有不少夸张不实之处和漫画式的简单化倾向,但你不能说它们是空穴来风。事实上,我们也见到过不少从外在扮相上努力使自己符合这种形象的"诗人",仿佛只有如此,自己的缪斯追随者的身份才能被人认可。另外,城市是他们展现自己真实的抑或可疑的才华的天然的舞台。和巴尔扎克笔下的外省青年拉斯蒂涅来到巴黎寻求成功一样,今天的无数文学追梦人,都千方百计挤进北京、上海等几个大城市,因为这些地方是一个巨大的信息平台,是话语的产生地和集散地,按照某个如今已经被人广为援引的论点,拥有了话语也即拥有了权力。

相形之下雅姆倒更像是一个异数。他提供了另外一种解答,指出了另外一条通往诗国的道路。作为一个人,他温和、安静、谦卑、虔诚;作为一个诗人,他熟知诗歌的美丽版图有着什么样的经度和纬度。他通过那么多的优秀作品告诉人们,诗不是外表,而是心灵。诗人说出了什么,比在哪儿说更重要。

弗朗西斯·雅姆(1868—1938)出生在法国南部比利牛斯山下一个名叫杜尔奈的小镇上,一生远离文化都会巴黎,在南方欧尔岱和哈斯帕宏两个地方,过着宁静的乡居生活,被称为"乡村诗人""外省诗人""虔诚的宗教诗人""晓得歌咏自然与少女的诗人"。美丽的乡野、宁静的生活、淳朴的风情、充满虔敬之情的灵魂,是他诗情的最主要的来源和构成。试图通过一册选本来把握一位诗人,许多时候会是有风险的,会留下遗憾的,但雅姆不在此列。他是田野间一方倒映着树木庄稼的宽阔池塘,水量丰沛,波光潋滟,然而清澈见底。

在雅姆诗中,世界以整体的面貌显现,众生美丽而活跃。

出现在雅姆诗中的主配角,植物有:风信子、葡萄树、葡萄藤、玫瑰、椴树、金雀花、松木、松果、白菜、胡桃树、乌木树、梨树等;动物有:狗、粗毛狗、秃鹰、鹤、鸽子、黄蜂、鹅、鸭、鸡、驴子、牛、燕子、山羊、苍蝇等;人则有:农民、农妇、牧羊人、某某家族、诗人、上帝等。(《乡村诗人爱驴子》,见《雅姆抒情诗选》译者序)

这是一个有着广阔而深厚的联系的世界,人、动物和植物,不曾龃龉和阻隔,互相映照和呼应,按照上帝的旨意存在和排列,而非依据尊卑贵贱的人为秩序。这个世界曾经普遍地、生机勃勃地存在,而如今却已经成为一处供追忆凭吊的遗址。

在这个世界中,在不同的事物与事件之间,在它们的天然的、属于自然界的联系之外,雅姆还建立了一种更为重要的精神的联系。这是诗歌的魔力,是语言的能量。在其笔下,万物都被同一道爱的光贯穿和照亮,而光源便是作者的一颗灵魂。《十四首祈祷诗》最为集中地映现出雅姆善良、温柔、充满悲悯的诗人之心,如同黄昏的霞光,夜晚的满月。

这是《为他人拥有幸福祈祷》一诗中的句子——

把我没有过的幸福给大家，
愿恋人们轻声细语
在车子、牲畜和叫卖声中，
腰贴紧腰，互相亲吻。
愿农民的好狗，在小客栈角落，
找到好汤，能睡在阴凉处，
愿拖着长长的一列山羊
咬嚼透明卷须的酸葡萄。
上帝，要是您愿意，就忽略我吧
…………

"我"并不重要，可以被忽略，被舍弃，只要别人能够得到幸福：一颗多么谦卑、仁爱、宽阔的灵魂。此外的13首祈祷诗，题目分别是"为了一个孩子不死""为了变得单纯""为了凝思""为了赞美上帝"……他为每一首诗寻找了理由。然而你会发现，这些理由可以归结到同一个母题：为了达到上帝的意旨，为了将自身彻底融入他的蔼然的光辉中。在基督的世界里，爱的光芒是均匀地洒落在一切事物上面的，而雅姆是他的一个代言人，一个歌者。

在众多生灵中，温顺隐忍、负重耐劳的驴子，尤其得到雅姆的宠爱。他的许多首诗都写到驴子，作为题目的就有《我爱这只温顺的驴子》《驴子还小，满身雨点》等。在西方文学中，驴子向来就是可爱的、充满灵性的、值得信赖的。获诺贝尔文学奖的西班牙诗人希梅内斯，写过一本名为《小毛驴与我》的散文集；大自然的无穷魅力，诗人居住的小镇的各种风情，人世生活的喜怒哀乐，都通过那头可爱的银灰色小毛驴的感官得到映现。写下著名探险小说《金银岛》的史蒂文森，还写过一部名为《驱驴旅行记》的长篇游记，被誉为英语散文的典范之作。在书中，他把驴子称为自己的女友，并给它取了一个好听的名字。但只有到了雅姆笔下，对驴子的深情才具有某种神圣的意味，而驴子也仿佛一位传递天国消息的信使。在其代表作诗集《从晨祷到晚祷》的《前言》中，雅姆这样写道：

> 我的上帝，你在人群中唤我。
> 我来了。我受苦，我爱。
> 我以你教我双亲，而他们也传给我的文字写作。
> 我像一头载货的驴子，走在路上，受孩子们揶揄，也被他们摸头。
> 当你愿意的时候，我就前往你要我去的地方。
> 祈祷声响起。

如果说诗人心中喷涌的诗情好像一股充沛的泉水，它流经之处的所有树木和花草，都会得到滋润。一种宗教意义上的广泛浩荡的爱，是他的全部作品的基调和底色。当他写下其他题材的作品时，我们依然能从中感受到一片清凉、湿润和温柔。

《农事诗》，关于播种和收获，畜牧和养殖，养蜂和采蜜。关于感恩，关于劳动之美。这是源远流长的、来自维吉尔的传统。诗行间听得到土地的心跳，季节的脚步声。被上帝安排妥当的一切，又经由诗人的文字来夯实、加固。与纷纭无常的世事相比，季节的更迭严格遵循了大自然的节律，给人带来一种踏实稳定感。

> 光明融入光明之中，这些劳动者
> 采收花中最精纯的麦粒。
>
> 他们拜访大地角落
> 上帝赐予日常生活的美意

这是《天使收获》里的句子。读着它，我想起在华北平原乡下度过的童年。终日行走在都市钢筋水泥的丛林中，对田野的思念不时地让我陷入焦灼。我熟悉脚掌踩在湿润松软的土地上的感觉，熟悉5月里成熟麦穗和桑葚的味道，熟悉被脚步惊飞起的鸟雀拍击翅膀的声音。

《春花的葬礼》，是文字的慰藉力量的一次确证。17首悲歌纾解了内心的愁苦，所以诗人要称它们"抚慰我的苦难"。

当我内心为爱而死,羡慕吧。

他一生如同鳟鱼在蓝色急流里跳跃。

他一生如同一颗星的直线划落。

他一生如同忍冬的芳香。

当我内心为爱而死,别去寻找。

我请你:让他安静入眠,
在冬青槲树下,清晨,知更鸟
对着圣母玛利亚不停地鸣吟感恩歌。

(《第十悲歌》)

  受苦却仍然要感恩,因为从本质上讲,生命是一桩极其偶然的事件,是一件被赏赐的礼物,这让人想到朴树那首《生如夏花》中忧伤而执着的感慨:"我是这耀眼的瞬间,是划过天边的刹那火焰,我为你来爱我不顾一切,我将熄灭永不能再回来。"
  一首真正的诗,其功效是提示和警醒,是在尘埃蒙蔽之处打扫出一片洁净,在幽暗之地闪现一缕光亮,还有,在时光匆促的行进中,在人群簇拥的队列里,创造一个短暂的停止,提供一个孤寂的处所,让人停留、沉思,以便整理一番心情和精神,认清要奔赴的目标,然后继续赶路。雅姆的诗,也具有这样的特质。在自身文本之外,它们还展现了一个宽阔的背景,一种价值的参照系统,在对照和映衬中,思绪如潮水一样流动不已。

雅姆的一生跨越了两个世纪,但其作品的美学风范和精神风貌,完全属于古典的形态。那些美丽、安详、宁静的诗篇,传递的是一个业已消逝的乐园的消息,映照的是一个和谐均衡的世界。在那种状态中,天空清澈,流水透明,树木苍翠,菜蔬清洁,目光羞涩,笑容真诚,灵魂平和,信仰诚笃,那是一个更人性的世界,是一种令人怀恋不已的单纯而深湛的幸福。

进入20世纪,两次世界大战的硝烟长久笼罩,天空再也不复有当年的蔚蓝澄澈。硝烟终于散去后,大地却又被另外的东西遮蔽。因为对"进步"的痴迷,因为技术对人的操纵,因为物对灵魂的挤压,人被异化的情况越来越严重。一方面是物质的极大富足乃至过剩,我们拥有了许多远远超出我们意料和期待的财富;另一方面,心灵的分裂、痛苦、乖戾、癫狂等,也达到了前所未有的剧烈程度。作为对现实的映照,诗歌世界也发生了裂变,我们嗅到艾略特的荒原上散发出的死亡气息,听到金斯伯格撕裂般的号叫——这些同样是太多了,甚至是过多了,令灵魂无法负载。

这时,我们才意识到曾经拥有的单纯、朴素、恬静,像雅姆诗中描绘的那些人和动物、事件和经历、气氛和环境,是多么美好和可贵。我们喜爱上了他,沉醉于他的世界,实在是再自然不过了。这不是逃避,不仅仅是在白日梦中享受片刻的惬意,而可以理解为是一种对被扭曲的、充满缺陷的生活进行匡正和修补的努力。就像文艺复兴运动从已经湮灭的古希腊文化中汲取养料一样，在实施这一项心灵的工程时，我们也可以调动和运用过去的一切遗产。雅姆诗无疑也属于这样一类优质的精神资源，虽然在姹紫嫣红开遍的诗歌花圃中，它并不特别惹人瞩目。

实际上，我们也有充足的理由相信，雅姆诗歌呈现出的古典情怀不会泯灭，它唤起的感动，给予的启示，新鲜而且恒久。就我阅读所见，在他之后，在这个题材范围上，至少还有两位大诗人，也确证了这一点。他们同样深情地凝视田园，但影响更大，打动了更多的心灵，激起了更广袤的回声。这两人，一位是俄罗斯的叶赛宁，被称为"最后一位乡村诗人"。另一位是弗罗斯特，美国诗人，"工业时期的田园诗人"。三位诗人分别生活在不同的国度和年代，时空阻隔，但其诗篇所表露出的情怀、向往和信仰，却是那样默契，具有高度的同一性。既然像高尔基形容叶赛宁时所比喻的那样，诗人是"大自然的器官"，大自然不愿看到人类赖以生存的根基被毁坏，不愿看到与土地割裂的人们失去荫庇，走向精神的躁狂，它会选取自己的发言人，让人们听到警醒的声音——我愿意把这理解成一种神秘的天意。人是自然之子，是和植物一样的存在，根系深深扎入土地之中。尽管进入现代社会以来，种种冲撞、断裂堪称剧烈，但在数万年的漫长岁月中形成的那一条连接了人和自然的脐带，已经和山川一样坚固永恒，怎么会在短暂的数十年间、几代人中被割断？相对浩荡无垠的岁月，现代的迷乱和狂躁只是一个短暂的时间段，仿佛宁静乡间的午后院落，偶尔掠过的一阵鸟鸣，并不能扰乱深沉的静谧。

所以，"最后一位乡村诗人"云云，只适合从象征的意义上去看待，而不可穿凿地理解。不存在诗歌的终结者。道理很简单，因为这是不可能的，人类的本性拒绝被改写。坚实朴素的土地，健康明朗的生存，宁静开阔的精神——这些都是人心的指向，而诗歌能够最好地引领人们接近这些目的。就像获得诺贝尔文学奖的秘鲁诗人聂鲁达在获奖演讲中所说过的，"吟唱诗歌不会劳而无功"。

那么，在这个初夏的美好日子，空气洁净，天色明亮，杯子中有碧绿的新茶，窗外是闪耀着阳光斑点的绿叶。多么适合回到雅姆的世界，哪怕只是暂时地，回到他的单纯、恬静而迷人的世界，和他一起吟诵——

> 上帝，今天一切柔和，生活
> 重新开始，像昨日，像从前
> 像这些蝴蝶，像这些劳动者，
> 和这些躲在树叶的冷黑中的乌鸦
> 让我，上帝，继续
> 可能同样单纯方式的生活。
>
> （《为变得单纯而祈祷》）

# 感性的无限敞开

一种原本纯正的理论，常常会被别有用心的人滥用、歪用，以至于人们在受到伤害后，不由得要怀疑和提防起这种理论。像尼采的超人哲学，瓦格纳的强力音乐，自从被希特勒改头换面，变成第三帝国扩张杀戮理论的一个组成部分后，它们便仿佛先天地带有邪恶的色彩了。很少有人会怀疑时议，去冷静、客观地探询其原本的、真实的含义。譬如，谁会通过尼采在街上抱着一匹瘦马失声痛哭这一幕，发现被凶神恶煞化了的哲学家身上的爱、温情这些似乎同其理论迥异的地方呢？而不知道这些，我们就不能说真正了解了尼采。

当然，安德烈·纪德《人间的食粮》一书，并不好简单地同它们作比。首先，后者造成的影响是在政治层面的，关系到千万生灵，而前者是道德层面的，所辐射到的是一颗颗具体的灵魂。另外，如果说在前者中，人们看到的更多是被改头换面的理论，与原意相去甚远的话，那么，在相当长的时间里，相当多的人把《人间的食粮》（连同作者后来的小说《背德者》等）看作是一部鼓吹非道德主义的作品，则倒不完全是误读。

因为在这部由描写、警句、诗歌、日记、旅行笔记、道德思考等多种成分融为一体的独特的形式里,纪德的确是在不遗余力地向传统道德伦理发动猛烈的攻击,直欲摧毁之而后快。书中这些话的意义不可能更明确了——

> 我希望已体验了一切情欲和一切邪恶。
>
> 消除你头脑中的"价值"观念,它是对精神的一大障碍。
>
> 行动而不要判断这行为是好是坏,爱而不要担心是善是恶。
>
> 我再也不相信存在什么罪恶。

这些惊世骇俗的句子里意向的明确和强烈,是不好简单地用艺术修辞手法一类说法来解释的。它凸显了一个叛逆者的身姿。

随着第一次世界大战的结束,这本早在十几年前就已出版的不厚的书,忽然受到欧洲读者特别是青年读者的欢迎,风行数十年。在纪德之前多年获得诺贝尔文学奖的另一位法国作家马丁·杜·加尔,在其长篇《蒂博一家》中,曾写了主人公读此书后兴奋不已的情景,可见其影响之大。这倒也并不奇怪。战争的残酷猛烈动摇了传统基督教的基石,丧失了精神信仰的人们需要一种新的价值关怀。这本书以其蔑视一切道德、放纵欲望、享受官能世界的呐喊，展现了一种全新的生存图景。既然以往的规范已被血与火打破，既然"上帝的戒律，曾使我的灵魂受苦"，何不尝试一种毫无拘限、彻底自由的新生活？

如此看来，这本书不存在什么需要翻案的问题，称之为"非道德理论"也可以说是恰当的。然而，对于了解一种观点来说，比记牢斩钉截铁的结论式的句子——如前面所引用的那些——更重要的，是作者到达这一理念的方式、途径和过程，只有通过它，才好真正进入它的丰富多彩，看清它的完整面貌。那种过于简单明晰的归纳概括常常潜藏着认识的片面、粗浅和唐突。

这本书，阅读的快感最先来自它的文字。它华美丰赡，汪洋恣肆，不拘一格，充满变化。它仿佛一树灼灼闪光欲迷人眼的繁花，催开它们的是作者丰沛强烈的感受。通过自始至终极尽精微细致地描绘种种感受，而达到官能享受的理念，是贯穿全书的逻辑线索。撇开种种议论、诘问等诉诸理性思辨的成分，它本身便是自足而丰饶的。在近十万字的篇幅里，它们占到绝大部分。这是一部使人惊愕的感受交响乐，是一颗对一切都充满狂喜——只有这个词约略能描绘出那种状态——的灵魂的喃喃自语或大声喝彩。感官彻底敞开，视觉、听觉、嗅觉、触觉、味觉，都发动起来，达到其功能的巅峰状态，去亲近、触摸、抚弄所能遇到的一切声音、色彩、形体、质地，总之，一切可以感受到的事物。这部交响乐有着自己不同的声部、旋律和音色,有着高低舒徐疾缓等种种表现。下面便是随手抄录的几处片段——

　　平底的小舟,低沉的天空,有时向我们洒下温暖的雨滴;水草间的淤泥的气味,茎秆沙沙的厮磨声。

　　白昼渐长——躺在这里。无花果树的叶子也长大了。用手搓着叶子,便留下一股清香;叶柄流出泪般的乳浆。

　　夏!金子熔液的流淌;繁茂丰足;强烈的阳光灿烂辉煌。爱的畅快的宣泄!

　　图古尔特,我思念着你的黄沙……绿洲,沙漠上的热风是否还在肆虐,刮得你的棕榈飒飒直响?晒裂的石榴,是否任凭酸涩的果核坠落?

　　欲念啊!多少夜晚我辗转难眠,全神贯注于一种梦想!啊!这梦想倘若是暮霭,是棕榈树下的笛声,是幽深小径里的白衣,是强光附近的柔和阴影……那么我就前往!……

可以说,整部作品都是由如此这般的文字构成的,根本不存在哪段更出色、更有代表性的问题。大到桅樯林立的海湾,烈日暴晒下的戈壁,人声鼎沸的城市,小到麦管吮吸的冰镇柠檬水的滋味,茴香繁密的茎梗在日光下金黄的闪光,顺着岩石流淌的融化了的蜜浆……举凡以物质形态存在的一切,都无一例外地成为"甘美的食粮",被不知餍足的感官品尝、玩味,它们的美在作家强烈的感受中被放大,鲜明可感。"每一触及我感官的东西,都给我带来了快感,就像我触摸到幸福一样。"这是一颗对一切充满狂喜、热爱的灵魂,它渴望触摸无限,"把欲望引向大地上一切美好的事物"。"凡我遇到的唇边的笑靥,我都想亲吻;脸颊上的血,眼睛里的泪,我都想痛饮;树枝伸给我的果实,我都想大嚼。"这些尚不能完全令他满足,他甚至"真想享受生物的一切形式,鱼类和植物的形式"。

经过这些具体的了解,我们显然会对这部书的内涵实质有更丰满而非空疏的理解。书中引用歌德《浮士德》里的两句诗"入世来观察,受命来守望",这亦可以看作是作者的夫子自道。这本书正是讴歌了情感、感性领域追求无限的浮士德精神。在纪德看来,生活并非只有一种模式,"各种各样的生活,你们全都美好",有福的人"是对一切都感到新奇","他在地面上一点都不执着,而是携带一种永久自由的热忱穿过多种经常的变动"。正是在这种变动中,生活将自身的丰富奇异展现在人面前。这种热忱,纪德有时又称为欲望,在他的生命观念中占据中心位置——"除了我的欲望之外,再多的财富对我又有何用呢?"它的实质便是一种生命冲动,是一种发自内心的穷尽一切的渴求,它们存在,生命才存在,否则,即使活着也形同死亡。而幸福,便正是寓于这样一个渴望、感受、满足新的渴求的无限循环的过程之中。所以作者才会强调说:"最美的东西……是我的饥饿。"

这样,我们就不至于因为书中一些极具颠覆性的话而轻易地否认它的价值,或者简单地称其为追求声色之娱。它在范围上更广阔,在理念上更深入。它们联结了精神感悟,而非止限于官能感受。作者写下的这两句话可以帮助我们认识到这点:

> 每一种欲望使我得到的充实,都胜过对这欲望的对象的占有。
> 我们所祈望的远不是占有,而只是爱。

这表明与某些具体行为相比,纪德更关注的是一种整体的人生态度,这使主张"蔑视一切道德"的他,既与虚无主义、又与享乐主义有了区别。因为在前者看来,并没有一种值得追求的价值,狂热地投入更是愚蠢。而那些信奉后者的人,所迷醉的无非是躯体的种种感觉,他们的目标不过是伺候好那副皮囊。同样的一句话,不同的人说出来有不同的意义,这种区别,只有结合具体的语境才能看出。这样,我们又可以同文初提到的问题相参照了。

当然，纪德强调审美激情而逾越道德规范，张扬个性自由而漠视集体观念，这是我们无法认同的。这使人又一次认识到，真理再向前跨一步，往往就邻近了谬误。事实上，纪德后来也对其思想进行了检讨修正，在晚年写下的《新的食粮》一书中，他提出了"有节制的德行""扩大的自我"之说，以匡正偏颇过激之处。自然，这是后话了。

有一百个读者就有一百个哈姆雷特。我们还可以引申一下：一百个读者以一百种方式接近哈姆雷特。尽管《人间的食粮》产生巨大影响首先在于哲学观念上的惊世骇俗，尽管我也试图勾画出它的外表与内核之间的关联、纠结与乖违，但若论个人喜好的话，我却宁愿抛开这些，仅仅将它当作一道文学的美食，来品尝、回味。在这点上，它完全是自足的。这并非是自欺欺人的割裂，而是认识到统一体中的各个部分自有其独立的价值。如果说，某些可疑的、暧昧的观点仿佛横在路上的道道篱墙，时常令人驻足踟蹰，那么这里则是一块开阔丰饶的田亩，你尽可以从容徜徉，不必担心迷失。如果有一天，它宣扬的思想变得陈旧不堪，那么还是要肯定地说，从问世之日起，就注定了它的文学价值、它所显示的作家的才华是不朽的。《人间的食粮》的美学贡献无疑是独树一帜的，我不记得还有哪部作品像它一样，那样强烈地甚至是放肆地渲染、凸显感性。整部书仿佛一幅色彩斑斓的阿拉伯挂毯（作者对北非一带的景色情有独钟），编织它们的材料便是无数微小的瞬间。通过将感性无限敞开,"抓住每一瞬间里异样的新奇",达到鲜活的生命体验,以及形而上的整体把握:"生活的形象,对我来说,好像垂涎欲滴的唇上的一个甘甜果实。"通览全书,我们也不妨说,它也仿佛一枚果实,果核中虽然含有若干毒素,果肉却是无比鲜美的。

写这篇文章时,读到博尔赫斯的散文《诗人》。开头有段话,正可以与此书相映照,抄录如下:

> 过去的印象浮现在他眼前,倏忽即逝,却又栩栩如生;制陶工人的朱砂,穹窿缀嵌着也代表神的繁星,曾经跌落一头狮子的月亮,敏感的手指缓缓抚摩的润滑的大理石,他喜欢用洁白的牙齿大口撕咬的野猪肉的鲜味,一个腓尼基字,一杆长矛投在黄沙上的黑影,海洋和女人在近处的气息,用蜂蜜解涩的稠厚的葡萄酒,这些足以包括他灵魂的全部领域。(王永年译)

# "我游历第八大洲"

文学是什么？写作是什么？作家又是什么？一个作家对于意识、情感、思想的勘测，可以抵达怎样的宽广和纵深？读了葡萄牙作家费尔南多·佩索阿的《惶然录》，印象最深刻的一点，是感到这些疏远已久的话题又一次被推到前台，并被一盏思考的聚光灯照亮。

获 1998 年诺贝尔文学奖的葡萄牙作家萨拉马戈，曾经这样评价这位文学前辈："没有任何葡萄牙当代作家追求佩索阿那种伟大。"我没有看到更详尽的论述，也不曾读过作家其他的作品，但仅仅通过这本书，就足以令我深深认同这种评价。它也再次验证了一点：在文学的领地内，数量从来就不是衡量作家成就的最重要的标尺。

在许多方面，佩索阿都使人想到卡夫卡。他的经历平淡枯燥，终身为里斯本的一家贸易公司工作。作为小职员的他，性格内向甚至自我封闭，鲜有结交。他生前寂寂无闻，仅出版过一本诗集，1935 年 47 岁时即过早辞世，渐为人知是死后的事。不同的是，他的寂寞比卡夫卡更长久，像这本《惶然录》，收集的是他晚期的作品,其中大部分直到20世纪80年代才得以用葡萄牙语发表,进入英语等大语种则是90年代的事情了。直至今日,了解他的人也是寥寥无几。因此,他被研究者称作新"发现"也就不奇怪了。鉴于他在今日欧洲文学界所产生的广泛影响,作家韩少功把它筛选译介出来,使我们有幸认识了一位优秀作家。

这本书,是一些"仿日记"的片段体,共150余篇,篇幅不大,最长的也不过2000来字。谈论的题目林林总总,但聚集点都落在生存的层面上,是对于生命意义的困惑、发问和探测、梳理,而非单纯的情感的摹写、感受的表达。表现方式上,他总是从最庸常细碎、平淡无奇的事情入手,却无一例外地归结到形而上、色彩浓郁的深刻和不凡。

如果能够做到,谁不会想方设法躲避生活的单调?但佩索阿却甘之若饴。作为公司的一名助理会计,他数十年间寄身于里斯本市道拉多雷斯大街上的一间办公室里,每日埋头在账本、墨水瓶和提货单之中,生活可谓枯燥至极。然而他对于自己这种"日复一日的、充满着乏味、重复、不得要领的事情"的生活,简直是怀着一种微醺的迷恋。在《单调产生的快乐》一文中,他写道:

> 正是因为道拉多雷斯大街,才使我能够享乐于内心中种种不可能存在的水光山色。如果我拥有那些绝无可能的

> 水光山色，那么还有什么东西可为幻影？
> 　　一个人为了摆脱单调，必须使存在单调化。一个人必须使每一天都如此平常不觉，那么在最微小的事故中，才有欢娱可供探测。

乍看龃龉矛盾之处，却蕴含了生活的辩证法。由此他进一步推论：

> 真正的聪明人能从自己的躺椅里欣赏整个世界的壮景，无须同任何人说话，无须了解任何阅世之法，他仅仅需要知道如何运用自己的五种感官，还有一颗灵魂里纯粹的悲哀。

这虽然只是其中的一篇，却应该大加圈点，因为它揭示了作家的思维方式，标明了"这一个"的独特性，也可以说为书里的全部作品定下了一个基调，那便是自匮乏中发掘丰富，从平凡里找出奇崛，在悖反中获得对于生命的真相和本质的认识。在《文明是关于自然的教育》中，他再次揭示了这种对立中的统一：

> 只有穿上衣装的人，才能发现裸体的美丽……人造品是人们享乐于自然性的一种方式。我之所以在广阔田野里

其乐融融，是因为我并不生活在这里。

一个具备这样的眼光和识见的人，秉承了这样的点铁成金的心灵的魔法，还有什么事物不能成为他观照、吟味的对象？于是我们发现了那么多的非凡感悟，无一不是生发于似乎最难以产生感触的地方。它们都穿透了事物的表层，是对于其内里和本质的细致端详。他去理发，得知熟悉的理发师头一天死去，在这种别人只是发一声叹息的地方，他的思维却疾驰过几条路径：时间的消失，不同个体生命之间的神秘的关联，意识与世界的实在之间的关系，等等。办公室里一位小伙计的离开，让他眼眶发热几乎流出泪来。这并非由于两人交情有多深，而是发源于一种认识——"所有一切都是我们的"，不同的个体生命相互之间都有着某种交错和包容。这种万物联系的思想，也同样可以得之于街巷间的散步：

> 每一件事物都有取之不尽的东西……每一个人都给我提供新闻的片段，而每一幢房子都是传奇，每一个招贴都是建议……我无声的行走是一次长长的交谈，我们所有的人、房子、石头、招贴，以及天空，组成了一个伟大的亲密集群，在命运的队列中用词语的臂肘互相捅来抵去。

英国诗人布莱克有一句名诗"一粒沙中看世界"，在这里，佩索阿从另一个方向做出了表述：世界存在于一颗沙粒中。

> 有一件事足以迷醉我，那就是活着。

这样的语气仿佛一句宣言，宣告了作家写作的起始和归依的全部理由。而在抵达这一目标的方式上，他已经让我们看到，他有着独特的姿势：于有限窥见无限，从对具体事物的知觉上升到形而上的把握。他用一种生动的譬喻，表达了这个带有某种极端色彩的观念：

> 真正的景观是我们自己创造的，因为我们是他们的上帝。我对世界七大洲的任何地方既没有兴趣，也没有真正去看过。我游历我自己的第八大洲。

"第八大洲"，一个绝妙的比喻，它是作家心灵漫游其间的宇宙，它虚幻，但又是真实无疑的。它是如此阔大，不但足以容纳所有有形的存在，还为自己创造出另外的无垠空间。它是对于内心的自由感——一个作家必须具备的素质——的强调和张扬。这种自由感是最根本的资源，它的品质决定着作家所能达到的距离和深度。

也是由此出发，佩索阿提出了一种"关于感觉的学问"。他认为，"真正的体验包含两个方面：弱化一个人与现实的联系，与此同时又强化一个人对这种联系的分析"。如果说作家本人的生活已经替前一个方面做了注解，那么这第二方面，便是我们在前面的举例中所看到的作家对于密度的倾心关注。也正是由于此点，作家所过的平淡甚至贫乏的外在生活，不但没有妨碍，反而帮助他走向伟大。甚至不妨这样说：恰恰是这种对于外部视野的自觉的敛缩，才能最大限度地放大内心。恰似摄影，清晰的局部特写是以舍弃整体换取的。这种外表看来封闭单调的生存方式背后，却是在大幅度地增值着精神的自由。卡夫卡是如此，佩索阿亦是如此。

正是出于这种穷根究底探索事物蕴含的意图，使佩索阿的文字显得如此丰富、繁杂、艰涩、矛盾。内心的紧张和对峙外化为每一篇文章，便充满了悖反之处，至少是犹疑、不确定的语调，鲜有果断爽利。时时处处，他都在剥茧抽丝般地分析、追问、对比，从不同的途径打量同一个问题，一种见解似乎要成形了，但接下来就会有质疑和诘问。他是变中有恒，异中有同，自相矛盾中的坚定，不知所云中的明确。我得承认，读这样的作品很累、很困难，是一种少有的经验。只有让精神彻底沉潜下来，才能读进去。但只要读进去了，就一定会有不同寻常的感悟。那是一杯苦茶，乍饮口感欠佳，细品会有一缕幽幽的香气。

如果说，上面这些内容展现了作家心灵运动的过程和方式，那么韩少功译序中的一番归纳，则显示出这种运动的幅度——

　　他们广泛关注着那个时代的生命存在问题，也是关注着人类至今无法回避也无法终结的诸多困惑。读者也许不难看出，作者在随笔中的立场时有变化，有时候是一个精神化的人，把世界仅仅提纯为一种美丽的梦幻；有时候则成了一个物质化的人，连眼中的任何情人也只剩下无内涵的视觉性外表。有时候是一位个人化的人，对任何人际交往和群体行动都满腹狐疑；有时候则成了一个社会化的人，连一只一晃而过的衣领都向他展示出全社会的复杂经济过程。有时候是一个贵族化的人，时常流露出对高雅上流社会乃至显赫王宫的神往；有时候则成了一个平民化的人，任何一个小人物的离别或死去都能让他深深地惊恐和悲伤。有时候是一个科学化的人，甚至梦想着要发现有关心灵的化学反应公式；有时候则成了一个信仰化的人，一次次冒犯科学而对上帝在当代的废弃感到忧心忡忡……

　　但他以卑微之躯处蜗居之室，竟一个人担当了全人类的精神责任，在悖逆的不同人文视角里，始终如一地贯彻着他独立的勇敢、究诘的智慧以及对人世万物深深关切的博大情怀。（《惶然录》译后记）

我不惮其烦地援引这么多,不无讨巧之想,但首先要归功于译者理解的默契与解读的到位。然而韩少功的归纳也仍然只是触及了一部分,甚至不能说是中心的部分。可以勉强概括佩索阿的语言风格,但却无法概括其思索空间的宏阔。佩索阿没有向读者提供任何终极结论,只是一次次把自己逼向终极性绝境,以亲证人类心灵自我粉碎和自我重建的一个个可能性。这点可谓"一个人面向全世界的顽强突围"。全书也并没有一个我们习惯的、能够一言以蔽之的"中心思想",其全部作品体现为无比的丰富性和开放性的结合。如果一定要采用一个类似的说法的话,大概可以这样表述:一个敏感多思的人对于自己意识的洞烛幽微的勘测,对于生命意义的咀嚼和吟味。也许正是因为此点,作家才被戴上了"欧洲文学界最重要的新发现""欧洲现代主义的核心人物""杰出的经典作家""最能深化人们心灵的写作者"等多顶桂冠。

对于我来说,经由作家的目光和心灵,获得这些具体的感悟还只是一个方面。我更感兴趣的是作家拥有的那种禀赋,那种化平淡为神奇的本领。赫尔曼·黑塞曾就读书发表见解,认为一个喜欢阅读的人等于体验了多重生活。写作,就更应该是如此。如果说前者毕竟是一种被动的领受的话,写作是主动的寻找、迎向和出击,是无中生有的创造。前者是在阅读者面前展现一个五彩缤纷的花园,而后者则是自己一点点开垦和种植出来,每一株草、每一朵花都浸透他的汗水。在体验、感受的深度和滋味上,二者自然是不同的。有些作家不满意评论家说三道四,往往会这样讲:有本事你也来写一篇试试!这貌似很粗暴,却也并非一点道理没有。像佩索阿这样的作家,外在的人生经历乏善可陈,甚至可以说在常人之下,但其对情感、意识、思想领域的勘探发掘的广度和深度,却要远过于常人。这就使得他的内心的、灵魂的生活,远远比常人丰富,从某种意义上讲,岂不是相当于比别人多度了几次人生?作家总是以作品证明自己,而那些优秀者,则还在证明文学的真实的魅力。

  诗人是世界之光……

  通过这样的作家作品,我们会理解类似这样的赞美并非虚妄。他们运用自己特异的禀赋为世界添加了一些东西,他们是创造者。

# 在非典阴影中读《鼠疫》

北京非典疫情日趋严重，社交娱乐等一应受阻，读书的时间倒是陡然增多了，便找出加缪的《鼠疫》来重读。对于这部作品来说，此时此地实在是一种再好不过的阅读和理解的"经典情境"。如果说初读时还有隔岸观火的超然，此次便体验到一种真实的切肤之感了。正在身边发生、进行着的一切，都和书中描绘的情形一般无二。至于小说和现实的不同之处，时间上的 20 世纪初和今天，地点上的北非小城和现代化的通都大邑，都不再是实质性的区别。加缪在写作这部作品时，本来就是试图赋予其神话的内涵，表达生存体验的普遍性和超越性。阅读中的感受，印证了作家追求的效果，从而也印证了作品作为经典的不朽特性。

疫情当头，所有曾经被忽视的日常生活的幸福都凸现扩大了，仿佛在暗夜背景映衬下，一灯如豆都那么明亮美好。下班后一家人下饭馆，黄昏街头看老人们扭秧歌，周末商场闲逛，这些惬意悠闲，一下子变得遥远而奢侈，想来真有一种在梦中的感觉。病毒不知躲藏在哪里，让人防不胜防。不知道敌人确切位置的战场尤为可怕，它意味着随处都可能射出夺命的子弹。从疫情公开到现在，患病和死亡人数持续上升，公交车上稀少的乘客，空荡荡的饭馆和商店，长了翅膀的谣言，迅速滋生的恐慌，所有这些，都仿佛小说中鼠疫肆虐时奥兰小城的情景的翻版。那种惴惴不安的气氛，令人想到一部法国影片的名字，《恐怖笼罩城市》（英译 *the Night Caller*）。突然之间，人们要面对人类生活的最基本、最核心的命题：生存和死亡。

小说《鼠疫》借助以里厄医生为代表的几位人物形象，表达了一个关于人抵抗恶的理念。在被瘟疫蹂躏的城市里，里厄医生沉着冷静、日夜不停地救治病人，其行为基于一种明确的信念：履行自己作为医生的职责，做好本职工作。他清楚，这时需要的不是高调，而是切实的工作。他用自己的工作，阻遏疫情的扩散，化解人群中弥漫的恐慌。小职员格朗在事业和爱情等方面都是失败者，是一位"无足轻重和甘居人后的人物"，但在抗击鼠疫中，以其勤奋踏实的工作，赢得了人们的尊重，被作家誉为"英雄的榜样或模范"。他们让我们看到，一个普通人的勇气所能产生的巨大的力量。因为来采访而受阻滞留的新闻记者朗贝尔，开始时并不认为鼠疫与自己有何相干，一心想出城与情人会面，但在目睹疫情的肆虐和人们抗争的壮举后，他认识到，"要是只顾一个人的幸福，那就会感到羞耻"。他终于从观望到参战，成为一名战士。没有什么与自己无关。在威胁人类的灾难被消除之前，不存在所谓个人的幸福。正如英国诗人邓恩的著名诗句："任何人的死亡都是我的损失，因为我是人类的一员。不要问丧钟为谁而鸣，丧钟是为你而鸣的。"小说中神父因拒绝治疗而死亡，告诉人们，顺从而不去斗争，会招致什么结果。每个人都可以用自己的方式对待鼠疫，对待一切灾难，但正确的态度只有一种，那就是抗争。在小说结尾，鼠疫得到了控制，阳光和欢乐重回城市。

从当前全民抗击非典的战斗中，我们也看到了小说中所传达的理念的具体而广泛的实施。这当然令人欣慰和鼓舞。大量的医务人员无所畏惧，冒着高传染率的危险，投入救护，已经有人英勇殉职，用生命来挽救生命。政府的各级官员，也已经清醒地认识到自己的职责，正在各自的岗位上卓有成效地工作。非典瘟疫是对所有生命的威胁，所有人都可能被其挟持成为人质，因此每个人都需要抵抗，没有例外，虽然职责不同，方式不同。波澜壮阔的宏大叙事，最终是要通过每个具体的个人的每件具体行动来实现、完成。全面消毒，关闭公共场所，隔离可疑人员和可疑地点，乃至个人采取必要防护措施，相互之间多加提醒和问候，都是这场战役的一部分。连日来，我接到许多位远方友人的电话问候，真诚关爱之情令我感念不已。

加缪曾这样表述写作《鼠疫》的动机：

> 我想通过鼠疫来表现我们所感到的窒息和我们所经历时的那种充满了威胁和流放的气氛。我也想就此将这种解

释扩展至一般存在这一概念。(《加缪手记》)

鼠疫已不仅仅是一种具体的传染病,而成为一种多层面的象征,举凡当时德国纳粹的统治,战争、死亡、疾病、孤独、离别等种种人生苦难,都可以在这个巨大的象征中占一层面。在对一场瘟疫的具体描绘之上,小说揭示了人的命运,揭示了一个真理:人应该而且必须抵抗恶。

非典让我们意识到生命的宝贵,活着的美好。在长期的和平生活中,它们曾经被遮蔽。一同被遮蔽而经常变得晦暗不明的,还有我们始终应秉持的生命姿态。这种在灾难中获得的清醒认识,不但有助于战胜当下的非典,更有助于在将来的一切时候,应对一切可能的恶。这场瘟疫过去后,我们会加倍地热爱生活,会以一种补偿的心理,享受生活馈赠的一切美好,相互之间给予和享受关爱。我们会冷静反思在这次瘟疫发生及发展中所暴露出的社会、体制、文化等方面的弊端,向它们宣战。它们虽然表面上并不像瘟疫那样来得猛烈和凶险,但就其实质而言都是对于生命权利的戕害,都是应该驱除的恶。

而在目前,我们所应该做的,就是全力以赴消除疫情,捍卫我们的健康和生活的权利。让抵抗成为我们的口号,让里厄医生们成为我们行动的榜样。

# 《冷山》：七年之旅

和通常的情形一样，《冷山》也是先有小说，后有电影，电影改编自小说。但也和许多人一样，我是在看过电影后，才知道有这样一部小说，并去找来看的。虽然妮可·基德曼等大牌演员的演技堪称出色，摄影及配乐等都十分精彩，但我要说，如果因为从影碟中囫囵吞枣地了解了故事梗概，就放弃阅读小说，那将会是一个颇大的损失，说是买椟还珠也不为过。二者之间的那种区别，就好像亲自品尝一道佳肴，和看电视美食频道中主持人对着摄影机做出享受状一样。

小说的内容比较容易概括。作者查尔斯·弗雷泽以从自己的高祖父时代起就代代相传的家族故事为基础，以故乡为背景，讲述美国南北战争即将结束之际，一位受伤的南军士兵英曼，为了自己的所爱，逃离战场，千辛万苦返回家园，回到自己战前的心上人艾达身边的故事。这个主题让人联想到荷马史诗《奥德赛》，一个西方文学中的基本母题。与英曼的返乡之旅相平行，另一条叙述脉络围绕艾达展开。她在勇敢顽强的年轻姑娘鲁比的帮助下，努力重振父亲去世后留下的荒芜农场。

英曼的孤单凄惨的迢遥长旅与艾达的奋斗互相交织,他们长期分别的生活随着战争的临近终局而即将交会。

严格地讲,就这部小说而言,故事情节虽然很吸引人,但算不上十分复杂曲折。故事性至多只是其中的一个维度,远远不能涵盖其全部价值。更多的珍宝,是超越了故事情节的,它们藏匿在小说的文字间,独立而自足,那是语言的韵味、节奏、意境等所编织出的一种复合体,它们是电影语言难以出色表达出来的东西,必须要通过沉静的阅读,通过灵魂的深度沉浸、想象力的积极参与,才能够窥见和感受到的东西。那是一个关涉自然、生命、爱和死亡的巨大而深沉的主题,有着十分丰厚的蕴含。

但这里我并不想谈论这些。我只试图在文字阅读层面上进行某种粗略的"技术分析",简单介绍一下作品在微观层面上的精雕细刻,严谨细致。正是在这些最基本的元素上,它出色地印证了一部优秀文学作品所应该具备的特质。

我们随意摘选小说中的几处,就足以看出这种素质。

这是小说开始部分,还未从丧父之痛中解脱出来的艾达,对自己的未来感到迷茫:

> 经常,她从书上抬起眼睛,视线扫过田野,越过连绵而迷蒙的群山,望向远方冷山那高高隆起的蓝色山峦。坐在椅子里向外看,可以找到与她当前心境一一对应的所有

主要色调与图案。一夏天，放眼窗外，通常给人昏暗和沉郁之感。从窗子飘进来的潮湿空气，满含着腐败和生长的气息，在眼前迷茫朦胧而又琢磨不定，那感觉好似用望远镜遥望远方。湿气对视觉的影响有如劣质的镜片，使距离和高度增大或缩小，空间感随时变换。透过这扇窗，艾达领略了各种肉眼可见的湿气的形态——轻薄的阴霾、山谷中的浓雾、碎布片一般悬在冷山山腰上的朵朵云雾，还有整日不停地倾泻而下的灰色雨水，像是天上挂满了一股股的破麻绳。

这是英曼终于寻找到艾达之后，两个恋人第一次发生肉体之爱的一段描写：

  她转过了身，背朝英曼，紧张而尴尬。然后，她脱下了衣服，将它们抱在了胸前，朝英曼半转过身来。
  英曼用毯子围在腰间，坐了起来。一直以来，他像一个死人般活着，而此时生活展开在他的面前，触手可及。他探身上前，将衣服从她手中拖开并把她拉到自己的身边。他将掌心放在她大腿的侧面，然后把手向上滑向她的腰间，前臂停留在她的髋骨上，用指尖触摸着她后腰的浅窝。他的指尖向上移去，一节一节地轻触着她的脊椎骨节。他抚摸着她的胳膊内侧，将手沿着她的身侧向下滑去，直到她平滑的臀部。他将头低至她柔软的腹部。然后，他亲吻着那里，她闻起来就像栗子木的烟味。他把她拉向自己，拥着她，搂着她。她将一只手放在他的后颈使他更紧地贴在自己的身上，然后，她用自己白色的手臂环抱住他，似乎直到永远。

这是小说最后，英曼中弹死去时的一段：

她跑到躺在地上的男人旁边逐一查看，最后，她发现了同他们隔开一段距离的英曼。她坐下来将他抱在自己的大腿上。他想要说话，但她示意他安静下来。他时而清醒，时而昏迷，他做了一个灿烂的梦，梦见了家乡。一汪清凉的泉水从石缝中涌出，黑色的土地，参天的古树。在他的梦中，时光似乎同时出现，所有的季节重叠在一起。苹果树上硕果累累，然而奇怪的是树上仍花朵盛开，冰冻结在泉眼的边缘，秋葵绽放着黄色和栗色的花朵。枫叶像在十月那样火红，玉米尖上结出了穗状花序，放满了东西的椅子被拖到客厅的壁炉前，南瓜在田垄上闪闪发亮，月桂爬满了山坡，沟渠两旁长满了凤仙，山茱萸上绽着白色的花朵，而紫荆上颤动的是紫色的小花。一切都一同出现。还有白色的栎树，大群的乌鸦，或至少是乌鸦的灵魂，它们在高枝上舞蹈、歌唱。①

多长时间了,我们已经疏离了这种充满质感、画面感,同时又具有浓郁的象征意味的语言了。文学是语言的艺术——这本来是最基本、不言自明的常识,但近年来却每每被作为一个重大的命题,在各种场合被严肃地讨论。原因是太多的作品,都在动摇这种认知。在许多作家甚至是知名作家笔下,我们读到了那么多粗糙、浮夸、芜杂、生硬、语意含混、毫无节制的作品。《冷山》这样的作品,以其沉稳的叙述,精妙的描写,为我们树立了一个鲜活生动的标高,但同时也令我们对于自身文学品格缺失的焦灼感,变得愈发强烈了。

要进入那样的状态,需要写作者拥有相当的文学才华,但更需要具备一种态度。说到底,只有具备了那种态度,才能最终获得那种能力。那是由虔敬、耐心、细致、坚韧和对于劳动的深刻的信仰铸造而成的一种品质。

时间作为一个重要的尺度印证了这一点。这部30万字的小说,耗去了作者弗雷泽7年的时光。他居住在北卡罗来纳州的深山里,和妻子女儿为伴,以养马为生,像一位隐士。每天,他沐浴着朝晖和夕阳,呼吸着森林和草地的气息,从躯体到灵

---

① 以上引文皆摘自〔美〕查尔斯·弗雷泽(Charles Frazier),《冷山》,周玉军、潘源译,接力出版社,2004年。

魂，都真正地深深融入大自然之中。群山、溪流、天空、大地，每时每刻都包围着他、裹挟着他，令他切实地感受到了大自然的律动。

即便对周遭的环境已经如此熟悉，他仍然不敢轻易下笔，不肯像我们的一些作家那样，喜欢讨巧、走捷径，在把握不准的地方动辄敷衍含混过去，还美其名曰"合理化想象""超越性写作"。接受采访时，作家谈到，他花了大量的时间在北卡罗来纳的群山之中记录生态环境：野生植物、农作物、果树和季节的变化。为了弄清楚一株植物的习性，他翻阅了许多专业的书籍。因此，他笔下的每一处局部、每一个细节、每一个人的服饰和神情、每一片树叶、每一块岩石和每一棵树的姿态，都准确、细腻、生动，有一种镂刻般的质感，让人觉得可以直接拿起画笔描绘下来。整个作品细密坚实，像西方那些跨越了几个世纪的著名建筑，每一根圆柱、每一处拱券，用的都是经过精心挑选的坚固的石头。在漫长的建造过程中，那些建筑师和工匠们，正是凭依虔敬的态度、精益求精的要求，最终将它们锻造成为不被时光湮没的艺术佳构。

7年间，作者把全部的生命都投入到这部小说的写作中了，凝神一志，心无旁骛，牺牲了许多生活乐趣，很可能也忽略了对家庭的责任，令妻子无法忍受，最终和他离婚。不妨这样说，他的写作之旅，艰辛漫长，代价深重，堪比作品中主人公英曼的返乡征程。

围绕这部作品的创作过程所发生的故事,其间传递出的耐心、细致和坚韧,对今天的许多写作者来说,仿佛一个神话。它们似乎只应该发生在更古老的时代,对于今天来说,则已经成为一种不合时宜的举止,一个人们口头上给予称赞但并不打算认真效仿的行动——因为付出的代价太大了。这个时代唯"效率"马首是瞻,崇尚速度的美学,写得快,产量高,才是本事;因为似乎只有如此,才有望从读者的有限的注意力中获得一些份额。更确凿的是,只有如此,在经济收益上才是划算的。大家比的是作品的字数、发行数、稿酬收入,这是一个以数量为中心的维度。既然如此,很少有人肯花上 7 年的时间,精雕细琢,写一部 30 万字的作品。在市场之手的推动下,大家大干快上,乐此不疲。曾见某位女作家撰文,声称自己一年就写了几个长篇,还捎带着写了多少个中短篇,同时也没有耽误国内外的旅游,扬扬自得之意充溢言辞间。

但这又能够说明什么呢?文学有自己的尺度,比的是作家目光的敏锐,是对生活探测的深度,是心灵的重量和厚度。那些背离了这样的宗旨的东西,尽管有可能因为迎合了社会上某种浮泛短暂的关切而得以风光一时,尽管有可能给写作者带来不错的经济收益,但最终只会是天空中的一片浮云,水面上的一缕涟漪。

耕耘然后有收获,付出然后谈回报。覆盖生活的广大区域的这一条准则,同样适用于写作。价值是劳动的内在凝结,投入的心血越多，越认真切磋打磨，作品感染人、启迪人的力量也就越充足。投机取巧，耍弄小聪明，将永远无缘于杰作。许多作家没有耐心深入细致地观察事物包括自己的内心，也就难以捕捉心灵的律动，难以描绘生活的准确面貌，充斥纸面的，便常常是似是而非的感受，令人疑窦丛生的细节。如此这般，自然就难以把握存在的本质，难以进入其最深沉的蕴含。这不但会失去读者的信任，更是对自己的不负责。民间有俗话："宁要鲜桃一颗，不要烂桃一筐。"在抱怨自己的作品遭遇读者冷落的时候，不妨转换一下角色，想想这句话吧。毕竟，老天是公正的。在这点上，《冷山》也是一个最有说服力的例子。一个并不时髦的题材，一个偏居深山一隅的无名作者，却能够一夕扬名，所向披靡，凭依的正是作品内在的艺术魅力。即便从市场上，它也获得了巨大回报，长时间高居畅销书排行榜便是佐证。商业时代多的是鱼目混珠，大量的赝品次货被吹嘘得天花乱坠，但只要是真正的珍珠，熠熠光华也总会闪耀，不必担心会被长久遮蔽。

有人不无遗憾地谈到，这部作品生不逢时，诞生在一个影像代替文字成为时代宠儿的环境里，人们没有足够耐心品味文字的魅力，因而该书虽然具备了杰作的诸多特质，但却无缘享有历史上许多名作曾经享有的荣光。这不无道理。如果不是被拍成电影，它虽然荣获美国图书奖，怕也难以进入普通读者的视野之中。这是一个影像的时代，屏幕成为打遍天下无敌手的传播利器，几位学者在央视上的一番文史通俗讲解，就能够掀起一股传统典籍阅读的滚滚热潮。不过任何事物总有自己的局限性。电影《冷山》不管拍得如何成功，它也无法传递出文学语言所蕴含的那种韵味、魅力等，它们是独特的，难以转译的。打开那座阿里巴巴宝库的钥匙，仍然是翻开书页这样一个简单动作。

　　和历史上曾经拥有过的荣耀相比，虽然今日文学的地位、影响力等已无法望其项背，但只要文学仍然存在下去，便仍将存在着一个超越时代的衡量标准，也因而依旧会给作品评定出高下优劣。总会有为数不多的一些作品，将凭借其卓越品质成为那个时代文学的高峰，在当时特别是在后世拥有众多的仰望者。《冷山》应该属于这个行列。而对当下而言，在其文本价值之外，我更认为《冷山》的楷模作用，在于它在写作的态度上重新树立了、强调了一个标高。它是一个消逝已久的时代的一缕回光返照，复活了一种曾经广泛存在过的对于文学事业的虔诚、敬畏的态度。《冷山》应该能够启示我们的作家：如果一个人对文学写作仍然怀有信念，他应该坚守什么样的姿态。

# 怀特文章　山高水长

处身于当今这个文学批评家被揶揄为"文学表扬家"的时代，我们见多了不着边际的廉价吹捧，高帽子满天飞舞，不知不觉中，看到一切重量级评价都会疑虑重重。天底下人性相通，美国人如果也有这样的夸饰倾向，倒也并不奇怪。所以，多年前当看到一家文学刊物辟出一个专辑，介绍"20世纪美国最伟大的散文家"E.B.怀特时，本土经验作祟，首先想到的是：这是否又是一个外国大气泡呢？但读过收入专辑里的三篇散文后，却十分罕见地把质疑的对象瞄向了自己，意识到这种怀疑一切的态度才是值得怀疑的——毕竟并不是所有人、所有地方，都丧失了固有的标准和判断力。对于怀特，尽可以坦然地享受这样的荣耀，他是"实至而名归"，是"名下无虚士"，货真价实。真的，衡量一个作家的水准、段位，有时只须读几篇作品就够了。

不过不知餍足、多多益善，倒也是人性的题中应有之意。自合上那一期杂志时，期待也就开始了。终于等到以《这就是纽约》和《重游缅湖》为名的两册怀特散文集一次性地降临到书桌上，欢喜之余，却又觉得有点儿怪异——在这个出版繁荣的时代，这样的好书，等待的过程却实在是太长了些。于是，重演了一次废寝忘食的阅读，把大部分的文章都先囫囵吞枣、不求甚解地浏览了一遍。这也是近年来不多的体验了。大呼过瘾之余，又埋怨自己为什么不能匀着点儿，细水长流一点儿，将享受的过程拖得更长一些。不过也不能怪自己缺少安排，不是我要读，而是文章驱使着我去读了。这样将情感、智性和文体之美连缀得天衣无缝的文章，实在不多见，更遑论在今天了。

上海译文出版社 2007 年推出的这个译本（贾辉丰译），是由怀特本人亲自选定的，当是他最感到满意的篇章的汇集。不同的是，英文版是一册，中文版把它拆分成了两本。从发表在《纽约客》上的近两千篇文章中遴选出这数十篇，取谁舍谁，为什么要这样选择，作者自会有自己的考虑和道理，我们只管阅读就够了。钱锺书先生让人给崇拜他进而想见他的外国人士捎话，说如果觉得蛋不错，这就够了，何必还要认识下蛋的鸡呢？怀特散文也是一盆这样的好鸡蛋，我们也多少了解了下出这些好蛋的那一只母鸡，从书后对作者的介绍中，但更多的是从散文中。散文是一种最难遮掩自己的文体，作者本人的性格、气质、趣味、修养等等，总是会在文字间袒露。对此作家早就心知肚明，看他在前言中怎么说吧："有一件事是随笔作者切忌的——他不可瞒哄或矫饰，因为立即就会给人察觉。"

怀特在晚年的一篇散文中自称，他最喜欢的意象是大海。

读他的文章,也会产生一种乘坐机帆船在辽阔的海面上漫游的感觉。他关注的是生活的整体,而非某一个局部。他眼界开阔,兴趣广泛,时刻都被一种对一切发言的渴望鼓动和激荡着。"随笔作者每一次新的出行,每一次新的尝试,都与上一次不同,带他进入新的天地。他为此兴奋。"不像我们的作者那样,这位笃定写乡村,那位一心写城市,他独擅描写,你只会议论,他写文化散文,你做哲学沉思,换一个领域就手足无措了。但在怀特散文里,你能够找到所有这些成分,虽然上面并没有标签。怀特告诉我们,一个散文家能够望见多远,以及如何对许多因素加以整合,达到融会贯通,以建立起一个属于作者自己的精神世界,在那里,秩序井然,事物按照自己的程序运转自如。

要达到这一目标,自然需要具备一系列的条件,如广博的学识就很重要。难以想象,一个对鸟类知识不感兴趣、不曾达到足够造诣的人,会写出《福布什的朋友们》那样的文章,那么多种鸟儿的外貌特征、生活习性,被描画得细致精确,栩栩如生,就好像它们是他家庭里的小成员。生活是一张铺展开来的桌布,他欣赏过了缤纷的图案,探究过了钩花的手艺,又试图了解一番所使用的丝线的奥秘。但如果不是对描写的对象抱着深沉的感情,获取知识的动力又何在?拥抱的愿望,总是在言说的冲动之前。在将近60岁时,怀特写道:"我生活的主题就是面对复杂,保持喜欢。"在另一个场合,他说得更清楚:"我在书中要说的一切就是,我喜爱这世界。各位如果深入些浏览，或许能发现这一点。"这都表明，他的对象是没有边界的；空间和时间的经纬线，勾画出他的随笔的广阔疆域。

他写城市，写八处曾经栖身的蜗居，写即将告别的第48街区。《这就是纽约》令人联想到一篇煌煌的汉代大赋。巍峨辉煌的城市，奇迹的汇聚之地，光荣和罪恶的渊薮，交融而隔绝，变动不息又延续不绝……一个令想象力眩晕的巨大的存在，从外表到内在气质，都被怀特诉诸一种强悍而优游的笔调。强悍的是气势，是作为作家的雄心，将万千气象收纳入尺幅大小的稿纸上——不，仅仅是尺幅的几分之一。优游，则是观看和言说的方式，看似信马由缰，但辔头的收放松紧之间，自有时机和火候，是一种内在的机巧和周到。数十页的篇幅，堪称是"上穷碧落下黄泉"，只不过"四处茫茫皆可见"——"纽约就像一首诗：它将所有的生活、所有民族和种族都压缩在一个小岛上，加上了韵律和内燃机的节奏。"有人说他预言了"9·11"大劫，因为文章的末尾，有一段狂人操纵飞机摧毁曼哈顿岛的想象。对这种巧合，不宜穿凿附会，倒不妨理解为，这个不幸实现的预见，源于对人性中难以清除的幽暗的洞察。怀特的想象力建立在坚实的事实基础之上，他勘探过人心中的沟壑，清醒地认识到现实存在的社会、民族和文化的龃龉和冲突，仇恨和暴力正是分娩于这种对立。

相比城市，怀特对大自然更为厚爱，这两册集子中有关后者的篇幅，比例远远多于前者。湖泊、大海、农场、小镇，佛罗里达阳光灿烂,缅因州冰天雪地,散文中都生动地刻写了他的这些经验,鲜明形象的文字后面,闪动着一双总是兴致勃勃的眼睛。这样一副目光,不乏总体的俯瞰式的宏观把握,但似乎更喜欢在一些微小的对象上停留下来。这时候,他的独特的感知力,他的幽默感,便会获得充分的展现。一头生病的猪,一只忠诚的爱犬,一只以屋前大树的树洞为巢每天爬上爬下的浣熊,都登上前台,成为主角,其憨态让人莞尔,其夭折使人黯然。

能把一切都写得这样有趣,是因为作者正是一个有趣的人。他对每样事物都保持着初见时的兴致和敏锐,还有老友一样的理解和通透。在给友人的一封信里,怀特这样说:"描写日常琐事,那些家长里短,生活中细碎又很贴近的事,是我唯一能做又保持了一点纯正和优雅的创造性工作。"这是夫子自道,该是最真切的表白。他遵循着内心的指引,娓娓写来,从容不迫,气定神闲。

以怀特的挚爱自然,不难想象他会是写了《瓦尔登湖》的梭罗的信奉者和追随者。梭罗崇尚感性,相信大自然中孕育着道德力量。在《夜之细声》中,怀特向自己眼中的梭罗致敬:"梭罗抓住人与自然的关系,人在社会中的困境和人追求精神升华的能力,并将三者掺和在一起,摊出一张颇具创意的煎蛋饼,供人们在饥饿的日子里获取营养。《瓦尔登湖》是第一道富含维生素的美国菜肴。少一些精彩,甚至少一些古怪,它都会成一本倒胃口的书。"梭罗倘若地下有知,当会欣慰于怀特提炼出了他的思想的精髓。我不由得沾染上了知堂老人的做派，大段摘抄，实在是因为非如此不能够展现出其思想和语言的魅力所在。这部选集中以梭罗作为主题的只是这一篇，但我要说，其实许多篇里都流布着梭罗的精神、梭罗的情怀。穿透树叶洒落在瓦尔登湖畔空地上的阳光，倏忽来去的鸟鸣，潺潺流动的泉水，也在怀特的小世界里闪烁跳跃。

这种自由的眼光、洒脱的精神，同样被用来观照和浸润时间话题。他的思绪在过去和现在两端往返不已，这两重维度之间，便建立起一种张力，种种人生况味被搅动，仿佛被岁月发酵过的葡萄酒。《一个美国男孩的下午》，是暮年对少年的回眸，一页成长的记录，初恋的羞涩和懵懂、紧张和莽撞，味道像极了一颗青涩的橄榄果。《重游缅湖》是被翻译得最早、版本也最多的怀特名篇。人到中年的作者，带着儿子来到缅湖；像儿子这么大的时候，他曾经跟着父亲，在这里度过美好的日子。营地小木屋的气味，湖水的颜色，钓竿梢头的蜻蜓，一切都是原来的模样，流逝的岁月似乎不过只是幻影。但结尾处，这种幻觉却实实在在地被打破了。暴雨骤降，儿子欢呼雀跃，要下湖游泳，此时作者却心生畏葸，不想下水，看到儿子"光裸的身躯瘦小而结实，穿上冰凉潮湿的短裤时，轻微地打起冷战。等他扣上浸水的腰带，我的腹股沟突然生出死亡的寒意"。时光无情、人生易老的悲凉，借由大腿肌肉突如其来的一阵颤动，强烈地传递出来。

他的咀嚼，是堪称细致了，他的做派，是足够"隐逸"的了。但怀特绝不是只知沉浸在自己的小嗜好中的文人。他的身上，充分体现了西方观念中知识分子的特点，即对公共事务的关心，对社会的责任感，对于与公平、正义等有关的事物的高度关注，处处留心，念兹在兹，并积极发言。尽管这是个在众人面前说话会不自在的人，但一俟拿起笔来，他就是文字国度里的国王，执掌权柄，所向披靡。

怀特关心裁军、核试验、环境和生态，致力于维护个人良知、新闻自由、少数人的权利和世界大同。譬如环境保护，今天任何一个人都可以就这个话题说两句，在一些欧洲国家如德国等，绿党已经是政坛上举足轻重的一支力量。但在发展是硬道理和主旋律的20世纪50年代——美国也不例外——要发出与众不同的声音，既要有先见之明，更要有非凡的勇气。这两点，怀特都具备了，其大声言说时，更是表现出舍我其谁的气概。在《煤烟沉降量和放射性坠尘》中，作者质疑军备竞赛的合理性，表达对核试验升级的担忧。他诘问：

  听上去好像美国，或任何国家，单凭品德的力量，或军备的力量，就能高踞于我们星球的法则之上，好像我们大于我们的环境，好像国家的激情能超越自然界的限制。

他宣称：

> 地球公司中有我一股，我对它的管理状况很是担忧。

当麦卡锡主义甚嚣尘上时，他强烈抨击。他从不遮掩自己对于新闻自由的态度：

> 一些新闻难免有歪曲之处，但歪曲本是党派新闻固有的东西，政治集会同样如此。美国新闻自由的美好，就在于偏向、扭曲和歪曲来自许多方向，读者必须筛选、核查、比照，才能得出真相。只有新闻的扭曲来自同一个出处，例如政府控制下的新闻制度，读者才会懵了头。

谈论怀特时，还应该特别强调一点，就是要大谈特谈他的文章之美、文体之美。这一点是根基，是前提，是其作品的文学特质有异于甚至是大异于许多其他作家的重要原因。非如此就不足以让人对作者有一个完整的、准确的印象，不能深刻地认识到他的价值。就仿佛谈论足球球星罗纳尔多，却罔顾他的招牌过人动作——"牛尾巴"一样。

著名的《纽约客》杂志的前总编威廉·肖恩就说过："怀特是一位伟大的文体家，一位超绝的文体家，他的文学风格之纯净，在我们的语言中较之任何人都不遑多让。它是独特的、口语化的、清晰的、自然的、完全美国式的、极美的。"这样的评价够高的了，但我觉得《纽约时报》的那句更让人难忘：

"如同宪法第一修正案一样,怀特的原则与风范长存。"这句话里有一种社论般的斩钉截铁、不容置疑。能否永垂不朽,还有待于时光的考验,但至少,怀特在世时就已经闻名遐迩,去世至今也已逾20年,不仅没有人去曲终,反而是声誉日隆。他的贡献还不只限于确立了自己特色鲜明的写作风格,同时还泽被深远。作为《纽约客》杂志的主要撰稿人,数十年间,怀特通过自己的大量作品,奠定了一个刊物的基本风格——幽默,简洁,轻而不飘,重而无痕。这样的功绩不同寻常。

在《威尔·斯特伦克》一文中,怀特介绍了早年间与他交往甚密的一位亦师亦友的大学教授,怀特曾经和他合著了一部《风格的要素》。"斯特伦克是一位原教旨主义者,他相信"是即是,非即非",大体而言,我也秉此信念。必须有人坚持文字的纯粹,否则,英语势将解体,就像一个家庭,如果无人确定高雅趣味、良好行为和简单正义的标准,终归也会解体一样。"这也是作者的自我告白和美学宣言。对照他的文章,处处也都在实践着这一段话中所标榜的那些原则。

读怀特的散文,仿佛缓行山阴道上,移步换景。奇思妙想,佳辞丽句,纷至沓来,时常会有目不暇接之感。随意翻阅,正看到《时光之环》中这样一段话,觉得庶几可以透露其神韵之大略,援引如下:"南方是个咝咝声不断的地方。满心欢喜的访客,随处都会碰上'S'这个字母:海涛和沙滩,鸣响的贝壳,烈日和青天,早晚时分的灼热,午睡,鸟儿和虫子的躁动。"

这里的一系列词汇，在英文中均以S开头，发"咝"音。优雅、干净、准确的文字，不急不躁的节奏，给人的感觉自然而惬意。

幽默，则是怀特散文的另一大特点，字里行间，可以随手拈来。这一点出自作者个人的习性禀赋，同时也因契合了美国人普遍乐观诙谐的天性而大受欢迎。像《鹅》等，写农场里一只因丧偶而萎靡不振的公鹅，因为主人买回来三只小鹅仔，精神状态大变。"老鹅因事态的转折兴奋莫名。他的伤悼期结束了，现在有了更有意义的事情去做，他心满意足地承担父亲的职责，重新对我恶声恶气，领了他的三个小儿女摇来摆去，遇到真实或假想的敌人便挺身迎击。"

真正的幽默不是起哄和耍贫嘴，而是一种充满智性的言说方式，表明了作者的襟怀、素养和识见。因此在许多时候，它还是接近真理的一种方式。

> 幽默如同诗歌，本来别具深意。它靠近真理这蓬大火。

在《浣熊之树》中，借描绘农场里一只以树洞为家的浣熊的生活，质疑了所谓现代科技创造美好生活的观点：

> 浣熊，尽管有她的种种局限，在我看来，似乎比人更好地适应了尘世的生活：她从不吃镇静药，不做X光检查，看是否怀上了双胞胎，不给鸡饲料里添加二苯基对苯

二胺,夜间外出,也不是为了从石头里找钍。她是去捕捉池塘里的青蛙。

通过调侃,怀特解构了人们对技术的过度崇拜,一种现代意义上的迷信。须知这篇散文写作之时,是20世纪50年代中期,科技呈现的还更多是好的一面,对科技的赞美也是一种共识,几乎是一种"政治正确"。如今,技术的负面效应已经是频发常见,足证怀特当时即已经拥有一份敏锐的预见力。他进而指出:

倘若人能少花点时间,证明他比大自然高明,多花点时间去体味大自然的甜美,谦恭自抑,那么,我对人类光明前途,倒会更乐观一些。

当下这个时代的病症,是普遍的粗鄙化。在写作领域,商业化鼓励了粗制滥造,博客的出现营造了一种全民写作的幻觉,基本资格限定的不复存在,发表的轻而易举,造就了表达上的粗疏、含混和杂乱,作品的审美功能大受损害。这种情形下读怀特散文,不失为一种很好的匡正和挽补。空谷足音一般,他标示了一种永恒的价值。他表明了什么是真正的优雅,纯正的趣味都由哪些元素构成,特别是,达到这一切需要具备什么样的条件。那些纯粹的散文不必说了,即使那些有关环保、裁军、核竞赛等内容的新闻性、公共性、政策性的话题，在别人写来是政论，是时评，随着时间的过去而变为明日黄花，但在怀特，则一样是美文，"写下了就是永恒"。

这当然与作家的一丝不苟、精雕细琢密不可分。怀特对记者说过：

> 我主要想做的，就是写得尽可能明晰。因为我对读者怀有极高的敬意，要是他不嫌费事看我写的东西——我读东西读得慢，我想多数人都是——那我至少可以写得尽可能容易让他发现我想说什么，想阐明什么。我会改动很多遍，以使含义明晰。

前面欣赏了蛋，见识了下蛋的鸡，这里我们又看到了下蛋的过程。

但对一位作家，比较起具体的写作过程，深入了解其行为的根源，即写作的驱动力何在，更为重要。它贯穿了整个写作生涯，决定着他的一切选择。对此，怀特讲述得很清楚：

> 写作是信仰指使下的行为，如此而已，别无其他。所有人中，首先是作家，满怀喜悦或痛苦，保持了信仰不死。

归根结底，是这种态度成就了怀特。

# 走一走后楼梯

经典和流行，高雅和俚俗，阳春白雪和下里巴人……在很长时间内，是作为对立的审美范畴被看待的。它们所指称的那些格调品位不同的精神产品，更是一副老死不相往来的样子。直到有一天人们意识到这是不合理的，便试图建起一座桥梁，它的名字叫作"雅俗共赏"。但意图和效果并不总是同步的，不像相互有意的一对男女，各自向对方迈进一步，两颗心就贴近了一分。通常的情形，却更像是依父母之命媒妁之言强拉硬配的一桩姻缘，彼此间别别扭扭，夫妻的名分遮掩不了怨偶的事实。

最近一次想到这个话题，是在读到一本名为《通向哲学的后楼梯》（辽宁教育出版社出版，为该社《新世纪万有文库》之一种）的书后。但这回不是再次验证沮丧，而是相反，由于目睹了一次成功的合卺，沉睡许久的信心重新被唤醒。作者是德国人威廉·魏施德，他在书的自序中，做了一个"通往哲学的两道楼梯"的比喻，就进入哲学殿堂的方式进行了比较。通常是走前门的方式："踩在整洁狭长的红地毯上，沿着擦得发亮的扶手拾级而上。"但还有走后门的方式："位于住房背面的楼梯不是进入居室的常用之路。它不很明亮，不很整洁，不像前门那样庄严。"这是它的不足之处，但也并非一无可取。"走这条路，无须穿戴得特别漂亮，完全可以随便一点。"这种"随便一点"，可能会为某些主张"哲学的声调应该高贵严肃"的人士所诟病，但相信大多数人是会欢迎的，因为这是接待家人或熟朋友的方式，可以无拘无束，开怀畅谈。

书分30多篇，每篇一人，几乎把哲学史上的重要哲学家一网打尽。在每位评介对象的名字后面，都加了有趣的副题，苏格拉底叫"烦人的提问"，克尔凯郭尔则是"上帝的间谍"。让人想到高水平的炭笔画家，寥寥几笔速写，神貌毕显。每个哲学家的思想的具体内容，也在一种生动流畅的笔调下得到介绍。如《叔本华——恶毒的眼光》一篇，就把这个自称为"蔑视人类者"的悲观主义哲人的世界观加以系统概括阐述。从人如何为盲目的生存意志所控制，欲望不得满足时的痛苦，得到满足后的空虚无聊，直到得出生命是一次欲望与痛苦间无休止的旅行的结论，最后归结到解脱办法——通过自我毁灭而从根本上否定生存意志、走向佛教所谓"圆寂"的境界，其内在逻辑的具体路径，从发端到展开，都脉络分明，条理清晰。短短十数页中，浓缩了那本大部头的《世界作为意志和表象》的要义。

对于一个只希望大略而又不失真切地了解哲学思想的人，

该书不失为一个较好的读本。原因就在于它绕开了令人昏昏欲睡的概念、术语、体系的纠缠，它们是学院派著作不可或缺的要素——这样说倒并非贬义，学术研究要求具备相应的整饬性，有如旧时贵族府第，整体气势的庄严堂皇自不待言，连门檐的式样、窗棂的造型，都要有独特的讲究。然而愿意琢磨这些细部的毕竟只是少数，大多数人宁可做一个匆匆的观光客，在有限时间里尽可能多看些景致，因此这些正襟危坐的高头讲章，对他们来讲很难说是适宜的。"拜访者可能会意外地停留在用来装饰大门、前庭和楼道的吊灯下，停留在地图前和雕刻着神像的柱子旁边，而未能登堂入室。"相比之下，"走这条路可以避免走大门时必然带来的某种危险……后楼梯没有装饰，没有任何可能分散拜访者注意力的东西。因此，有时它倒能更直接地把我们带到哲学家的家里"。多年前做学子时，也曾抱起尼采《悲剧的诞生》、萨特《存在与虚无》等原著努力研读，但虽然屡次发愿，仍然是拿起又放下。今天能够有所大致了解，亏了后来有机会读到周国平的《尼采：在世纪的转折点上》，还有一个叫宾克利的美国教授写的一本《理想的冲突》。它们绝非通俗作品，然而却以不让通俗作品的影响力，忠实准确而简明扼要地转达了原著的思想。

就同一类型的哲学读物来说，我还能举出美国人杜兰特的《哲学的故事》，它的影响远远超过此书。该书自20世纪20年代出版后，不到30年中销售200多万册。作者自称写作该书是"赋予知识一种人情味的尝试"。它们共同的特点是变难解为易懂、变艰涩为流畅,采用能为多数人接受的表达方式,在学术和大众之间,架设了一道沟通的桥梁,使人想到钢琴世界的克莱德曼。寻根溯源的话,可以直追古希腊哲学家柏拉图。他给弟子的著作是用专门的学术语言写成的,但其影响巨大的《对话集》,却是一组组通俗的对话,旨在引导一般有文化的雅典人领略哲学那"难得的快乐"。如果范围再开阔些,那就更多了。比如荷裔美籍通俗历史读物作家房龙,在国外是家喻户晓的人物。他的《宽容》《圣经的故事》等,国内也已有多个译本,且一版再版。近几年中翻译出版的外国科普读物,《宇宙的最后三分钟》之类,都引来好评如潮。这类书籍其实也并非让外国人独擅胜场,就阅读所及,就有朱自清的《经典常谈》,朱光潜的《谈美书简》,曹聚仁的《中国学术思想史随笔》等,以及竺可桢谈物候、梁思成说建筑的作品。但比较起来,不能不承认,相对域外,我们的差距是明显的。

应该廓清的一点是,后楼梯并非早市,随便什么人都能去,更不是南郭先生们滥竽的场所。走得了前门的人,才最有资格出入由兹。作者讲到他写这本书,是"这一次使用了后楼梯"。但他也特意提到,他的前几本书都是走的大门。朱光潜写得出雅俗共赏的《谈美书简》,首先由于他翻译过黑格尔的《美学》,是《西方美学史》《悲剧心理学》等博大精深的美学专著的作者,有深厚的学养做根底,同时又具备深入浅出的本领,才做到了准确而不枯燥,生动而不走样。对此我们有个说法,叫作"大手笔写小文章"。"小文章"的说法似嫌不甚准确,如果具备了流畅灵动的品格,但篇幅规模较大,算不算?然而这一类的文章只有"大手笔"才能担当,则堪称的论。

有这些成功的例证在前,也就容易看出那些数量远占优势的不成功者的症结之所在了。就笔者体会,目前似乎尤其应该提防两类倾向。一是过分简单化,将原本系统精密的思想缩略为一些简短的句子。如时下某些"漫画哲学"之类,试图给予哲学理念以直观的阐释,简单干枯得再减掉一笔都困难的画面之下,是同样光秃秃的一句所谓名言,完全不顾具体的情境,作者似乎是想把"干货"捧给读者,殊不知思辨过程、逻辑展开相对于哲学理念,就仿佛容貌对于女性、客厅对于沙龙聚会一样,绝对忽略不得。如果省去了论证的过程,那些结论式的格言警句究竟又有多少价值?其结果便是既损害漫画,也没有哲学。二是过分的油彩化。通俗的正道是变艰涩为易懂,给玄奥的理论做出人间烟火气的注解,而并非靠加上本来并不存在的戏剧性、噱头等等。如某些图书以神话故事、侦探小说的形式来诠释哲学,用主人公的游历串联起若干哲学观念,读来便觉不伦不类,欠缺自然,哲学成了陪衬人和侍应生,招之即来,面目模糊。这样一来,通俗倒是通俗了,但失真变形,如哈哈镜中的影像。哲学本来是以生命体验为酒曲酿造出的浓酽的酒浆,可以稀释勾兑得淡雅柔和一些,但怎样也不应该弄成橘汁汽水吧？这样做，势必会戕害哲学，同时也贻误读者。要而言之，不是不能将学术通俗化，但要有个度，要画出一道底线，只有在这个范围内才能谈论。上述的一"减"一"加"，则多所乖违，结果便只能落得个画虎不成反类犬。作者在最后的"结束语"中提醒读者："哲学的后楼梯是不完美的。"其实任何一个领域的普及读物都是带着遗憾的，因为它必须有所割舍和变化，只不过其中优秀者懂得哪些可以，哪些则断断不可，并且确实做到了这一点——关于普及读物的成功定位，其所应具备的充分必要条件，我们能否这样表达呢？

# 哲学原本可以充满乐趣
——《大问题：简明哲学导论》的启示

受兴趣驱使，这些年，哲学类的书陆续也读了若干，但往往是有始无终，想不起哪一册曾经终卷。分析起来，原因大略有二。

就阅读所及，长久以来，这类著作的通病是艰深枯燥，被概念和体系等层层包围和覆盖，晦涩难懂。自忖自己还算是目的性较强的求知者，尚且每每硬起头皮才能啃下去，那些大量的非专业读者，不过是出于好奇来此张望一眼，看上了也许就继续看，否则就会扭头走人，并没有义务必须读下去。而这些人显然是个大数。也许有人会反驳说哲学不是通俗电视剧，无法老少咸宜。这种说法当然没错，但忽视了哲学教人"爱智慧"的本意，至少是将其狭隘化了。"一种未经省察的人生是不值得过的。"苏格拉底的这个著名的警句，曾经把这点强调到具有震慑力的程度，他可并没有将所指只限于少数的人。哲学著作的作者，似也应该有一种佛家"普度众生"般的理念。自己得道当然好，倘若能够广植福田，度己复度众生，岂不是善哉？自然，每种知识传播和接受的难易程度不同，无法等量齐观，但如果过分强调这种差异而放弃了努力，肯定是不妥当的。

显然是由于意识到了这点，通俗的哲学读物开始兴起，一定程度上把哲学殿堂的门开大了，使更多的人得以向里面张望。不过随之也产生了一个问题：他们看到的，是哲学的本来模样吗？现在的一些此类著作，有不同程度的删略、变形、油彩化、演义乃至"戏说"的成分。个中有两点尤为突出：或者避重就轻，避难就易，大做抽取剥离的功夫，缺斤短两，把思想学说过分简单化、庸俗化；或者虽然介绍了观点，却略去论证的过程，读来不能知晓其来龙去脉。有些甚至兼有两者。

一种理论倘若缺乏丰富完整性，那和普通的观点、随感还有什么不同？"每个人都应该选择自己的生活"，这是中学生都会说的，也是每天见诸报纸副刊版的大量文章的主题。但这并非萨特存在主义哲学，虽然不妨认为其主张的核心思想就是这样的。作为哲学，它必须用一种规则证明自己，用一种方式推导出自己，同时用自己的语言说话。它应该涉及有和无，自我和外在，现象和实在，等等，应该从一系列的立论、举证、诘问、反驳中，从对若干关系的梳理和辨识中，得出结论，并辩护什么，或者攻击什么。这才是哲学，而报纸的文章和中学生的憧憬只是一种感受。同样，一种缺乏论证的哲学，就像是从照片上看到的美人。须知使美人鲜活生动起来的，不是嘴巴、眼睛、身高、三围等局部，而是相互之间的联系，是联系中呈现出的流动跳荡之态：巧笑倩兮，美目盼兮，斜倚栏杆，莲步移风。一种自成体系的哲学，不论是否具有外在形式意义上的体系架构，其内在逻辑的严格整饬都是共同的。前者如大多数的哲学家，后者如尼采的具有强烈诗体风格的表述。否则将不能称其为哲学，而只是某种提要式的东西而已。

学院式的表达孤芳自赏，用概念术语体系封闭自己，仿佛深院重门中的美女，不肯走到喧哗热闹的街衢上去。这样确实有些遗憾，但于哲学本身倒并无大碍。倾慕者只要有足够的虔诚，不达目的不罢休，早晚会一睹芳容。但那种走了样的所谓通俗化哲学，似乎是在走向大众，却使哲学失真走样了，某种意义上是有不如无。仿佛妾本东施，描眉画眼一番，不细看倒也入眼可人，赚得郎君携手共入帷幕，但洞房花烛后，红消香残，露出庐山真面目，再燃爱意，怕是很难。哲学读物的过分简单化、脸谱化的后果也是这样，向远里看，反而会拉远大众和哲学的距离。

相比之下，这本《大问题：简明哲学导论》，称得上是一个例外了。差不多一个来月的时间里，我每天读上十几页，逐渐读完了这本400多页、大约40万字的书。不是不可以读得快一些，而是舍不得，就像对一种难得一尝的美味，仔细品味，不忍心一口吃光。什么是精神的享受？对我而言，这本书给出了一个答案。

就我体会，其可圈可点之处，至少有三。

第一，它符合前面文字中对于恰当的哲学普及读物寄予的期望，那就是既准确严密，又生动晓畅。哲学思维的严整性和生动的表现力结合为一，"二美俱"。前者让我们看到了真实的、原初的思索，没有掺水勾兑，不曾变形走样。后者使这种获得变得便捷，并有助于深入理解和保持长久的印象。

比如，在《实在的本性》一章中，介绍了唯心论作为一种哲学思想的一般观念：只有心灵是真实存在的，其他所有的东西都存在于心灵之中。这一派观点的登峰造极之作，便是贝克莱大主教"存在就是被感知"的主观唯心论的主张。对我们来说这点并不陌生，从中学到大学的哲学课堂上，我们都被告知，世界是物质存在，唯心论是错误的。但为什么虽然错误却依然能够成为一个流派，并没有交代。我们也没有进一步发问，也许因为更信任常识。但现在我们明白了，即便是常识，在哲学思维中也不能包办一切。可以说，正是通过这本书，我才明白，何以这种看似十分荒诞的主张，会被认为是一种强有力的认识论。因为从理性的角度看，它具有十分缜密和周到的论证，逻辑推演环环相扣。书中令人信服地指出，唯心论"是想象力与严格论证的结合"。也许它违背常识，但它却正是作为一种对经验常识的不无恰当的解释而被提出，并因为同样原因而经久不衰，与认为知识来源于经验的经验论哲学分据半壁江山。你可以从感情上反对它，指责其荒谬、不顾常识，但要真正驳倒它，却必须要依据一定的"游戏规则"，以合适的论证方式，给予"证伪"，而这并不容易。

该书的第二大特色十分直观，是结构形式上的别具一格。它完全不按照通常习见的以史带论的方式来组织题材，而是以范畴来构建全书，把哲学中的主要内容归并在若干大的问题之下，把不同时期的哲学家的主要观点，在这样的题目下加以展开。书名中的"大问题"，正是来源于此。如在《实在的本性》中，介绍了本体论也即世界的本质是什么，在《真理的追寻》中，涉及认识论的种种。《道德和好的生活》关注的是道德哲学也即伦理学，《正义和好的社会》，显然是对政治哲学的盘点。而《美》一章，不用说便知是艺术哲学也即美学。空间上，在传统的希腊-欧洲视野之外，还介绍了亚洲、非洲及阿拉伯的哲学；时间上，在中世纪和近代之外，还关注了这一学科今天的发展，如女权主义哲学的兴起与黑人哲学的复兴。凡此种种，按作者的说法，旨在"扩展哲学的'教规'"。在每一个具体章节里，又总是围绕最关键的内容展开，清晰地勾勒出了诸多概念、观点、框架之间的逻辑关联和发展脉络。

游说无根，举《上帝》一章为例。

"上帝观念"在西方人意识中可谓根深蒂固。作者首先指出，对上帝的信仰，并非天经地义、从来如此的。在犹太—基督教传统的一神论确立之前，古希腊、古罗马和北欧的条顿人，各自有属于自己的众神谱系。这就在来源上给出了界定。

关于上帝的传统观念，既有神秘主义的"超验说"，又有斯宾诺莎的泛神论的"内在说"；有"上帝是普遍精神"的黑格尔学说，另外还有伏尔泰的"自然神论"；如此种种。而一种学说，往往又引发或推动了某些运动，如"超验说"引出了马丁·路德的宗教改革运动，因为他认为，教会妨碍了个人与上帝之间直接的联系，个人的信仰远比教会的仪式更重要。

在西方，大多数世纪中，都坚信上帝是存在的，并由此产生了对上帝存在的种种论证，书中择要给予了介绍。我们看到，原来有那么多的方式，仿佛"条条大路通罗马"。以理性方式相信上帝存在的，就有托马斯·阿奎那的宇宙论论证，佩利的设计论论证，安瑟伦的有些古怪的本体论论证，帕斯卡赌注风格十足的论证，康德出自理性必然率的信仰。它们的共性是建立在严格而纯粹的逻辑推导上的。在此之外，还有若干种非理性的信仰方式：既有不同版本的"神秘体验"，又有克尔凯郭尔的所谓"信仰的飞跃"。另外，多种不同的论证之间是什么样的关系，是对立还是相容？如果是对立的，是否会通过某一条途径达到"合题"的效果，像黑格尔辩证法所展示的那样？对此书中都给予了适当的解答。

其次，既然上帝是至善的、全能的存在，是最终的根由，那么如何看待恶的肆虐？灾难、战争、纳粹对犹太人的大屠杀……显然与上帝作为道德的存在的观念严重冲突。对此明显的悖论，也有着煞费苦心的不同解释，以求维系信徒们的信念,像自由意志解答、来世公平之说等等。莱布尼茨尽管承认恶和苦难的存在,但又辩护说,上帝为人类选择的这个世界是"所有可能的世界中最好的一个",即恶的总量最少。与此同时,作者也引述了《老实人》中的大段文字,伏尔泰在这部小说中,用形象手法对此观点做出了辛辣嘲讽。前后比照,文字间氤氲出某些戏剧性的效果,饶有趣味。

如此这般,围绕着每个中心问题,作者思维的触角伸向了每一个有必要抵达的角落,把最关键的内容介绍了出来。作为一部导论性质的书,它不可能巨细毕究、面面俱到,但这并不意味着它可以忽略那些带有根本性的观念以及论证过程。应该说,作者成功地做到了这一点。

第三,以一种鲜明的姿态,强调了哲学研究应该遵循的基本准则。如果说,此书在对哲学问题的具体探讨中,展现了真正的哲学思维的特性,那么它还告诉我们,为了达到这样一种境界,应该怎样做,哪些条件是必须具备的。一言以蔽之,作者强调了从事哲学研究应该遵循的基本规范,或曰这一行当的"游戏规则"。法律学界强调审判中的程序公正或曰程序正义,认为只有如此才能保证结果公正。手段和目的是统一的。学术研究亦是如此。近年来国内学界开展了学术规范化的大讨论,实在由于这方面问题多多。

对于哲学这种建立在高度抽象思维基础上的学科,严密而规范的思维尤其重要。同样一个话题,出发点差不多,但经过演绎、归纳等一系列繁复曲折的论证过程，在不同的人，就可能得出不同的结论，差别之大令人惊愕。倘若概念及概念体系尚不清楚，思维展开的路径又经常旁逸斜出，不能依照正确的逻辑线索，可以想见，那将是怎样一片混乱的场景。不幸的是，我们确实也经常读到这样的文章，不知所云，仿佛置身云山雾罩，对耐性是极大的考验不说，也败坏了进一步阅读的兴致，直接的后果，是加重了和这门原本饶有兴味的学问的疏离。

遗憾的是，对于这些基本的然而也是重要的东西，一般的哲学著作却疏于介绍，大概认为这是不必去说的，是"自明"的常识。殊不知许多读者其实并不了解，一上场就遇到了阻碍，难免会生发望洋向若之叹，接下来可能就要打退堂鼓。即便是圈子内的操此业者，也未必就清楚到足以释疑解惑的程度，否则就难以解释，何以会有那么多似是而非的著作。

这样一来，本书在这个方面的苦心孤诣，就尤其值得称道。它讲授了走近哲学的正确的方法。也许是因为作者就是写给非哲学专业人士看的，假设读者在这方面的知识是阙如的，因此介绍了许多同类书会略去不顾的内容，且解释得晓畅、准确而生动。正文开始之前，有《做哲学》和《逻辑准备》两篇导言，提醒哲学入门者"定义你的术语"的重要性，明确提出应避免时髦词语和言之无物，介绍了演绎和归纳两种论证方式。书后另加了三篇附论，讲解写作哲学的规则，哲学常见的风格是什么，什么样的论证有效，什么样的则是谬误。此外，专门辟有《术语表》，对哲学研究涉及的基本概念、术语，加以胪列并予以解释。作者罗伯特·所罗门是美国得克萨斯大学奥斯汀分校的教授，以擅长授课和写作清晰晓畅著称，难怪书写得那么善解人意。不独一般读者会大有获益，专业治哲学者也会受到启发。

这部书在十几年的时间内连续再版5次，并且被美国多所院校选作哲学导论课的教材。哲学的一个重要原理是"普遍因果律原理"，原因和结果密不可分。这部书的命运，也可以看作是对此原理的一个证明吧。

# 第四辑 涌 流

# 生命的扩大

"书比人长久。"雨果在一篇纪念巴尔扎克的文章中,这样概括了小说巨匠必将给予后世的影响,让人想到古希腊希波克拉底的一句话:"人生短暂,艺术长存。"孔子也把著述之"立言",与德行、事功并列为"三不朽"。其实,类似的说法可谓不胜枚举,相信在很大程度上,它也正是一代代写作者孜孜不已的最强大的策动力。不朽!多么动人的字眼,让人想到被阳光照射得闪闪发亮的青铜雕像,想到自己的名字被今天尚未出世的一代代后人念响。谁能够对这样的荣耀漠然处之?文学家出于心性的敏感,对人生之倏忽如白驹过隙,对时光之尽扫万物不留尘埃,有着远过于常人的悚惧,因此借助文字镌刻一点生命的印迹的念头也特别强烈。

可是,又有几人能够到达这个目标?希罗多德记载,波斯王薛西斯发兵征讨埃及,当他检阅浩浩荡荡的军队时,泪流满面地想到,100年后,所有这些人,没有一个还能活着。写作者的命运亦毫无二致。文学的天空固然群星闪烁,但须知那是过往多少个世纪的留存,绝大多数已同灰同尘,深深掩埋在宇宙黑洞冰冷的某处。"李杜文章在，光芒万丈长。"然而有唐一代，"李杜"寥寥，全唐诗的绝大多数作者，早已湮灭无痕了。"后之视今，犹今之视昔。"真正的尺度是时间，它大刀阔斧，删削弃置，甚至那些曾有着盖世之誉的，也未必能留下一片叶子。那么，身为默默无闻的习作者的我们，难道会有更好的结果？悟到这点，该能够认识到希望之仿佛虚妄吧，该如同在梦中受到狠狠一击般地蓦然醒来吧？

但我们所见的并非这样。我们看到，多少连此世的成功都渺茫难寻的人，却在年复一年不畏艰难地写，仿佛从上天那里得到一个秘密承诺。甚至，当我们偶或检寻自己时，也每每疑惑。我们敢于肯定自己的哪怕是一篇东西能够流传下去吗？为才能的匮乏，题旨的浮泛，表达的吃力，以及数不胜数的种种不如意而焦虑、沮丧，不正是我们最惯常的心境吗？那么，这岂不意味着是在把生命押在几乎不存在的目标上？如果进一步想下去，那些我们看轻的人，彼之视我，是否也有同样的评判？他们也总会有自省的时刻，并在那时认识到努力的无望吧？然而，事实却是我们仍然都在写。这一定有着另外的缘由。

写作意味着生命的扩大——我想，这应该是让人信服的解释。

扩大当然首先指的是延长。那些写下了传世之作的作者，生命化为文字，当肉体消亡之后，仍然存在的文字不啻生命的另外一种形态。但如果说这种幸运毕竟只属于极少数人，那么这个词汇的另外一层、也许是更重要的含义，却适合所有的写作者。尽管他的作品可能没有影响力，发表和遗忘同步。在极端意义上，甚至可以说，它们是否发表都并不重要。这层意义，便是写作者时时体验到的一种丰盈之感。与企求"不朽"的"立言"相比，它源自写作本身，是这一行为带来的馈赠。写作，是写作者对自己的生命的调动和组合，挖掘和打捞，所有这一切通过写作的过程而得以体现。当他把思索、感受交付于一支笔，便具备了抵达生命最大值的可能。阳光和风的质感，树木花卉的姿态，一颦一笑的意味，某种缥缈的情绪烟云，某个思想的断片，往事的影子，模糊的希冀，这些人人都曾遭遇的东西，在写作的过程中，被显微，被放大，原本混沌的变得清晰，曾经暧昧的获得确定，原来沉潜的浮现出来。在被赋予形式的同时，它们再也不会失去。如果我们承认构成生命的正是这些东西，那么显然，写作的过程便是同生命的贴近，是对生命的梳理和张扬。

　　普鲁斯特让我们看到这种行动可能达到的广阔和幽深。在生命的最后十几年，他将自己幽闭在阴暗静寂的屋子里，记录下他的已成为过去的并不复杂的生活。没有引人入胜的故事，只是些散漫随意的情节，但在他的笔下，却表现出无穷的情趣意味。舌尖品尝到的小玛德兰点心的味道，一杯椴花茶的香气，生活中任何一点微小的内容都随时可能成为一种触发，一个端点，一条路径，通往一个奔流着记忆、感觉、回忆的花园。那里，现实场景和幻觉、梦境水乳交融，如花少女们的声音气息使人熏然欲醉。描绘主人公马塞尔童年时等待母亲临睡前一吻的情节，竟用了上万字，读来却并不觉得累赘啰唆。它们精美而博大，有力地诠释着他的艺术观念——"哪怕是微不足道的、毫无意义的东西，只要被感受到，得到再创造，就再也不是微不足道的了，就成为整个生命，整个艺术。"你会想到雨果的另一句话："比海洋和天空更辽阔的，是人的心灵。"与法语的浪漫感性相映衬，日耳曼文化传统下的卡夫卡，则长于理性的思索，从冷漠、隔膜中发现了时代的病症。在他笔下，由人变来的大甲虫、城堡、地洞、万里长城，都成为负载了哲学观念的意象。他们当然是一流的发现者，真正的创造者，这样的人在一个世纪中也寥寥无几，应该以全人类的名义感谢他们。但他们之从事写作，显然是听从内心的声音，而非任何另外的理由。《追忆似水年华》第一部《在斯万家那边》出版后，反响冷淡。如果仅仅是为了荣誉写作，普鲁斯特很可能会停笔，我们也就看不到后面的六部，它们多数是在作家辞世后才与读者见面的。用文字挽留流逝的生命，是驱策他写作的动力。当过去的美好时光在文字中重新呈现，并且再不会散失，他的幸福也达到顶峰。它是完全自足的，不需要外在的条件。卡夫卡在遗嘱中要求朋友把他呕心沥血写就的作品悉数烧毁，在他看来，写作无非是一个人同自己的心灵对话，其他动机都大可怀疑。

尽管普鲁斯特和卡夫卡如危峰高峙，我们永远无法企及，但我们却至少能够超越自身。生命的长短由天不由人，人们只能徒叹奈何；但造物主也显示了宽厚的一面，允诺我们策划、安排它的厚薄、丰瘠、疏密，一句话，它的质量优劣水平高下很大程度上取决于我们自己。"未经思考的人生是不值得过的。"对于欲努力穷尽生活可能性的人，写作无疑是最好的道路。通过剥茧抽丝般地查看它的底里，洞幽烛微检视它的细节，他进入感情的皱襞，意识深处的阴影，感知它的丰富与复杂。对生活的体味产生了文字，而写下的文字又帮助他确证对生命的感受。正是在这个没有终结的互动的过程中，每个写作者得以按各自的理解，发现生活的意义，或赋予其秩序感，从而能有效地排遣个体的惶然和微渺感，获得自由、超拔的感觉。

由这点，我们还可以说，一旦真正进入写作，习作者和大师之间，其实并没有霄壤之别。如果经由写作，一个人感觉变得敏锐，思维得到磨砺，存在的万象在眼前展开和流动，平淡的生活也具有了无穷的滋味，并由此真切地体验到了充实、快乐，那么尽管他的感慨幼稚，他的思索缺少新意，他不但现在毫无影响力，将来也看不到成为大师的希望，那又何妨之有？写作的意义，终归首先是对于个人的。不能因为有了李白和李商隐，歌德和波德莱尔，我们就不再写诗。我们自己的一份感慨和发现，即使多么微不足道，别人也无法代替。文学有其功利性，但其最主要的部分在此范畴之外。我想，任何时代，每一个国家，总有那么多人在写作，欲罢不能，不计成败，根本的理由便是这样一种植根于天性的生命表达的需要，是为了从无所归依中救出自己，至少是获得一份扶持。这使得写作最终成为人对抗命运、拒斥虚无的一种悲壮的手段。"凡人之手的报复"——获诺贝尔文学奖的波兰女诗人希姆博尔斯卡曾经这样概括，可谓一语中的。

# 写作的难度

一位初出道的或者长时间默默无闻的作者，灵光乍现，写出了不同凡响的作品，一鸣惊人，让人见识到了其蕴积的才华，并因而很自然地，人们对其下一步的创作产生出热切的期待。但是很遗憾，其后他却迟迟未能继续拿出让人激赏的作品，期待逐渐变为失望。他可能越写越少了，写下的东西不再动人，还有更糟糕的情况——他甚至停止了写作。人们本来指望他的才华之光会在文学的天空长久闪耀，但他不幸成为又一颗流星。

这样的情况，我们见到的太多了。

退一步讲，即使那些成名已久且一直在不停写作和发表作品的作家，又能怎样呢？就作品数量而言，每每可以称得上是高产，但说到质量，却往往乏善可陈，大量作品只是在同一水平层面上重复，鲜有能超越他的成名之作的。

如何解释这种现象？在为之惋惜之余，过去一度将此情形归因于他们受到世俗名利等的诱惑，或者意志不够顽强，减弱了对文学的热情，放慢甚至停下了追求的脚步，缪斯女神的垂爱自然不再眷顾。但现在，随着阅历的增加，也随着自己作为一名写作者的切身经验的累积，我越来越体认到，固然不乏上述情况，但更为根本也更为普遍的原因还是，写作的进一步深入化带来的写作者自身能力的提高、视野的开阔，使他不再满足于已经取得的成绩，对自己有了更高的要求。这样，写作本身变得越来越艰难了——它上升为一种每日间的搏击和争斗。当这种对立持续不止，写作者难以取胜、收获期望的果实时，他势必将陷入一种痛苦而无奈的境地。写作减少，甚至终止，便常常是这种对峙的结果，充满了一种悲壮的意味。

一个好的作家，一个能够让人对其创造力的不断更新抱有信心的作家，在其作品中，应该总是不断地呈现出某种新的东西。也就是说，他总在自我超越。有追求的作家，不会满足于原地踏步，不肯同义屡陈、自我复制。

当然，有一种说法是"一个作家毕生实际上只写一部书"。的确，不同的作家，因为身世遭际、生活经验的不同，因为与之密切相关的生命感悟、美学观念的独特性，总是会或早或迟地聚焦于生存的某个侧面，生命中的某个题目，他的灵魂和它们最能够产生谐振。说一位作家是有个性的，难以复制的，很大程度上正是缘于此点。即使那些以视野宽阔、题材丰富而著称的作家，和广袤无垠的生活相比，他的关注范围仍然是狭窄的，严格地讲也只是其中的一个点。那个点，是他对生活认识得最深入精髓的部分，是他内心绵绵不绝的疼痛，是他和世界产生联系的纽带。

但这并不意味着他就有理由故步自封，原地徘徊。哪怕他长久地凝视着某个主题，也不应该只是简单的重复和数量上的累积。他的每一篇新作品，都应该力求体现出对于这个主题的一次新的发掘，能够在反复描绘过的感受、反复表达过的见解之上，增添一点新的东西。哪怕是很微小的一点。

在这件事情上所秉持的态度，倒是可以作为检测作家质地的一个标准，这一点屡试不爽。那些沾沾自喜于一年中写了几十上百万字、出版了多少部书的作家，眉飞色舞之时，往往把自己引入一种类似喜剧的氛围里。这里面有一种滑稽的成分，局外人都能够看清楚，但他自己却浑然不觉。就作品本身而言，除了不断增长的数量，并没有呈现出其他的意义。这只能表明他一直在写作，甚至是十分勤奋。

另外一些作家对此保持了清醒。他变得越来越挑剔了。他首先看重的是，自己的新的文本是否提供了新鲜的经验、新鲜的感知。他的目光寻找一点新奇，一点独特，一点微小的进展，一点对于世界的新的认识。一般的感慨和体会，不复令他产生表达的兴致，单纯数量上的累积，不再带给他创作的愉悦感。内容之外，新的言说方式也经常会成为他目光投注的对象。那种随着写作时间的延长而日益明显的熟练工匠般的操作感，在别人是自然而然，却让他警觉。他无时无刻不在试图摆脱经验的窠臼，超越自己。这种追求，将会在他内心中造成一种长久的焦灼。于是不由自主地，他写作的速度放缓了，甚至停顿下来。这就像一个旅人，在路口停下脚步，寻思着下一步该迈向何处。

因此，一个作家经常产生遭遇困难的感受，感到艰涩和勉强，陷入自我怀疑，被沮丧的情绪摆布。在通常的意义上，这恰恰能够折射出作家对写作的虔敬之心，证明他在不断地为自己树立新的标高。这正是他持续进步、不曾停歇的标志。难度与超越相表里。对于那些真正把写作当作自己生命存在方式而非仅仅视之为客串或者玩票的人，在其写作生涯的多数时间，应该都处于这种因寻求突围而自我煎熬的状态中，如果有什么区别，也只是体现为不同时间里程度有所差异而已。

但意识到了克服难度、超越自我的必要性，并不意味着就能够解决，这是两个不同的东西——恰恰这一点才是一个真正严重的问题。

作家与形形色色的障碍的抗争，是一场漫长的、不闻枪炮厮杀之声的搏斗，不足为外人道，唯有他自己才能感知其中的你来我往，进击和躲避，苦涩和尴尬。目标似乎不久就能抵达，甚至仿佛只有一步之遥了，但事实上总是永远在前面。

在这个与困境搏斗的过程中，他会坐卧不宁，烦躁忧郁。极端者像海明威，因为身体的衰弱和创造力的枯竭，对于最终取胜丧失了信心，甚至走上自戕的不归路。当然，如果克服了障碍，他会有巨大的身心愉悦，那种幸福感是任什么也不会交换的。但就写作的本质来说，顺畅平坦只是相对的、暂时的、个案的，艰涩凝滞才是绝对的、长久的、普遍的。任何曾经梦寐以求的高处一旦攀及，立刻会在眼前出现新的高度，映衬得已经取得的成绩微不足道。当超越了一百个障碍，还会有第一百零一个在前面等待着你。这一点经常会令人备感挫折，甚至绝望。

没有办法，这就是艺术。一个磨损人的行当。

托马斯·曼的短篇小说《沉重的时刻》，以创作过程中遭遇艰难的诗人席勒为原型——其实也是作家自己的亲身体验——形象地描绘了这样一种状态：

他站在炉子旁边，向他的作品迅速而痛苦地瞥了一眼。他从它那里逃出来，这个负担，这个压迫，这个良心的痛苦，这个要喝干的海洋，这个可怕的任务，它是他的骄傲和不幸，他的天堂和地狱。这作品慢慢地进展，遇到困难，停住了——一次又一次！

从内在的创造力对题材、素材、表现的可能性的最初有节奏的冲动，一直到思想，到形象，到单个的字，到写成行：这是多大的斗争啊！多大的痛苦的过程啊！

因此，不惧怕难度，甚至是主动寻求难度，便是一切严肃文学艺术家别无选择的宿命。因为他十分明白，难度的背面正是进步，这是一枚硬币的两面。难度的等级不同，对应着的是不同的收获、不同成色的奖牌。小的困境昭示着小的超越，大的困境允诺着大的超越——当然这只是一种悬置的可能性，能否实现因人而异。海明威曾经这样概括作家的生存方式：一个作家，必须每天面对永恒，或者面对缺乏永恒的状态。他表达的其实也是这个意思。

那么，怎样才能最终达到与永恒对话的境地？连接此地和彼处的，是一条什么样的道路？又是通过什么方式才能抵达？

大艺术家对此都有着深切的体验。马拉美说过，人探寻自己内心宇宙的秘密，需要20年的自我幽闭。在里尔克的《马尔特手记》中，作者说得更为细密周详：

> 一个人应该耐心等待，应该在整个的一生中积累各种感受和欢愉；而且如果生命够长的话，那么，在生命最后的岁月里，他也许能写出十行好诗来……为了写出一行诗，一个人必须观察很多城市，很多人和物；他必须了解各种走兽，了解鸟的飞翔，了解小花朵在清晨开放时所呈现的姿态。

以耐心、细致为忠实陪伴，在时间的熔炉中长久冶炼，才能提取出一点点成色纯粹的金子。天下文心相通，并无中外古今的分别。譬如许多作家都强调写作中缓慢的功夫。"快是艺术的敌人。"小说家韩东如是说。与之相互呼应、异曲同工的,是诗人于坚的宣言:"文学是慢的历史。"

从战略到战术,从涵盖一切的原则到具体的实施步骤,古今中外的作家们,都已经有了足够丰富而深入的言说。最基本的规律已经被揭橥,被申述,反反复复。因此对于具体的个人来讲,问题并不是寻求道路,而是如何行走。

也许沿着这样的道路走下去,最终也仍然难以如愿以偿,目的地仍然遥遥无期,障碍仍然坚硬而冰冷地矗立在面前——事实上,多数人都将面对这一种前景。因为才华有限,因为意志欠缺,因为机缘不够,因为许多说不清道不明的理由,成功永远只是梦想。这便是从事写作乃至一切艺术事业的残酷。无助、无奈、无能为力,是这一行当最为多产乃至于泛滥开来的感受。

也正因为如此,那些成功者会得到特别的羡慕,仿佛彩票中大奖者面对无数目光一样。

但不论如何风光,他都必然经历过这样一个艰难颠踬的过程,这样一种仿佛炼狱般的折磨。这时,看他获得的奖赏,更像是苦难后短暂的安慰,仿佛马戏团的猴子在做成功某个动作后,会得到一根香蕉,然后再去面对下一轮的演出。

## 语言中的铀

不知是否与年龄有关,近年来越来越喜欢朴素简洁的风景,比如北方冬日的田野,视野中空旷疏朗,树木枯干遒劲的线条,映衬着旁边的一两处屋舍,以及远方山体硬朗粗粝的轮廓。这样看来,开始喜欢读格言、谚语等,仿佛也是必然。在语言的繁复纷纭、摇曳多姿的风景中,它们正是铅华洗尽、最为简练质朴的那一类。

这一点与缺少阅读大部头的闲暇时间有关,但更主要的原因,恐怕还是这个岁数的心性已经喜欢删繁就简,对一切繁文缛节都想跳过略去,直接面对后面的"干货"。格言无疑具有这样的特质。根据定义,格言是指对人生经验和各种规律的总结,用精练简洁的语言表达出来,而且具有劝诫和教育意义。推而广之,其实谚语警句等也都具有这样的品格,在只言片语中蕴含着厚重深刻的道理。为了方便,这里都用格言来统称。通常是经由两种方式与它们晤对,一种是它们被一条条地搜集,再按照内容分门别类地排列,最终汇集成册,仿佛众多精干士兵列队接受检阅;一种是独行侠一般藏匿于浩繁文字丛林中的某一条缝隙间，倏然跳将出来，让人眼前一亮，不由得注目凝视。

这里堪称是一片丰收的原野，语言的谷穗累累垂垂。

  满招损，谦受益。(《尚书》)
  己所不欲，勿施于人。(《论语》)
  不以规矩，不能成方圆。(《孟子》)
  锲而不舍，金石可镂。(《荀子》)
  前事不忘，后事之师。(《战国策》)
  人类的全部尊严，就在于思想。(帕斯卡尔)
  人生如同道路，最近的捷径往往是最坏的路。(培根)
  从一粒沙中可以看见整个世界。(布莱克)
  过去是未来最好的预言家。(拜伦)
  生命最长久的人并不是活的时间最多的人。(索尔仁尼琴)
  …………

这样的句子可以无限地抄录下去。此刻写下这些时，仿佛又回到了热衷于搜罗它们的青少年时代。这恐怕是那个年龄极为普遍的嗜好，旨在拿它们来警醒或者激励自己。当一个人自身的经历还不足以对生活产生明晰完整的观念时，总是愿意从别人的说法特别是名言中汲取资源，恰如一个孩童，一招一式总爱模仿成年人，追星族更是成为一个庞大群体。

条条大路通罗马。语言把握生活主要通过形象和逻辑两种方式，文学属于前者，理论归入后者。格言因为其凝练、深邃并且经常具有形象性，经常会被置放于两者之间，譬如《论语》，譬如古罗马哲学家皇帝马可·奥勒留的《沉思录》，文学史和哲学史都会提及。事物的本质属性常常在与其他事物的比较中更容易看出。对格言来说，一种似乎匪夷所思的比较，是与长篇小说相比。二者之间有什么可比性呢？就体量而言，无疑仿佛泰山和抔土的区别。长篇小说读来让人过瘾，关键在于它的丰富，或者说这种丰富性是牵连所有其他方面的枢机。它的巨大的体量，错综复杂的人物关系，跌宕曲折的故事情节，繁复细密的细节呈现，这一切常常共同营造出一种令人目眩的效果，如同花团簇拥或疾风骤雨，这些怎么是片言只语的格言能够相比的？

但话说回来，不管它们是如何的洋洋洒洒、浩瀚斑斓，经过一层层过滤提炼，浓缩抽象，在大多数情况下，仍然是可以用简短的几句话来概括表达它的内核的，而这样的话总是具有格言般的特质。这正是两件看似不相干的事物之间的纽结。曹雪芹写《红楼梦》，尽管自称"一把辛酸泪，满纸荒唐言"，但所揭示的盛衰无常、色空相依，"好即是了、了即是好"，却是明晰确切仿佛具有坚实质感的。莫泊桑的《一生》，女主人公在回顾自己命运多舛的一生时感叹道："人生既不像想象的那样好，也不像想象的那样坏。"这是全书最后的一句话，具有"卒章显志"的效果。这样的一些话，显然已经可以归入格言，或者具备格言的功能了。不妨说，所有的长篇小说，实际上都可以理解成是从某一句格言生发铺展开来，是一颗情感或者理念的种子孕育生长的过程。发芽破土，由柔弱的树苗长成粗壮的大树，树冠茂盛，枝叶纷披，鸟雀翔集，跳跃啼叫，雨沐风梳，蔚为大观。

　　写到这里，我仿佛已经听到不以为然乃至讥讽的声音了。怎么可以这样简单地对比？谁能够无视展开过程中的价值和美？譬如《红楼梦》，那种性格心理、环境氛围、园林馔饮的描绘之美，岂不正是完全自足的东西吗？如果缺失了它们，《红楼梦》的魅力将何处寄寓？没有在回忆中让舌尖重新品尝到童年时吃过的小玛德琳点心的味道，没有椴花茶的香味自岁月深处飘荡而至，普鲁斯特的《追忆似水年华》又何以确定自己的不朽地位？

　　我完全赞成这些质疑。在其他时候，这何尝不是我要说的话。此刻，在这个特定的语境下，我只是在一种极端的意义上来做出比喻，并非否定其他的价值，不应穿凿地理解。仿佛摄影时，为了突出作为主体的人或物体，给予它们清晰的特写镜头，而将背景加以虚化处理，但并不等于背景真的就是一片虚空。

　　前面说过，青少年时代都喜欢搜集格言，但要真正读懂它们，却需要漫长时光的铺垫，需要凭借丰富的生命体验来给予注释。因此，格言是一种更适合老年人、至少也是生命体验较为深入的人阅读的文体。所以，乡间不识字的白发翁媪说出的质朴无华的话，倒是常常具有格言的意味，就在于它们被风霜侵蚀过，被时光浸泡过。从这个意义上说，格言更被赋予了一种在时间维度上产生和展开的特质，它最深沉的东西是属于时间的。如果说年轻时热衷于读大部头虚构作品，是在开端眺望未来，借助鲜活具体的物象形态，来窥测真实生活的未知底蕴，那么读格言，则更像是在生命旅途的后段回望过程，更多是为了印证业已获得的人生感悟，有一种借他人之酒杯浇心中之块垒的味道。

认识到了这一点，那么就不妨说，格言，就是那一类行走到人生路途的某一处时，不由自主地从心底生发出来的东西。它是抽象过的人生体验，是浓缩了的生命感慨。是概括之上的概括，是蒸馏之后的蒸馏。在这个阶段，生活的外在的鲜活形态已经不再重要，重要的是它的内核，而格言正是对于内核的揭示和表达。

诗人里尔克在《马尔特手记》中写道，应该耐心等待，终其一生尽可能长久地搜集意蕴和精华，最后或许能写出十行好诗。那一定是最为精华的诗句，具有遗言一般的品质。言简意赅的格言，何尝不可以理解成是一代代人关于生活的遗训？这是千百年来无数生命智慧的凝结。时光的流逝，不会磨蚀而只会增益它们所蕴含的真理的品性。物质世界中，铀蕴藏着巨大的能量，一千克铀-235 裂变所产生的能量相当于几千吨优质煤炭完全燃烧的热量。而格言，就仿佛是语言中的铀。

# 你自己的靶标

对于一名写作者，写什么当然至为重要。千言万语，归纳为一句话：找到最应该属于你的内容。

那些总是在你灵魂中萦回不去，无法躲避也无法逃离，纠缠如毒蛇、执着如厉鬼一样的情绪和感受，意念和思想，应当成为你的首选。

举两个例子。

第一个例子几乎无人不知，是史铁生的《我与地坛》。作家21岁时双腿瘫痪，从此人生被绑缚在轮椅上，看着世界生机勃勃，看着人们奔跑跳跃。作者自嘲"生病就是我的职业"，作品都是完成于病痛的间隙间，所以他将自己的一本散文集命名为《病隙碎笔》。地坛公园安静而空旷，在这里，他的感知和思考都抵达一种极致。思绪尽管散漫飘荡，但离不开核心的几点：在这样的痛苦和绝望中，要不要活下去？如果决心活下去，理由是什么？残疾能否以及如何获得拯救？……他的一系列作品，不论是长是短，是小说还是散文，是在这篇之前还是在这篇之后，其实基本上都是此一主题的延伸和变奏。

另一个例子所知者不多，有必要多说几句。不久前读到一本书，曾获2005年美国国家图书奖的《奇想之年》，深受触动。作者琼·狄迪恩，是美国著名记者和作家。在她70岁那年，相伴40年的丈夫突发心脏病去世。打击猝不及防，震惊之后是持续的灵魂煎熬。自那一刻起，整整一年中，她都是在哀伤和思念中度过的。全部的情感和意念，都专注于这一件事情。深度的专注和沉湎，让奇特的想象纷至沓来。亡者生前和她一同去过的地方，接触过的物体，总之，那些留下两人共同印迹的东西，时刻把她卷进一个回忆的漩涡里，使她难以摆脱。

整整一年，我都用去年的日历来记录时间：去年的这一天我们都在干些什么，我们在哪里吃晚饭；去年的这一天，我们是不是在金塔纳的婚礼结束后坐飞机去了檀香山；去年的这一天，我们是不是从巴黎坐飞机回来……

想起一句古诗词——"记得绿罗裙，处处怜芳草"，怎样的痛切和眷念，才能让人产生并执着于这样不合常情和逻辑的想象呢？

自身的疾病，爱人的死亡，分别成了两个作者生命中的重大事件，时时处处，念兹在兹，仿佛患上强迫症一样。杜鹃啼血，蚌病成珠，当他们把自己充分而深入的感受和思考诉诸文学时，便获得了特别的成功和报偿。

一个人的一生,经历过的生活内容堪称丰富,但其实多数如同烟云过眼。无论是经历本身,还是从中产生出的感受和想法,真正给他的精神世界打上鲜明烙印的,其实并不多。具有这样一种性质的事件、遭遇等等,当其到来时,或者像重锤击打一样猛烈,或者如同钝刀割肉一样煎熬。它们都是些什么样的事件,因为什么原因产生,因人而异,折射出的是生活的广阔和幽深,这里不做深入的探讨。但共同点是,它们都成了当事人生命中的中心事件,对他的人生走向和人生观的确立产生了关键作用。

"刺激-反应"作为行为心理学的基本原理,一样可以用来解释写作。如果一位写作者长期执着于对某一个或者某一类这样的内容对象进行观察和思索,当诉诸文学表达时,就更容易具有新意、深度和质感,从而避免了沦入千人一面的泛泛之谈。

在这个意义上,英特尔前董事长兼首席执行官安德鲁·格鲁夫的名言"只有偏执狂才能生存",适用于技术和商业的拓展,也同样适用于文学写作。在后一种语境中使用这种说法,更接近一种修辞,旨在让人明确地认识到专念于合适的目标的重要性。

又想到两个例子,两部名作。契诃夫的中篇小说名作《没有意思的故事》,写的是一位著名教授晚年的苦恼困惑。因为他感觉自己缺乏一个"中心思想",缺乏"一种重要的、非常重大的东西","可是如果缺少这个,那就等于什么也没有",活着也"没意思",生活的意义和价值也变得飘忽而模糊了,为此他痛苦不堪,以致患上了严重的神经衰弱症。与之相比,舍伍德·安德森的《小城畸人》(刘士聪译,另一版本为《俄亥俄,温斯堡》,杨向荣译)则展现了某种坚定和清晰。这部短篇小说集写的是美国中北部一个小镇上的众多人物,他们都是专注于内心中某个意念的人,虽然意念因人而异。这是他们的真理,生命意义之所维系,尽管有些时候也如作家所说,真理过了头就成了谬误。这未尝不可以看作是一种反方向的运动:作品启示了作者,结果中寄寓了行为的某种本质。

当然,人类的经历以及相关言说都已经浩如烟海,鲜有写作者不曾触及的领域。像海明威那样去非洲乞力马扎罗山上猎狮子,像《小王子》的作者圣埃克苏佩里那样,"二战"时期驾驶飞机在地中海上空巡逻……这种充满戏剧性和油彩感的经历,极少人能够遭遇。同时,甚至也不是每个人都能够拥有大喜大悲、或如峰巅或如深渊般的情感体验。好在,谢天谢地,并不是具有这样的历练才有资格写作。对于此刻作为写作者的每一个"我",在写作中努力追求不随大流,发出自己独特的调门,却是可以做到的。这里的独特,实际上也是一个弹性概念,是在相对意义上说的,其主要的倚仗,就是要牢牢盯住自己生活中经历的那样一些东西——它们攫取了你,困扰着你,使你坐卧不宁,日思夜想,如鲠在喉,不吐不快。

对史铁生来说，正是经由这样的倾诉，他超越了身体的残疾，并达成了与命运的和解；而对于琼·狄迪恩来说，一年中的神思恍惚不会是时光的虚度，在重新执笔并写下这部作品后，她获得了心灵的解脱，也用文字印证了人性的深刻和卓越。

由此不难推论出，那些号称什么都能写的作家，并不值得特别夸耀。他们往往是用数量的丰富庞杂，掩盖实质的乏善可陈。个性是他们的作品中最稀有的品质。作为一名称得上资深的读者，对于这样的作家，我的第一反应是不去理会。这么多年下来，似乎并没有太大的损失。

时间、精力、才华……把这些宝贵的东西凝结成一颗子弹吧，射向你心目中的某一个靶子。

# 让文学成为黏合剂

春末夏初，我带父母自北京回到阔别多年的河北老家，探望了多年未见、年近八旬的姑姑。闲聊中，姑姑得知我的女儿、她的侄孙女今年16岁了，就念叨说过几年该找婆家了，她的几个女儿都是20来岁出嫁的。趁着如今她眼神还行，还能做几床被褥当陪嫁，棉花都是自家产的，要挑最好的棉桃瓤子用。她当然不会知道，正在读高一的女儿，读韩寒和郭敬明的小说，买原版《哈利·波特》系列图书，从网上订购书和电影光盘，梦想到香港上大学，最近又嚷嚷着要考SAT（美国高中毕业生学术能力水平考试）到美国去。可能在老人的眼里，她的想法、她的生命轨迹，和嫁到旁边村子里的自己的女儿没有什么不同。中午，姑姑把床铺让给我们休息，自己坐在大门口一只废弃的碌碡上，倚着墙根休息。春末的阳光照在身上暖洋洋的，催生出几分睡意。姑姑衰老的身体一动不动，雕塑一样。周围十分静谧，几只鸡在脚边懒洋洋地走动，恍惚是一个遥远的梦境。

置身那个环境中，我忽然想到了后现代主义理论中一个重要的观念：同一空间内不同时间的并存。以血缘论，我和女儿包括和姑姑之间不用说十分亲密，但彼此间的想法竟然那么不同，不夸张地说，是隔了数十年的时间鸿沟。不同的生活方式和观念，建立了一道屏障，使深入的沟通变得艰难。

姑姑一辈子最远只到过县城，她对生活的理解，也许只是一个极端的例子。但在更为广阔的范围，分歧和隔阂却也是大量存在的。隔着一条狭窄的胡同，写字楼里的外资白领和老平房中数十年的住户之间，生存状态和所思所想，可能有天壤之别，彼此都构成一种彻底的他者和别处。仿佛两条距离很近的平行线，却永远不会相交。

群体、阶层乃至阶级，就这样出现了。相应地，这些不同的人群所拥有的价值观、审美观、人生态度等等，都会有所不同甚至是大为迥异，面对同样的事物，会做出不同的解读和反应。你赞美胡同的古雅陈旧，散发历史的气息，他却期盼着尽快搬出平房，住上厨、卫、暖气一应俱全的楼房。你向往深山里环境清幽，远离污染喧嚣，他却一心渴望到城市里去，哪怕从事最低贱的工作，也要努力观望一番现代物质文明的五光十色。这样的情形不胜枚举。

古代交通不便，信息阻隔，外部世界充满未知，产生一些匪夷所思的离奇念头不难理解。连禁烟英雄林则徐这样的人物，都曾经相信洋人膝盖不能弯曲，近战不占优势。置身今天这个全球化时代，隔膜不再体现为或者说主要不再体现为外在形态。无远弗届的信息,通过功能强大的传播手段,将各地笼络连接在一起,撤除了一切神秘帷幕,认识上的盲区似乎越来越少。僻远边塞的农夫、草原深处的牧民,都可能从荧屏上见识过好莱坞影星的艳丽仪态、阿拉伯石油王公的豪奢排场。但这点并不能够说明什么。陌生、隔膜乃至对立,并没有消除,在某些时间和空间中甚至是进一步加剧了。继意识形态之后,技术和资本成为新的鸿沟,横亘于不同的人群之间,并由此产生出了一系列的龃龉和对立。构成冲突各方的这些不同的理念、价值观,便是植根于不同群体的生存状态,是各自境遇的产物,就仿佛不同的土壤中因为所含成分及比例的不同,会产生出不同的果实、作物一样。

这就造成了乍看上去颇为奇怪的局面——与人类外在生活的一体化、趋同性相伴随的,是内在情感精神世界的割裂化、单元化、陌生化。把全球连接在一起的、作为交往利器的电脑网络,反而更进一步拉大了分属于不同阶层的人群之间的距离。网络上的论坛、社区,聚集起了趣味相投的人,构成了若干的亚文化群落,用彼此才熟悉的一套圈子里的语言交流。而一旦在这个群体之外,虽然空间上可能近在咫尺,但心理距离却有着天涯之遥。这也是当代社会生活诸多悖论中的一种吧。

单位的办公楼里,每天都有保洁工在清扫,随时可以看到他们晃动的身影,在办公室里,在楼道里,在开水房和洗手间里。但包括我在内,极少有人同他们或她们打招呼,更不用说进一步的沟通。大半年的时间里，每天进出洗手间时，我几乎都能看到一位40多岁、年龄和我仿佛的男清洁工，或者在做清洁，或者倚着窗户，百无聊赖地朝外张望，借以消磨时光。这是他的领地，除此之外他也没有别的地方可去。从来没有和他交谈过，甚至不曾正面仔细打量过。直到有一天，瞥见他面对窗外站着，肩头在剧烈地颤抖。好奇心驱使我走近看了一眼，发现他泪流满面，而又强自压制。那种悲痛欲绝的样子，显然是遭遇了天大的难题。从第二天起，就再也没有见到他了，换成了别人。但是因为这给视觉带来强烈冲击力的一幕，其后几天中，我不由得好几次猜测：他面对的是什么样的困厄，是生活窘迫，还是亲人患病甚至亡故？他有妻子和孩子吗？由此我的想象又延伸到这个十几人的群体：他们平时都想些什么？对于服务对象的我们的工作和生活，又会有什么样的评说？他们从来都是贴着墙根行走，从来都是一副沉默的表情，让人想到一种无形的存在，就像美国黑人作家拉尔夫·艾里森在其长篇小说《无形人》中所描绘的那样。

这种隔膜，显然不是我们所希望的或者说乐于见到的状态。

有没有什么东西，能够在这些人之间，在这些事物之间，起到一种系连、沟通的作用？这样，一个人就能够既深切体验自己的悲欢，又能够设身处地地想象并感知别人的生活，把握其心灵的律动，对其苦乐感同身受，从而将不同心灵间的距离拉近，使之跨越职业、阶层等诸多外在的隔阂，尽可能地达到一种交融。

这时，在诸多现实层面的措施之外，文学的作用开始显现了。也许别的方式更直接，更易于见效，立竿见影，因而也显得更重要，但文学的方式却是既不可替代又不可或缺的。它似乎收效缓慢，却能够深入人心。它仿佛初春的细雨，随风潜入夜，滋润的是灵魂的田亩。文学赋予人一种由此及彼的移情能力，一种通过认识自己达到认识他人、认识社会的能力。文学培育并强化了同情心和化解隔阂的能力，更易于在不同的人之间架设一道沟通的桥梁。它是在种种差异——身份的、职业的、地域的等等之上的东西，是一种最大公约数。就其极致意义而言，不妨将其称作四分五裂、隔膜丛生的现实生活的黏合剂。

一个人一旦拥有这样一种禀赋，打量事物时，目光便会剥除许多表面上的蒙蔽，而径直进入内部和深处，触摸到它的本质。只要我有足够的意愿，我就不难走入装修房子的农民工和送水送快递的20来岁半大孩子的心灵，了解他们眼下的牵挂、未来的梦想。每个周末，一位小时工都要来我家打扫一次卫生，她的远在安徽老家的儿子面临高考，我的女儿也即将中考，五六月份，这件事情便成为她和我妻子的中心话题。作为母亲的期望和忧虑，并没有根本的不同。说到底，人类最基本的感情都是相通的，《孔雀东南飞》中焦仲卿与刘兰芝的依恋，《琵琶行》里李隆基和杨玉环的缠绵，都没有现实社会中那样因地位不同而产生的巨大差别。借助文学这把开启灵魂之门的钥匙，一些平常无法进入的生活，也变得可以了解，至少是得以管窥蠡测。多年前的某个时刻，通过阅读一部散文自传，我曾深入到一个吸毒者的灵魂中，体验主人公与诱惑的魔鬼所展开的一场惊心动魄的搏斗撕扯。不久前的一次印度之行，从衣衫褴褛的寺庙清扫者和睡在屋檐下的用人身上，我看到种姓制度阴影下贱民生活的悲惨，但只是在读过获得布克奖的长篇小说《卑微的神灵》——出自一位出身贱民的女作家之手——之后，我才真正进入他们的内心，时时刻刻萦绕他们心间的那种焦灼、愤懑和渴望，也才真正具备了某种坚硬的质感。

正是在这个意义上，人们仍然有足够的理由寄望于文学，尽管文学早就失去了轰动效应，且已然处于社会生活的边缘。文学有关情感的起伏、心绪的变化、内心的疼痛，那是一种基本、普遍和永恒的东西。文学使生命充实和饱满，那是在渐趋丰盛的物质之外的另外一种让人富足的方式。对于热爱她的人来说，这种收获是真实的、毋庸置疑的。

即便从社会治理这样的显然属于宏大叙事的范畴着眼，文学也并非雕虫小技，可有可无。现代政治语境中建设和谐社会的宏伟目标，其核心内容之一，就是要了解不同社会群体的诉求，满足他们合理的愿望，最大限度地化解和消除因利益分配缺乏公正而产生的隔阂、敌意和冲突，在人与人、群体与群体之间，建立一种和谐的关系。而文学，以其对于社会生活的生动描摹，特别是对于人心的深入勘测和准确把握，而成为一条展现世态、表达民意的渠道，一种具备较高可信度的反映现实的方式——尽管对文学本体而言，这只是它派生出的一项功能。

正是基于这些悄无声息然而却是顽强执拗的需要，文学获得了永远存在下去的理由，并使有关文学即将死亡的悲观论调显得不堪一击。这种理由建立在人性的根基之上，从而具备了一种强大而坚实的质地。当然，这指的是那些真正的文学作品，而非大量以文学的名义存在的赝品。它们见证了文学的力量，它们也维护了文学的声誉。而对于一位真正的有追求的作家来说，他也一定会竭尽全力，努力使自己接近这样的目标。

# 我们为什么喜欢散文

一

　　人们到处在生活。生活裹挟着每个人,如同空气将身体缠绕。

　　就像每个人相貌各异一样,每个人也都有属于自己的一份生活。就其本质的意义而言,它们都是独一无二、不可替代、无法复制的,就像指纹,是独特的"这一份"。

　　因为独特,也便值得诉说、交流和记忆。而写作便是最好的方式之一。

　　当然,也可能有人会说,这就是写作的理由吗?经历过,感知过,也就够了,最多在内心自己咀嚼体味一番,未必要诉诸文字。

　　有这种想法的人,显然是不十分了解写作的意义,或者缺乏切身的写作体验。首先,倾诉是人的一种本能,就像容器里的水满了要漾出来一样自然。而经由文字来将所感所思记录下来,要远胜过口头的表达。与写作这一外在行为相同步,是经验的整理，思绪的梳理，模糊的化作清晰，粗糙的变为细腻，从飘忽的情感烟云中触摸到灵魂的真实状态，由零碎断片的感悟里演绎出完整系统的理念——文字起到了绾结、显微、扩张、提炼等多种功效。

甚至，写作还是一种治疗，借由倾诉，可以有效纾解内心的积郁苦楚。这一点已经为临床心理学反复验证过。

当然，一切文学写作也都具有这样的功效。但其他文学样式，哪一样能够像散文般便捷直接，所受的限制最少？它的门槛之低，是得到公认的。小说要塑造人物形象，要有哪怕是最为简单的故事；诗歌要打造意象，锤炼韵律，在拘囿中舞蹈和飞翔。只有散文，能够充分容纳形形色色的内容，能够灵活使用但又不依赖任何一种方式和手段。对于写作者来说，记叙、描摹、抒情、论理，可以任意腾挪闪躲，随心所欲。对于阅读者，它随时能够进入，也随时能够抽身而出，中断和接续自然流畅。

自由的品格，是散文最为醒目的标签。

这样，散文比较其他文体，就有了更多让人们喜爱的理由。作者在写，读者在读，各自都构成了颇为巨大的群体。作品数量更是宏富无比，姹紫嫣红，蔚为大观。

## 二

阅读散文，仿佛面对一面面镜子。

这个譬喻该是过于滥俗毫无新意了。但它之所以能够被使用到如此的地步，显然有其理由。在对生活的映照这个意义上，还有什么譬喻比镜子更为恰切呢？

在阅读一些作品时，目光在篇页字行间扫描挪移，而一种反向的运动也在悄然发生。我们仿佛听到了自己的心跳声，它是受到所阅读的文字的叩击而发出的。作者写下的东西，打动了我们，灵魂产生了共鸣和呼应。

当然，每个读者所置身其中的实际生活，和他所读到的作品中所描绘的生活，通常是不同的，甚至大为不同。但文学的重要作用，正是通过差异性而反映共同性，经由个别而抵达一般，建立起不同生命之间的联结和融合。差异性并不构成阻碍理解的藩篱，有时反而激发起某种类似探险的欲望。南宋大儒陆九渊所谓"人同此心，心同此理"，这种人性的相通，正是一切人际交往和群体行为的基础和前提。在千差万别的生活表象背后，有着很多相同的东西，至少可以说，最重要的东西是相通的。

于是，从他人的文字中，我们扪摸到了自己的灵魂的脉搏。优秀的作品，总是能够有效地表达出我们"心中所有而口中所无"的东西，包括那些可以朦胧地意识到但难以清晰地辨认的东西。感情的种种状态，自尊和自卑，勇气和怯懦，激情澎湃或者沮丧颓唐，在作者身上发生过的，同样也曾经出现在我们的生命中。潜意识里，我们不满足于自己对世界的认识、对生活的解释，常常希望获知别人是如何评说的，虽然对此未必意识到也未必愿意承认。而散文，不动声色地为我们做到了这一点。我们在看，看不同的作者在各自的作品中，如何观察和感受、分析和剖解，而在阅读的某一时刻却惊愕地发现，分明从他的身上看到了自己。作为读者的我们和作者重叠了。

因此，说散文是一片镜子，实际上是说别人成了自己的镜子。

生活在此处，生活也在别处。与那些促使人更深入地认识自己的生活的作品相并行的，是另外一些散文，它们更多地呈现了某些异质的东西，是对我们熟谙的生活的补充和伸延，是生活朝向无垠和阔大的展开。这些东西格外让人着迷。一个人的生活总是受到局限，但他的灵魂又总是向往超越。这一点来自人性的某种特质。"从前有座山，山里有座庙，庙里有个老和尚……"不但是儿童，成人也同样受到远方和陌生的召唤，尽管具体内容不同。这种他者、远方，既是物质形态的生活和存在，同样也体现为精神生活、情感呈现、价值追求的千姿百态。很大程度上是通过王小波，人们对罗素的那句"参差多态乃是幸福的本源"才有了广泛的认知。尽管其本意是伦理学上的，但也完全可以从审美维度加以理解。

在这个意义上,散文像什么?或许更接近一台望远镜。

还需要谈到的一点是,无论属于哪种情况,在某一类优秀的散文中,常常能够看到作者和他人、个人与社会的联结。人是各种社会关系的总和,因此一篇作品的字里行间,往往能折射出历史的波诡云谲、时代的风云际会。这样的散文,从具体的经验和存在的局部迈步,通向的是一个社会的政治、经济和文化的结构,一种时代精神的整体状态。这样,散文就不是一己悲欢的展示厅和个人才智的操练场,而和广大、辽阔联结。这种品格,也使得它自己得以在重要性的位阶上拥有一个不容忽视的等级。

总之,散文试图描绘和解释广阔的生活。它有雄心也有本领。

人们喜欢散文,最根本的理由也与此有关。它有效地帮助我们建立了和生活的联系,同时又将无尽的可能性向我们敞开,摆脱个体存在的有限性。它让我们有了更长的手臂去触摸这个世界,有了更好的视力去观察这个世界。并且在每一次端详中,使我们的目光有了变焦的能力,从宇宙之大,到纤毫之微,靡不尽显,栩栩如生。

综合考虑它的功能,散文又仿佛是一部功能强大的照相机。

## 三

一篇散文，总是要聚焦于某一种具体的生活形态，撷取的是生活的局部、侧面，有时甚至是细节，作者的感受和思考，便从中孕育生发出来。每个人都写下属于自己的那一份生活和感悟，那么多篇散文，就是容纳和展现了多重生活。因此，一本散文集的形成，便是一次对丰富生活的广角扫描。

在这本散文选集（《中国最佳文学作品选·散文卷》）中，可以看到这种朝向辽阔广袤的扩展。作品成为有力的证人。

经历和遭际，无疑最能直接孕育感悟。在《安放自我》中，梁鸿鹰追忆了他的童年、少年时代以及和家人间的关系，惊异地发现了基因遗传所具有的强大力量，但正是摆脱庸常黯淡的生存的叛逆冲动，一种强烈的主体意识，让他拥有了另一种品质的生活。文学中古老的"审父"主题，被注入了某种新的蕴含。有关生与死、命运与苦难的诘问，作为厚重的背景，生动地烘托和映照了这一主题。陈新《植满时间的疼痛》，同样执着于对父子间紧张关系的打量。从恨到爱的巨大转折，凭借的是时光的力量。随着日子的积叠，对人性的复杂性的理解也在缓慢生长，宽容的情感丝线日渐被编织进血缘的纽带。何士光《日子是一种了却》中，女性取代男人成为主角。农村岳母对于自己"当家人"的身份的执着，达到了一种病态的地步。从这种偏狭背后，作家看见的是灵魂深处的盲障。多年来潜心精研佛教，让他思索萦系其间的机缘和因果、是非和得失、牵挂和了却，赋予了一种同情的理解。吴昕儒《片断与完整》是一部缩微的家族史，我们看到了鲜明的个性，乖谬的时代，看到了它们的相互纠缠如何塑造了一个人的命运。一家人的坎坷遭际，折射出的是整个社会风云的阴晴晦明。

器物和环境，常常成为写作灵感的另外的丰富泉源。柳宗宣《绿色邮差》中，邮筒、邮局、穿着绿色服装的邮递员，长久以来曾经是一个人和远方、一个漂泊者与故乡的纽带，负责盛放和传送他们的情意和牵挂，向往和梦想。其中的万千滋味，已经被今天迅疾如闪电的手机短信、微信等稀释殆尽。生活可以引领生活，呼喊能够收获回声。杨海蒂《我去地坛只为与你相遇》，印证了文学所拥有的力量。史铁生的一篇杰作，让一座古老的园林成为一种观念性的存在，关于宿命，关于爱情，残疾与健全，隐忍和抗争，文字间渐次显现并展开了精神的谱系，仿佛盛夏园林中的草木一般丰富葳蕤，每个人或早或迟都能够从中获得一份启示。作为精神的外在对应物，散文并不挑选特别的物体或者处所。李培禹《总有一条小河在心中流淌》，写的是插队时知青点附近的小河，虽然从内容到写法都并不新鲜，但读后仍然让人慨叹不已，根由就在于它诉说的是对生命中最美好的时光的记忆。青春交织着懵懂和憧憬，"只是当时已惘然"，以其深厚的人性基础，能够唤起最广泛的共鸣。

庄子说过"道在屎溺",用词虽然不够雅驯,却有效地比况了道之无所不在。散文亦然。衣食住行,爱恨情仇,歌哭悲欢,生老病死,天地万物,季节递嬗,都是散文驰骋的疆域。只有你想不到的,没有它做不到的。收入这部散文集子中的诸多篇什,是印证也是注释。一边是母亲对成长中的儿子的牵挂期待(指尖《最远的,最近的》),一边是儿子从母亲那里领悟到什么是面对生活的恰当姿态(凸凹《错位之思》);一些情感、行为,总是和特定的生命阶段相关,但往往会影响了整个人生的走向(闫红《春天只发生一次》);空中有鸟,地上有人,便有了家园感。如果能够认识到人类和自然万物都是"生命共同体",便不难理解作者将鸟巢看作"宇宙的中心"的譬喻(东君《宇宙的中心》)。总之,话题的林林总总,对接了生活的纷纭丰富。

不少作品,实际上是对数量相对有限的母题的反复陈说,仿佛音乐里的变奏曲。张大威《惜青丝》从一缕缕秀发的脱落,感叹时光的剥夺,生命的匆促,应该说是一个并无明显新意的话题,但凭其出色的表达功夫,依然可以推陈出新。顺着这个话题推究下去,就必然会涉及生活以及写作的一般性和特殊性的关系。固然如西谚所云"太阳底下无新事",一切存在的人和事物连同其运动,从本质上看,都不过是在时间长河中的反复重现和轮回,但每一种具体的生存,诉诸文学就是每一次表达，仍然有其独立的价值。这源于生命的个体性，生存经验的不可复制性，即便极为相似的体验也有些许差异，即便十分相通的感受也烙上了作者自己的印记。在言说之后的言说，表达之上的表达，却因为渗入了独特的个性——哪怕只有一点——而不会让人感到厌倦。这一点，可以说正是艺术的魅惑力和绵延的动力之所在的一个重要方面。

也许有必要给予表达以更多的关注。言说什么之外，怎么言说也是一个问题。20世纪初，作为一种文学批评思潮的俄国形式主义认为"形式即内容"，并非只具备纯粹工具的功能。结构、语言等，都参与了内容的构建。比如说，直抒胸臆是人们听得较多的对散文写作的要求，但是针对某些题材，写作者的平静、超脱甚至冷漠，造成某种间离感，也许更能烛照对象内在的本质。在《出镜》中，南帆延续了他一向对于技术与人的关系的思考，这次是从手机自拍器切入。视觉时代，影像泛滥，身体登台，思想退场。技术不停歇的发展为生活提供了极大的便利，但今天欲望也借助它而膨胀宣泄，以至于要扭转生活，扰乱世界的等级秩序，改写被信奉已久的价值和信念。"景观社会"必然伴生某种新的文化，如何定义和评价它们？行文挥洒自如，鞭辟入里，既机智又冷峭，我们仿佛看到作者嘴角上的一抹嘲讽的笑意。

写到这里，我们就比较容易为一本由多人作品汇成的散文集定位了。

如果诉诸譬喻，那么不同的生活便具有不同的容貌和形态：或澄澈若林间小溪，或安详若秋日池塘，或幽深若百年古潭，或奔腾若钱江之潮，或曲折若黄河九转，或辽阔若三江汇流。它们汇聚起来，就是一片浩渺博大的水体。这里水光潋滟，浪花飞溅，在某些地方，甚至惊涛裂岸。

一本散文集，就是对这样的生活的某种折射。

生活之水幻化为文字，经由目光的通道，进入我们的灵魂，给它注入某些东西。它们是关于情感，关于理性，关于人性，关于对世界的认识，关于对生命的期待。它渐渐地丰富和提升了我们，真实并且生动，缓慢然而确凿。

因此，我们没有理由不喜欢散文。

# 文学交流将我们的心灵拉近

很高兴今天来到这里，与各位朋友围绕"一带一路"文学交流活动这一话题进行交流。

经过十几个小时飞行，我从中国首都北京，来到遥远的埃及首都开罗，来到尼罗河畔，金字塔旁。这是我从童年时就知道和向往的地方。金字塔在我那时的想象中，应该和万里长城在在座各位的想象中一样，遥远，神秘，充满魅力。埃及和中国是两大文明古国，金字塔和长城一道，共同见证了人类文明的奇迹。

等到更大一些的年龄，学习了历史课程后，我了解到虽然中国和埃及相距遥远，却是被一条叫作"丝绸之路"的古老道路相连接。早在2000多年前，中国汉朝时期，大探险家张骞从当时的首都长安一路西行，开创了横贯亚欧大陆的丝绸之路，伴随着阵阵马蹄声，开启了中国同周边国家的经济、政治、文化往来。阿拉伯和中国两个古老文明，从此通过这条道路展开了对话。很多物品就是从那个时候起，通过丝绸之路进行交流，仅以我们日常的饮食为例，像葡萄、核桃、石榴、黄瓜、胡椒等水果、蔬菜和香料，都是从那时起进入中国的。而产自中国的丝绸、茶叶、瓷器、铁器等，也是通过这条道路源源不断地输送到中亚、西亚、北非乃至欧洲。其后，从魏晋到隋唐，西亚、中亚的音乐、舞蹈、饮食、服饰等，也大量传入中国。因此，中国人今天的物质生活和精神生活的资源中，有着包括埃及在内的阿拉伯世界的馈赠。古丝绸之路开启了人类文明史上的大交流时代，强有力地推动了人类文明发展进步。可以说，这是一条记载着光荣和梦想的神奇的道路。

对这种交往，中国的历史和文学书籍中有着大量生动的记载和描写。像唐代高僧玄奘，独自一身，沿着丝绸之路，历经千辛万苦，去遥远的印度学习佛教，并带回大量的佛教经典，使佛教文明在中国大地上得到深入的研究和有效的传播。他将自己丰富而神奇的经历，写成一本名为《大唐西域记》的著作。中国古代的伟大神话小说《西游记》，便是以他的经历为基础进行虚构的，成为全世界人们喜欢阅读的一部传奇。在文学的其他样式，尤其是我最喜爱的诗歌中，对于丝绸之路的风光、历史、文化、民俗等，也有着大量生动传神的描写，这些诗句即便在千百年之后阅读，仍然散发着强烈的艺术魅力。经由文学的描绘，古老的丝绸之路上的故事，被牢固地记忆，被生动地讲述，并且有效地抵抗了时光之水的冲刷侵蚀，一代代流传下来。中国古代大诗人李白的一首诗中有两句话，"屈平辞赋悬日月，楚王台榭成古丘"，生动地揭示了文学所具有的力量。杰出诗人的作品能够永久流传，仿佛日月一样永恒，而帝王的宫殿却变得一片荒芜，空无人迹。

在丝绸之路开拓2000多年之后，一个名为"一带一路"的倡议，让生活在这一条古老道路所经过的众多国家中的人们，感到十分振奋。2013年秋天，中国国家主席习近平在哈萨克斯坦一所大学的演讲中，提出了这个构想。它的中心内容，是中国将积极发展与沿线国家的经济合作伙伴关系，共同打造政治互信、经济融合、文化包容的利益共同体、命运共同体和责任共同体，推进各国人民的福祉。"一带一路"，彰显了和平、交流、理解、包容、合作、共赢的精神。

这一倡议，不但唤醒了人们对于这条古老通道的生动记忆，而且让他们看到了它再度变得辉煌的美好前景。倡议提出5年来，经过各个方面密切而友好的合作，一系列合作项目进展迅速，成效显著，令人鼓舞，充分印证了这一构想的深得人心。

在今天这个场合，我想着重谈一谈，在推动"一带一路"构想实现的过程中，文学可能起到什么样的作用。

前面已经说到，"一带一路"不但是经济和贸易的通道，也是情感和心灵的通道。它的宗旨是继续担当古代丝绸之路曾经起到的文明沟通的使者，秉持共商、共建、共享原则，推动各种文明互学互鉴，促进中外民心相通。那么，我要说的是，在这个过程中，文学将会发挥独特的、重要的作用。

这个世界上，正如高山、沙漠、海洋造成了地理空间的阻隔，带来了交往的不便一样，种族的、宗教的、语言的、文化的差异，也给人们心灵世界的交流带来了限制，使彼此之间产生隔膜、误解甚至敌意。但优秀的文学作品，却能有效地化解这一切。作为一种表达情感的方式，文学通向人的心灵。当一部文学作品翻译成对方的文字时，便是在写作者和阅读者之间，在写作者和阅读者各自所拥有的生活之间，铺设了一条道路，文化背景迥异的人们，可以通过这条道路走近对方，互相了解和熟悉，达到灵魂的相通和融合，甚至成为知音。

在这个意义上，文学是无国界的。

感谢父母的养育，歌唱忠诚的爱情，反抗统治者的专制和残暴，向往生命的自由和独立，为大自然的雄伟壮丽而惊叹，为善良人的不幸的命运而洒下同情的泪水……这些，是不同地域、不同民族、不同文化共同的文学母题。其中那些为人们同样地尊奉和拒斥的观念，我们将它称之为"共同价值"。中国国家主席习近平在2015年9月联合国大会发言中指出："和平、发展、公平、正义、民主、自由，是全人类的共同价值。"而文学，正是表达和倡导这一切的有力的手段。

此刻，我站立在埃及的土地上。埃及属于阿拉伯世界，因此我想到阿拉伯文学对中国人的影响，便是十分自然的事情。每个中国的孩童，都会知道《一千零一夜》。这部阿拉伯民间叙事艺术的集大成之作，是一件无与伦比的想象力的瑰宝。阿拉丁和神灯，渔夫和魔鬼，阿里巴巴和四十大盗……宰相的女儿山鲁佐德，每天给国王讲一个故事，用智慧和善良，感化了残暴的国王。听了这些神奇故事，没有一个孩子会无动于衷。我相信，故事的魅力以及其中的道德寓意，必将一代代地流传下去，时光的流逝只会增强其生命力。

而阿拉伯文学中伟大的诗歌传统，则更是广为播扬，影响了世界各国文学。我了解到，阿拉伯诗歌在公元 6—7 世纪达到高峰，早于中国唐诗的鼎盛时期。公元 11 世纪，伟大的学者和诗人奥马尔·海亚姆出生于波斯。他创作的《鲁拜集》，其短小的形式近似于中国古诗的绝句。被英国诗人菲茨杰拉德翻译后，风靡整个欧洲。在中国，它也极受欢迎，中国现代文学名家郭沫若、胡适、闻一多等人，都翻译过《鲁拜集》。到现在《鲁拜集》仍然在不断地被翻译，已经有几十种译本。

我本人就深深喜爱并且沉醉于这部作品，多年来经常找出来阅读。因为时间关系，我只举出一首。

> 于是，我举起粗笨的陶制酒杯，
> 来探索生之奥秘。杯口刚沾嘴，
> 它就对着嘴咕哝：活着且沉醉，
> 因为你一旦去世，再不能回返。

这首诗歌中流淌着的情感，让我想到了中国汉魏古诗中的"昼短苦夜长，何不秉烛游"，"不如饮美酒，被服纨与素"；想起了唐代大诗人李白的"天地者，万物之逆旅；光阴者，百代之过客"；想到了宋代大诗人苏东坡的"人生到处知何似，应似飞鸿踏雪泥。泥上偶然留指爪，鸿飞哪复计东西"。古代阿拉伯和中国的诗人们，都有着敏锐的洞察力，感叹时光飞逝，生命无常，但在感伤之后，他们又都表达了豁达开朗的人生态度，执着于对现实人生的体验和享受。可见，人类的基本情感都是相通的，那些伟大的作家也都是表达这些情感的高手。

我还能举出另外一些阿拉伯文学的著名人物，像跨越19和20世纪的黎巴嫩大诗人纪伯伦，也曾经深刻影响了我的精神世界。他的诗集《泪与笑》《先知》《沙与沫》等，中国都有很多译本。这些诗篇以丰富而美妙的比喻，表达了对于大自然、生命、灵魂、祖国等许多主题的深入的思考，有着强烈的东方意识。但因为时间所限，我无法充分展开论述了。

和我一样，中国的很多作家都受到过阿拉伯文学的滋养。我的一位朋友，著名的小说家红柯，就先后在"一带一路"经过的两个重要的区域，陕西和新疆，分别生活过多年。他曾经在我供职的报纸《光明日报》上发表过一篇文章——《两种目光，寻找故乡》。他在文章中写道，在他很年轻的时候，一次偶然的发现，让他从对欧美文学的狂热中，从对海明威、福克纳、卡夫卡的迷恋中，脱身出来，转而沉醉于波斯文学，许多诗人的名字让他激动不已：菲尔多西、萨迪、哈菲兹、鲁米、尼扎米……他谈到哈菲兹和李白的相同之处，两个古代诗人都是伟大的"酒徒"，都喜欢写美酒和月亮、鲜花和女人。因为喜欢萨迪和哈菲兹，他就把它们的代表作抄录在本子上。因为两个诗人都出生于伊朗的设拉子古城，那里便成了他最向往的地方。萨迪说过："一个诗人应该前30年漫游天下，后30年写诗。"这句话确定了他的人生道路。从家乡陕西省的一所大学毕业后，他主动来到新疆，生活和工作了十几年。这片广袤的中亚土地，也是儒家文明和伊斯兰文明充分交融的地域。他写了大量的小说，描写这里的高山、戈壁和草原上多民族的人们丰富多彩的生活，他们的青春和爱情，欢乐和忧伤。无论是作品的内容还是表达方式，他都和很多作家不同，带有自己鲜明的特色。这很大程度上要归结于这里多元文化的共同影响。不同文化之间的碰撞，总是能够使文学创作迸发出更多的灵感的火花。

阿拉伯世界广袤的区域，孕育了丰富的文学。下面我要缩小范围，将目光拉回到尼罗河畔，此刻我置身的这片土地。荣获1988年诺贝尔文学奖的埃及著名作家纳吉布·马哈福兹的长篇小说《开罗三部曲》，通过一家三代人的命运，展现了埃及20世纪前半叶几十年间的社会风貌和历史变迁，细腻入微，仿佛一幅风俗画。作品仿佛是一面镜子，从那些为了改善自己的命运而奋力挣扎的普通的开罗民众身上，让我们看到了自己的祖父辈、父辈们曾经的经历，那些痛苦和不甘，那些压制和叛逆。因为源于共同的人性和相似的生活境遇，因而能够获得强烈的共鸣。他的很多其他作品也被译成中文，深受读者喜爱。

中国有一句成语"饮水思源"。这些打开我们眼界、打动我们灵魂的作品，正是文学交流结出的丰硕果实。正是许多翻译家、评论家、出版家以及文学活动组织者们的共同劳动，才让我们能够用自己的母语，阅读到作家们用各自的母语写出的作品。再好的作品，如果因为语言的障碍而不能进入阅读者的视野，那么它的功效便相当于零。由此可见，文学交流是多么的重要。

我感到欣喜的是，文学交流的意义和价值得到了充分的认识，因此文学交流活动一直在富有成效地进行着。我并非这方面的专门的研究者，但仍然能够感受到这一点。我举一个具体的例子来加以说明。因为我曾经是北京师范大学的兼职教授，得以了解这所大学中的文学交流的有关情况。阿拉伯文学世界的一座高峰，叙利亚诗人阿多尼斯，于 2013 年 8 月的一天，就在这所大学中，与获得了诺贝尔文学奖的中国作家莫言展开对谈，探讨文学承担的使命和重要命题。那是他第四次来到中国。他获得过中国有影响力的诗歌奖项，他的多种诗集被翻译成中文出版。这一所大学的出版社，北师大出版集团，还与莫言、贾平凹、余华等著名作家签约，将他们的代表作的阿拉伯文版本在阿拉伯国家出版，让阿拉伯国家的民众阅读到中国的作品。

交流是双向的。我相信，阿拉伯国家的文学同行们，也对中国文学在各自国家的传播做出了很大的贡献。比如中国的著名小说家刘震云，我的北京大学中文系的师兄，2016年就曾经获得埃及文化最高荣誉奖。在座的有很多这方面的专家，你们更了解情况，我就不多说了。

这还让我想到了"世界文学"的概念。将近两个世纪前，德国大诗人歌德在他晚年的《歌德谈话录》中，在谈到一部中国古代传奇小说时指出，中国文学给他最深刻也最强烈的体会，就是中国人在思想、行为和情感方面，几乎和德国人一样，由此归纳出他们是我们的同类人的结论。另一方面，他也谈到了包括中国文学在内的各国文学所具有的自身的特点。从这种既有共性又有个性的认识出发，他提出了世界文学的概念。这一概念和我们今天使用的"跨文化交流"很接近，指的是不同文化之间的对话和交流，当然也包括文学。在这些对话和交流中，不同文化的共性日趋明显，但个性也仍然得到保持，没有被扼杀和取代。我想，这种认识可以给"一带一路"的文学交流带来启发。事物的特征总是在比较中得到呈现。这种文学交流，除了能够促进彼此之间的了解，也能够通过相互间的比较，更加清晰地认识到自身的特点和优长之处，不论是伦理的还是美学的，并保持和发扬它们。按照中国一位著名的思想家费孝通的说法，这就是"各美其美，美人之美，美美与共，天下大同"，一种不同文化和谐相处、互为补充、彼此启发的美好的境界。

总之，今天，我们凭借交通的发达，通讯的便利，可以很快地来到任何一个国度，可以很容易地联系上远在天边的某一个人。但要真正地走入对方的精神情感的疆域，文学无疑是一条最好的途径。"一带一路"所涵盖的范围，有着辽阔的区域和一半以上的地球人口，可以想象，在其间进行的文学写作，会展现出怎样的丰富、浩大和幽深，而依托它们开展的文学交流活动，也必定是丰富多彩、意义重大的。如果说，经济和贸易的合作仿佛是为一部在道路上行驶的车辆灌注了充足的燃料，那么文学交流就是一股清新的风，可以让坐在车窗边的乘客，感受到和风拂面而来的惬意。

中国唐诗中有一个名句："欲穷千里目，更上一层楼。"要想看到更开阔的风景，就要攀登得更高。总是在付出更多的努力之后，收获才最为丰硕。古老的丝绸之路，曾经在历史的卷册中留下了辉煌的一页，作为它的升级版的"一带一路"，必将会再次书写新的传奇。那么，让我们携起手来，为了这一目标的实现，用文学的方式，做出扎实而有效的努力。

（此文系为2018年中埃文化交流活动撰写的演讲稿）

# 在阅读的边缘

## 斯坦贝克日记

　　斯坦贝克在创作《愤怒的葡萄》期间，每天都要规定好当日的进度，以此来督促自己。倘若因一时懈怠未能完成，他会在日记里自责不已，语气中充满了焦灼、急躁、恼怒，像恶主叱责下人。"我很懒，太他妈的懒了。""我必须恢复纪律。必须得动真的。"即便原因是外在的，如不邀自来的人和事，邻居造屋噪音的干扰，在他眼里也绝不能成为遁词。"不管怎样，得要在写作时忍受一千件事。""必须避开任何一个从旁插进来的干扰，必须板下脸来对付现在的不少事情。"其实，按常人标准看，即使在这样的日子，他的成绩也已经是很可观了。

　　凭借着这种意志力，他也高兴地看到自己的胜利在持续扩大。"要是我的自律让我继续工作，而耳边响着地狱的叫声我也会没事的。""不过尽管发生了这样一件麻烦事，我还是没耽误一分钟的写作。这很好。很好的纪律。"这本日记成为他的韧性、对目标高度执着的真实写照。每个写作者都应该读读这本书。

　　大多数工作都需要纪律的约束，艺术也不例外。那些感受、想象、创造的冲动，如果不能够纳入恰当的形式之中，只是些很快就会飘散消失的碎片。从灵光乍现到丹青绘就，从微小的受精卵到成熟茁实的婴孩，靠的是在理性指导下的整合，但使这项工作真正有成效的，则是源自高度责任感的自我约束和驾驭，一句话，纪律。一个真正的艺术家，必定是一位对纪律心存敬畏如同受虐症患者一样的人，对于常常是单调枯燥的工作甘之若饴的人。这里可以借用一部曾经畅销的书名：只有偏执狂才能生存。

　　可是，人们总是更喜爱并过分夸大灵感的作用，在想象中勾勒出艺术家的漫画像——大半时光是在喝酒、睡觉、闲逛、聊天，等待着一个短暂匆促的时刻的降临：浑身颤抖仿佛发疟疾，梦幻般睁大的眼睛仰望着虚空——这是神异的灵感在附身呢。多么普遍而严重的误解！

　　倒是像波德莱尔这样放浪形骸、从外表看最为接近人们意念中的样子的诗人，在这点上却是异常清醒："灵感显然只是每日工作的姊妹……灵感像饥饿、消化、睡眠一样听话。"

## 完美的误区

　　主张"每天只写一行"的法国作家儒勒·列那尔，作为擅写短小而精致的作品的作家，屡屡被人称道。他也自称："我是一个追求完美的作家，因此我不能成为一个伟大作家。"他很有自知之明。的确，他的作品不算多，总共几本短篇集子，几个不长的戏剧，但都经过千锤百炼，称得上纯粹精美。

但他不应该责备巴尔扎克某些作品中所显露的粗糙疏漏。许多伟大作品，因为关注整体的气势，往往无暇或者不屑于在局部细节上过分花费气力。对完美的过分追求，往往会限制作品的深厚和广阔。

福楼拜在一次通信中写道，大师们"根本无须讲究文笔，他们这些了不起的人不在乎有语病，正因为有语病才更说明他们了不起。而我们这些小人物只有拿出十全十美的作品才能站住脚……在此我不揣冒昧提出一个我在任何场合都不敢说出口的见解，即大作家往往文笔不佳，这对他们再好也没有了。不应该从他们那里去找形式美，而应该到二流作家那里去找。"

众所周知，福楼拜几乎成了精雕细琢的代名词，每写下一个字都要再三斟酌挑拣。文学史家如是评述："司汤达深刻，巴尔扎克丰富，但是福楼拜完美。"由他说出这番话来，便像是投下一颗重磅炸弹，突兀意外，但也尤其令人深思。他的不朽杰作《包法利夫人》，具备了无可挑剔的完美形式。但它的成功，首先还是由于对人性的犀利解剖，主题表达的深刻厚重。形式的完美只是帮助他更为出色地实现了这些。

如果难以两全其美，我还是宁愿选择巴尔扎克，而舍弃列那尔。二者的区别,仿佛汉唐石雕和宋元山水小品。后者可谓精致之极,但在美的梯阶上,精致从来也不曾居于高处。

还可以拉来普希金做一次证人。他说:"细腻还不能证明是智慧。有时候傻瓜甚至疯子也特别细腻。所以还可以补充说一句,细腻很少与那些生性厚道、气概豪迈、襟怀坦荡的天才为伍。"

## 才华不但是写得好,更是写得多

汝龙翻译的《契诃夫论文学》一书中,有这样一段话:"才华不但是写得好,更是写得多。"强调了创作数量对一个作家的重要性。同样的意思,在这本书里的不同篇章——分别为契诃夫与他人的通信以及别人对他的回忆——中反复出现过多次。毋庸置疑,契诃夫本人身上,就集中显现了才华的这两个方面。

但就这个话题而言,我们听到更多的说法却是宁缺毋滥。似乎"多"和"好"二者难以共存,写得多,质量必然值得怀疑。由于二者的关系被设置成了反比,泾渭分明,价值评判的天平该向哪一边倾斜,便不是一个需要辨识的问题了。

哪个更正确?应该听谁的?

如果说,作品质量的高下标志着一个作家的水准,那么写得多少,则常常显示了他的能量状况:灵感的显现是源源不断还是时作时歇，字句的产生和组合是滞涩还是流畅，结构的架设是快捷轻松还是迟缓费力，等等，其中不少是可以归入技术层面的。前后二者之间，并不必然构成对立关系，如在契诃夫那样的作家那里，就体现为齐头并进的和谐。这样看来，作家的宣言实在是底气十足的，自然而然的。

但禀赋有厚薄，资质分高低，对绝大多数写作者来说，二者的确难以兼容。第二种观点广为传诵，正是建立在这样的事实基础之上。实际上，当我们这样思考时，这个话题已经被暗中置换了，变成了一种简单的取舍：是希望写得更好一些，还是希望写得更多一些？

第一种选择不需要辨识，第二种情形则更复杂些。有一种鼓吹多写的观点，眼睛的余光其实还盯着前者，有一种曲线救国的味道。我认识的一位青年作家就发誓："一定要多多地写，让我的书摆满书店的柜台，哪怕只是垃圾，至少读者能够时时看到我的名字。"这让人想到在西方学界的一个说法："不发表，就发霉。"在今天这样的互联网时代，信息呈现为海量，随时覆盖刷新，要想不被迅速遗忘，多写多发是有效的抵抗。哪怕只有一两部是较好的，但因为有大量的一般性作品垫底，也比那些终身孜孜矻矻打造少量作品的作者更容易成功。听起来不无道理。这似乎是一种很有市场的观点。

不过，他们是否过于自信，忽略了这样的可能性：他们倒是作品等身了，但始终没有写出那一两部希望的作品。那些数量巨大的平庸作品的制造过程，已经使他们对于艺术女神抱有的虔敬大打折扣，失却了感受和思维的细致缜密，如切如磋的耐性不复存在，总之，创造杰作所需要的能力被侵蚀甚至是湮灭了，虽然当初这些能力或许一度熠熠闪光。这时，他们又会怎样想呢？

这个话题屡屡令我困惑。也许，这只是因为我写得太少，而又真心羡慕那些高产者的缘故。

## 普鲁斯特属于过去

那是手指抚摸丝绸的滑爽感和窸窣声，是上好葡萄酒的诱人的光泽，是一小块精致的点心的香味在舌尖上慢慢溢出，是一杯椴花茶在午后的静谧中飘散着缕缕热气和香味……《追忆似水年华》，人类精神史上的伟大事件，文学领域内的"发现新大陆"和"十字军东征"，一颗最细腻的灵魂的绝响。前无古人，恐怕也将是后无来者。

遗憾的是，能够出色地描绘这样的感受，细致到无以复加的地步的，只能是举世罕见的天才，多少个世纪也难以出现一个，仿佛遗落在地球上的一块陨石。面对这样伟大的作品，除仰望和膜拜之外，唯一可以做的，就是努力去品咂每个词句的妙处，去发现每个细节中蕴含的意趣，借助它们来唤醒我们的灵魂中本来具备但一直昏睡蛰伏的感受力，在宽度和深度、数量和质量的双重意义上,还原被我们无礼地漠视的生活的本来面貌。

然而更为遗憾的是,在今天,我们居然漠然地处置这份珍贵的赐予,而并不觉得内疚。阅读普鲁斯特已经是一件十分困难的事情。这个时代太过匆忙浮躁,难以预备好从容不迫的心境,这就注定会有一种幸福我们无法消受。在这个时代,精密细腻属于仪器,人心却变得粗糙鄙陋。

寻回失去的美好时光——对于少数的人,或许可以做到,但对于作为整体的人类,是一个遥不可及的目标。

于是我们只能听任自己被一股外在的强大力量驱使,背向诗和美,越走越远。何时是归程?长亭更短亭。

## 如同水消失于水

博尔赫斯在写到一个人的失踪时,用了这样一个比喻:

如同水消失于水。

有些比喻我们看到一次,就再也难以忘记。奥登曾经这样比喻无所用心的人们:

那些头脑空旷得像8月的学校。

应该给这些比喻的作者授勋。这种全然陌生化的比喻，仿佛神授，与其说是一种修辞手段，不如说是初始意义上的创造。一个新鲜的表述，便是对事物的一次新的发现，是给事物注入新的素质。有时你不禁会想，是先有了词语，而后才有它所表述的事物，事物的现形只是为了证明词语的存在。有点像柏拉图的哲学思辨中对于形式和物质存在的关系的论述。

萨特写道：

> 在通过语言发现世界的过程中，我在很长时间内把语言看成世界。存在，就是对语言的无数规律运用自如，就是能够命名；写作，就是把新的生灵刻画在语言里，或者按我始终不渝的幻觉，把活生生的东西禁锢在字里行间；如果我巧妙地搭配词语，事物就落入符号的网里，我便掌握住了事物。（《文字生涯》）

## 畅销小说

手边有一本书，《美国金榜畅销书通览》，文汇出版社1998年3月版。分"小说类"和"非小说类"两部分，介绍了自1942年到1992年这50年间，位列《纽约时报》畅销书榜榜首的几百部作品。它们涵盖了半个世纪的时间跨度，应该能够给人有益的启发。

社会生活的日趋世俗化，相伴而生的文化的大众化和商业化，使文学中"畅销小说"这一品种生长得格外葳蕤。它总是让人想到黑幕、警匪、间谍，三角乃至多角的爱情婚姻纠纷，神秘的天外来客，恐怖离奇的命案。想到斯蒂芬·金、阿加莎·克里斯蒂、西德尼·谢尔顿等。的确，这些内容构成了畅销小说的主体。

但好在榜上还有帕斯捷尔纳克的《日瓦戈医生》，诺曼·梅勒的《裸者与死者》，拉尔夫·埃利森的《看不见的人》，索尔·贝娄的《赫索格》……虽然它们只占了很小的比例，但至少说明，真正严肃的创作，并非必然要被商业化、大众化的潮流吞没。否则，就只能把它们的上榜解释为仅仅是误会。你愿意承认这个结论吗？

在回答记者的提问时，索尔·贝娄这样说：

有一种流行的说法：如果你写了一本畅销书，那是因为你背弃了重要的原则，或者出卖了自己的灵魂。这个说法我不敢苟同。我的确认为《赫索格》这类书，本应是卖不出八千本的冷门书。这本书之所以广受欢迎，是因为它打动了许多人不自觉的同情心。从读者来信看，我知道这本书描写的是普遍的困境。《赫索格》打动了犹太读者、离过婚的、自言自语的、大学毕业的、读平装书的、自学成功的、仍想继续活下去的……

看来,与其抱怨读者不能接受高雅的作品,不如反省一下,作品是否具备打动大多数读者的因素,是否真正面对"普遍的困境",并且试图从中得出有说服力的、至少是能够给人以启发的回答。如果答案是否定的,就不能责怪读者何以掉头不顾。因为,那些畅销书毕竟还有娱乐的、智力测试的成分,而这样的书,则什么都没有,除了所谓"严肃文学"的名称。

## 过犹不及

福楼拜肯定是那些写作缓慢的作家用来激励自己的最佳榜样。他一天写不出几行,一星期能写满一页就算相当不错了。而这一天、一周,在他是完全投入、没有一点浪费的。从早到晚,像犍牛一样勤奋工作。他的房间的灯光彻夜不息,成了塞纳河上船工的灯塔。

但看他写给情妇的信的落款,他倒是会经常在很短的时间内写完一封信。这些信读来情辞并茂,丝毫觉不出有什么粗糙。这不由得让人怀疑:他是否做了自己的偏执理念的牺牲品?

作为福楼拜的学生,莫泊桑记下了恩师对他的要求:

有时他用一周工夫,为了从一个句子中去掉一个他看不顺眼的动词……他确信字词必不可少的和谐,一个词组即使看来不可或缺,音响却不合他的意,那么,他随即寻找另一个,深信自己没有掌握真正的、唯一的词组。

　　只有唯一的字词是最适宜的,作家的使命就是要找到它们——这种观念恐怕是一种幻觉。他本来可以写出更多的作品的,几乎可以肯定,它们也会是杰作。因为除了拥有抵达完美境地的罕见才能外,他在其他方面——想象力、洞察力等——也是健全而杰出的,而一般地讲,这些方面的才华已经足以引领一位作家踏上荣誉的红地毯。所以我想,造就他的首先不是完美,而是别的。修辞对他是锦上添花,但人们却当成了全部。而归根到底,他是这种错觉的始作俑者。

　　我曾经信奉语不惊人誓不休的说法,敬佩那些惜墨如金的作者,但现在却心存疑虑。如果这一点不是出于思维的艰涩迟缓,便是一种自虐症。这是一种多发症,但许多人终其一生难以摆脱。据评论家称,当代英国著名小说家、《带发条的橘子》的作者安东尼·伯吉斯,对此就有一种清醒和超脱的见解,他把自己惊人的多产归因于这样的做法:

　　　　他设法避免似乎没完没了的——他认为是不必要的——推敲和拖延,而许多作家却似乎以为这对创作是必不可少的。

## 作家的优越感

　　每个作家和艺术家,奇怪这个世界上其他职业的人,会寻找什么样的目的而生活。这是他们具有的伟大优越,大大弥补了平常酬劳有限的缺憾。(〔英〕布瑞南《枯季思絮》)

　　这里似乎显得有些语焉不详了。它并没有进一步解释原因。可是为什么一定要解释呢?对于理解个中三昧的人,不必解释,而对于那些局外人,怎样解释也没有用。
　　安东尼·伯吉斯的一番话,也具有类似的风格:

　　什么叫享受生活呢?喝酒?躺在阳光下?对我来说,专心致力于文学就是享受生活,那才是我知道的其乐无穷的事儿。

## 写作和年龄

　　索尔·贝娄在一次接受采访时,当被问及他的年龄和创作的关系时,这样回答:"我想我会越写越好。我认为有许多艺术家会随着年龄的增长而日见成熟。托马斯·哈代是一个，提香到 80 岁时达到了他创作的巅峰，索福克勒斯在 80 多岁时还写出了一些最优秀的作品。作家在六七十岁时才会找到以前一直被他忽略在旁的主体意识。"

一位名叫莱曼的美国心理学家研究了各个领域内年龄与创造力的关系。经过据说是科学的严密的调查分析，他得出结论：一位作家在 40 岁以后写的作品，其寿命比在此年龄前写的作品来得短。

这两个截然对立的观点，似乎都可以拉出一长串的支持者。前者，除了贝娄说的那些人外，至少还有列夫·托尔斯泰、《百年孤独》的作者加西亚·马尔克斯，还包括索尔·贝娄本人。后者，可以列举出"江郎才尽"的江淹，少年诗人兰波等。

单单从这些相互矛盾的例证，就可以判定这基本上是一个"伪问题"，也就是说，这是个似是而非的问题，评判的标准在正误之外。这样倒好，可以让人不必过多纠缠于暧昧不明的区域，同时能够给予他更多的自由感——自由不正意味着选择的权利吗？选择昙花一现，或者选择老而弥坚，最终取决于自己。选择的目标未必能够抵达，但不曾选择的，则根本不可能抵达。

## 写作是享受吗

诺曼·梅勒,《裸者与死者》的作者,在回答记者提出的"你认为写作是一种享受吗"时,不假思索地脱口而出——"没有,从来没有!"他在谈到写作《鹿园》一书时说:

我发觉写这本书实在痛苦得难以忍受,因为每天写完之后心情都沮丧到了极点,后来甚至犯了抑郁症。

马尔克斯也写过自己的无力无助之感:

我必须无情地约束自己才能在八小时里写半页纸;我和每个字摔跤搏斗,几乎总是它们最终获胜。

在另一篇文章里,他说:

如果写的是短篇小说,一天写一行我就觉得很满意了。如果是长篇小说,我就努力写它一页。

每次读到这一类的文字,对我都是一个安慰和鼓舞。多少次,在浓重的沮丧感的打击下就要掷笔离去了,却终于又坐下来,也是因为想到了这些。我像个孩子一样地想:大作家尚且如此，我还有什么可抱怨的。

## 诗和小说

尽管在文学的序列座次里，诗毫无异议地排在首位，但诗人却每每得陇望蜀。

这一点，首先表现为对将写诗作为终身职业的质疑。保加利亚作家达尔切夫写道："抒情诗人的艺术生命并不比男高音的艺术生命长久，35至40岁时危机就已显露。他要么是默无声音，要么转向别的体裁。"

帕斯捷尔纳克便是这样的一位践行者。在自传性散文《人与事》中，他对来访者的一番谈话，着眼于两种体裁所具备的不同功能："我认为抒情诗已无法表达我们经验的博大性与宏伟度。生活变得太沉重，太复杂了。我们所需要的价值观念，小说最善于表现。"他将一支抒情的笔转向叙事，成就了一部伟大的作品《日瓦戈医生》，描绘了一个血与火的时代。今天，谈起他，人们首先想到的是这部小说，其后才是他的诗。

但是，这并非抹杀诗的作用。

《日瓦戈医生》，一部诗化小说，丰沛的诗意如汩汩涌淌的泉水。诗人独特的感受，处理题材的方式，以及表达的方式，使得这部作品在人物、情节、细节这些小说因素之外，更流布了一种情绪的烟岚，哲学的氤氲。增添的这些东西，提升了这部作品的价值。

然而,只是具备抒情精神,而不具备叙事才能的小说家,无法保证享有最高的荣誉。"诗人风格的作家",对于小说家未见得就是荣誉。

## 阅读是共同创作

谁说作家孤芳自赏、目中无人?为了讨好读者,我们倒是经常不惜委屈自己,从高处降落,用最为通俗的风格写作,从语气、用词、句式,都揣摩最广泛的读者的习惯和爱好,力求获得他们的认可。这样做时,我们的偶像是白居易,他曾经将诗句念给不识字的白发老妪听。

但也有人不以为然。茨维塔耶娃写道:

> 如果不去揭示、推敲、引申隐藏在字里行间和词汇以外的东西,这算什么阅读?……阅读,首先是一种共同创作。因为读我的东西疲倦了,这就是说,他很好地读了,而且读到了好东西。读者的疲倦不是白费的,而是创造性的,即具有共同创造性的。

因此,不要夸耀你的作品是如何好读吧。在衡量文学的诸多标尺中,这只是并不重要的一把。没有阻碍,也就滋味寡淡。正是阻碍创造出了张力，就仿佛要想使一场爱情迷人，对象的高傲、冷淡甚至拒斥是必要的，是激起你追求的热情的强有力的因素。谁会在意主动的投怀入抱呢？即便对方是一位美人。对于真正的杰作来说，阅读中的阻碍，不是故意做出的姿态，而是一种必然的状态：因为意蕴的深邃丰厚，也因为这种品质需要与之相偕的表达形式。它们都会散发出某种孤独的气息。

值得欣慰的是，从文学史的角度看，正是在这样的作家身边，聚集了越来越多的读者，虽然这是一个常常显得漫长的过程。而那些一出生就被大量读者簇拥的作品呢？基本上都和那些读者一起，消失于时间的虚空之中了。

最欣赏这话的，应该是那些具有鲜明探索意识的前卫作家。倘若他们的作品并非只是形式上的奇崛，那就有理由对他们寄予期望——"文质彬彬，然后君子"。

## 纸上的后花园

在飘落的雪花上或累累的硕果上
在灌木的叶芽上或鸟群中
让诗歌展示第五季节的电光

让尼娜·米托，一位生卒年代不详的法国女诗人。上面的几行就节选自她的一首诗，题目就叫《诗》。第五季节，一个语言创造出的季节，一个植物不会凋零的季节，一座纸上的后花园。里面的一切事物都曾栖身于现实世界中，但只有被移植到这里，才有可能永远丰茂葳蕤，气息光泽不减丝毫。时光将无法损害它们。

此时，作者肯定体验到一种造物主一样的感觉。

这首诗揭示了文学的本质特性。它虚幻，它是现实世界的延伸和补充，是它的替身和变形，但灵魂要理解世界，最好的途径却是通过它。因此，它也更为真实，比真正存在着的还真实，因为它体现的是一种本质的真实，是类似柏拉图所谓的"图式"。

## 却认他乡作故乡

在文化交会融合的时代，一个人的可选择空间大大拓展了。语言不再是樊篱，而成为道路。就像奥地利诗人里尔克对于俄罗斯文化的依恋："我赖以生活的那些伟大和神秘的保证之一就是：俄国是我的故乡。"

类似的例子还有不少。歌德启发了拜伦，爱伦·坡鼓舞了波德莱尔，马尔克斯发现了鲁尔弗，惠特曼则成为聂鲁达的路标。歌德最早提出"世界文学"的概念时，未必能意识到日后它具有的生动面貌和产生的广泛影响。

谁能说得清外国文学作品对于当代中国文学的滋养？怎样讲都不过分。本土作家中，加西亚·马尔克斯的门生肯定是一个大数，对《百年孤独》开头那个著名的"将来过去时态"的句式的模拟，仅我就在汉语小说中读到过多次。许多作家都明确指认了自己的导师，像福克纳之于莫言，卡夫卡之于余华，梭罗之于苇岸。

借用王朔的一个说法："他们曾经使我空虚。"涨满之后，才谈得上空虚。善于用痞子化语言的外衣包装自己的王朔，这句话倒是显出十足的真诚。

## 向传统借鉴

如果说不同文化之间的互相影响体现为横向的、空间性的，那么这个话题探讨的则是同一种文化间的代际传递，是纵向的，隶属于时间的。

艾略特的论文《传统和个人才能》，是关于这个话题的最具洞察力的文章。

> 任何诗人，任何艺术家，都不能单独有他自己的完全的意义。他的意义，他的评价，就是对他与已故的诗人和艺术家的关系的评价。
>
> 任何一个25岁以上、还想继续做诗人的人，历史感

对于他，就简直是不可或缺的。正是这种历史感，使得一个作家能够最敏锐地意识到他在时间中的地位，意识到他自己的同时代。

否认传统的价值，拒斥历史的影响，不外乎两种情形。一种是真正的无知，无知于是无畏，大加挞伐，其结果便是短暂喧噪之后的永久沉寂，因为他选择的是一条通往真空的道路，窒息在所难免。另外一种，不过是将之作为一种猎名手段，取得某种类似广告宣传的效果，其实心里未必那样想。但这样做是不划算的，是耍弄小聪明，潜藏了危险。艺术容不得任何虚伪的行当，一旦告别了真诚，短期内也许会得到某种收获，但必然会失去大的东西。"捡了芝麻丢了西瓜"，这个古老的谚语用来比喻他们，或许倒是比较贴切的。

许多所谓的先锋派如同泡沫转瞬即逝，原因并不在于形式探索过于超前，过分炫目，而在于他们是同传统断裂的，是无根之木、无源之水。相反，只要借鉴和结合了传统，将传统的要素予以创造性转化，那么即使再惊世骇俗，也有望得到理解、接纳和包容。在福克纳那个时代，他可谓是走得最远的一个了，《喧哗与骚动》《我弥留之际》等，共同了形成了一座丰碑，突兀矗立在小说丛林中，"一览众山小"。然而他讲过，每隔一段时间，都要重读《圣经》，重读狄更斯、塞万提斯、莎士比亚，以及其他一些已经隐身于历史中的作家的作品。他声称，他的作品的全部力量和神秘，都来自这些祖先。

那种彻底打破传统的所谓创新，无异于隔断生长的道路，无异于企图拔着自己的头发升到天空。如果不曾师从五柳先生，我们何以接近一种悠然无羁的精神境界？如果不是通过卡夫卡理解荒谬，我们又怎样开始面对世界的异己感？

## 随感和箴言

它们是文学家族中独特的一支谱系，既可以是随手采撷的一片叶子，得来毫不费工夫，也可以像早期核物理学研究中的一克镭，耗尽心力才能获得。隐去过程和逻辑关联，它们直接给予结论，揭示本质。它们是高度的浓缩和提纯。

不妨反其道而行之，做一次逆向的运动，给枯瘦的树干缀上枝叶，给简略的素描着色敷彩，那么我们将再现生活的丰富、芜杂、生动，听到嗅到看到声音、气息和色彩，有一种粗糙的、毛茸茸的触摸的感觉。

从每一句这样的话出发，都可以通向一部长篇小说。当然，这需要非凡的想象力。

以拉罗什福科《道德箴言录》为例，那句"我们既不像我们想象的那样幸福，也不像我们想象的那样不幸"，岂不正是莫泊桑的《一生》要告诉我们的？"很少有不对她们的正派生活感到厌烦的正派女子"，岂不正是《包法利夫人》所展现的悲剧的起点?

我还想说,这些随感、箴言的作家,肯定是最厌恶"作秀"的,因为他们甚至连最基本的过程都不肯展现。

## 失之交臂

英国著名小说家、文艺评论家马尔科姆·布雷德伯里,在一篇关于普鲁斯特的论文中,介绍过普鲁斯特和乔伊斯的一次会面——

> 我们可以相当客观地认为,《追忆似水年华》一出版,现代派小说的未来就取决于普鲁斯特和乔伊斯共有的传统之中。这两人只是在1921年5月见过一次面,那回英国小说家斯蒂芬·赫德逊邀请了斯特拉文斯基、佳吉列夫、毕加索、普鲁斯特和乔伊斯出席晚会。大家以为普鲁斯特不会来,可他却出席了。乔伊斯来得较迟,身上的穿着更糟糕。他只是在普鲁斯特临走之前才同他交谈了一会儿。普鲁斯特抱怨自己胃痛,而乔伊斯则说自己眼睛不好。普鲁斯特说:"很抱歉我不知道乔伊斯先生的作品。"乔伊斯说:"我从来没有读过普鲁斯特先生的书。"文学史上一个伟大的时刻就这样遗憾地过去了。

具有真正的巨大原创力的作家，往往并不在意甚至是有意躲避同行间的切磋交流。因为他们自己创造法则。

那么，相反的说法是否成立？能否说，那些热衷于沙龙聚会、交流探讨的作家们，那些总是为自己树立楷模和标高的作家们，不过是一些不能够有效地行使自己的自由的人？他们逃避自由，因为倘若没有足够强大的创造力，自由便仅仅意味着无所依傍的恐慌。他们正是需要借助于这种种拉拉扯扯，寻找归属感，互相鼓劲打气，通过赞美获得赞美，付出安慰也收到安慰，借以冲淡内心深处的缺乏自信？

## 乔伊斯的都柏林

巴尔加斯·略萨在评述乔伊斯的作品时写道：

当我在60年代中叶认识都柏林时，我有一种被出卖的感觉：这个欢乐、可亲的城市，那些在大街上拦住我问我来自何方、邀请我去喝啤酒的人们，不大像乔伊斯书中的都柏林。那些街道、许多地方和地址的名称仍然保留着，尽管如此，那里却没有小说中的都柏林所有的人群密集、地方肮脏和形而上的灰蒙蒙。这二者一度曾经是同一个城市吗？

不论是在初出道时的短篇集《都柏林人》里，还是为他带来世界声誉的《尤利西斯》中，乔伊斯都试图为都柏林描绘一幅"精神麻痹"的图画，或者如他给一位朋友的信中所说，他写这些小说是为了"背叛这个半身不遂或者瘫痪的灵魂"。

疑惑只是暂时的。同样作为出色的写作者的略萨，不久即为他的迷惘寻找到一种解释："（乔伊斯）创造了一个美丽而不真实的独特世界，它以只有智力游戏和修辞焰火才能创造出来的真实、可靠性使我们折服；通过阅读，这个世界为我们的天地做了补充，给我们揭示了其中某些秘密，帮助我们更好地理解它，特别是完善了我们的生活，为我们的生活补充了某种仅靠生活本身永远不可能是、也不会有的东西。"

## 创作的停歇

该怎样理解作家的辍笔不作，如果这并非是艰苦的劳作之后必要的休息停顿？

获诺贝尔文学奖的葡萄牙作家萨拉玛戈，在写了第一部小说后，20年间什么也没有写。他回答得很干脆：

> 我觉得没有什么可写的……我在生活，在干我必须干的事情。实际上，那就像一团篝火，它有火焰，突然熄灭了。但是在灰烬下面，却隐藏着炭火。如果没有人给它泼

水，炭火会维持下去，终有一天会重新升起火焰。

作家在扩展自己的经验，并认真地咀嚼和消化这种经验，虽然从外表上打量未必能获得这种印象。这便是创作的神秘性。种子会发芽，但并不按照固定的节令。

日本作家萩原朔太郎有一番话，说的应该也是这个意思，只不过他是从晦暗的一面端详的：

> 诗人的悲哀，在于日复一日——在时光里年复一年——全身心地祈求、等待着不知何时才肯降临的兴致。

诗人里尔克也曾经勾勒出一个等待者的形象。他等待，是因为明白为什么要等待，是因为等待是必须的。

> 不能计算时间，年月都无效，就是十年有时也等于虚无。艺术家是：不算，不数；像树木似的成熟，不勉强挤它的汁液，满怀信心地立在春日的暴风雨中，也不担心后面没有夏天来到。夏天终归是会来的，但它只向着忍耐的人们走来。(《给一个青年诗人的十封信》)

然而我想，有必要再加上一句话，只有这样，上面的说法才更完全，也更明了。它是一切的前提。这句话就是：他必须像孕妇意识到肚腹中的婴儿一样,意识到他的责任;否则,炭火只会熄灭,而不会重燃。

## 旅行者本身就是旅行

波德莱尔满足于在幻想中神游,他的口号是:"我们想出去旅行,不借助帆和蒸汽!"一家版画店里的几幅描绘热带风景的作品,让他心醉神迷:

今天,在梦想之中,我有了三个住处,在每处,我都觉得同样快乐。既然我的灵魂如此轻松地漫游,我为什么要强迫我的身体换换地方?既然计划本身就有足够的乐趣,何必要把计划付诸实施呢?

那位生前默默无闻、身后却被誉为"欧洲现代主义的核心人物"的葡萄牙作家费尔南多·佩索阿说:

你想要旅行吗?要旅行的话,你只需要存在就行。如果我想象什么,我就能看见他。如果我旅行的话,我会看得到更多的什么吗?只有想象的极端贫弱,才能为意在感受的旅行提供辩解……旅行者本身就是旅行。

佩索阿进而揭示了这件事情的实质：

> 弱化一个人与现实的联系，与此同时又强化一个人对这种联系的分析。

## 自我推销

不要指责作家们热衷于兜售自己吧，既然如今是一个广告时代。这是必要的。不宣传，就会面临被淹没之虞。

古代作家属于一个人数稀少且集中的群体，拥有知识和话语的权力，很自然地就会聚拢四面八方的目光，不需要写作之外的吆喝。今天人人仿佛都能够写作，发表也容易，但在海量信息的背景下，遗忘也更为迅速。

这种情形下，再指责作家不耐寂寞，未免迂腐了。任何职业都有一分荣誉感，它正是从事者的动力。忍受寂寞是对工作态度的要求，而不应是对于荣誉的态度。请放心，这样做绝不会把沙子变成珍珠，因为还有公正的时间做检验员呢。平庸之作，哪怕被炒得天花乱坠，也终归会被淘汰出局。但如果进入不了时间的视野，珍珠也会像流沙一样湮灭无闻。

一定还有李白、苏东坡那样的旷世之才，被埋没于文学史中某个幽深黑暗的角落，了无声息。

## 接近文学的方式

对于一般人,接近文学的方式最好是票友式的:喜欢,也不妨有某些程度的进入,但并非当作职业,尤其是不能当作事业。这样,他能享受作为一名爱好者的惬意,而不必承担身为从事者的艰辛。好比登临一处巅峰,有人是靠脚板一步步登上去的,有人则是坐缆车转瞬间从山底升到山顶的。票友显然属于后者。

但这样,他的快乐也大打折扣。脚步不停地改变海拔,劳累疲乏中的欢快,移步换景的乐趣,只有攀爬者才能体验。又比如,一个漂亮的婴儿出生了,每个看到的人都喜欢,但最幸福的是谁?婴儿的母亲。只有她经历了撕裂的痛苦。

然而这却不是一个可以诉诸理性判断的话题。对某些人,文学是一种宿命。除了安于做推巨石上山的西西弗斯,他没有别的选择。自然,那样的姿态就不是"接近"所能描摹了。那是卡夫卡式的跟随内心的召唤,是罗曼·罗兰式的决绝——不创作,毋宁死!

接近和投入,其实完全是两回事。

## 为什么写作——一种回答

这个题目太大了，任何一种回答，都只能是一个微小的侧面，仿佛一只蝴蝶斑斓躯体上的一道花纹，一个篮球上指甲盖大小的一片表皮。关于它，应该是一个"答案群"的概念。因为它所包含的差异性，远远胜过其他任何题目，除此之外，它的回答者又是最喜欢标新立异的一群人——这也对了，这个行当离循规蹈矩最远。如果把答案汇总起来，足可印成厚厚一部大书。实际上，这样的书已经有不少。

就我看到的答案而言，最喜欢一位叫作卡罗尔·欧茨的美国女作家的表达：

> 展现在我们周围的世界常常会给人一种混混沌沌、可怕无聊的感觉，我们写作的目的是为了赋予这样的世界一个较为连贯、较为简约的形式。

被赋予形式感的世界，在给予我们内心的妥帖感方面，终究能够胜过我们生活其中的真实的世界——不，不如用"现实世界"更妥当些。后者虽然具备物理学意义上的真实，但其全部细节稍纵即逝，相互间的内在关联因被遮蔽而变得模糊，一切犹如碎片，真相无从把握。相形之下，哪一种才更接近真实？

## 勉强的行动也胜过精细的筹划

尽量地写吧,别让笔停歇,即使构思并不完整,即使明知道写出的东西缺乏光彩。"一个勉强的行动也胜过千百次单纯的计划。"这话好像是里尔克说的。

在他著名的短篇小说《沉重的时刻》里,托马斯·曼借助主人公诗人席勒之口,表达了自己的见解:

> 终于完成了。它可能不好,但是完成了。只要能完成,它也就是好的。

行动是成就之母。多少有才华的苗木最终夭折,只是因为仅仅限于梦想和筹划,而不曾迈出步伐。作为大自然的造物,我们每个人都是有局限性的,为什么要求自己的创造物一定完美无缺呢?完美是一个目标,但并不意味着可以达到,即便付出了艰苦的努力。同时,那种大奖彩票一样的、比例极小的接近完美的作品,也只能通过无数的行动才被创造出来,最终被筛选出来。

不幸的是,恰恰是对完美的期盼束缚了许多人,使他们连平庸的作品也未能写出来。

## 为自己写作

> 我想一个艺术家不该去管读者是谁。他最好的观众是每天早上刮胡镜里看到的那个人。(纳博科夫)

永远不要企图为所有人写作。不妨只盯紧自己,如果不能够肯定还有更好的选择的话。

真理在这里,也像在其他许多领域内一样,是通过一种迂曲的途径而达到的。正是这样的写作者,从打量自己、疗治自己的心灵出发,反而描绘出了普遍人性的地形图,诊断出了整个时代的病症。总之,从个别达到了一般。

想一想卡夫卡吧。无论是在日常自我幽闭的、默默无闻的写作中,还是要求友人销毁全部手稿的嘱托中,都能显示出他的写作完全只是为了自己,为了表达极度孤独的自己。但正是通过这种途径,他写下了时代的梦魇,从而同整个时代建立起一种强有力的联系。作品成为时代的镜子,尽管是一面变形的镜子。

# 跋　对生活的感知和表达

衷心感谢广西师范大学出版社,愿意为拙作提供一个结集成书的机会。它们共有三册,分别是《心的方向》《阅读的季节》《大地的泉眼》。三册书中的文字,都是我游历、阅读、感受和思考的记录和描绘,或者说得更简洁一些,是我对自己所经历和遭逢的生活的表达。

在《心的方向》中,地点是每一篇的主角。它们大多是我旅行和采风到过的地方,每一个地方的风景、历史和文化,都有着丰富的美和咀嚼不尽的况味,令作为一名外来者的我沉浸其间,迷醉不已。华夏大地上,无数的地点,无数的诗和远方,都成为灵魂向往和驰驱的方向。也有几篇,描写了我数十年间京城生活的几个处所,包括校园、住处、工作单位等,它们可以说是一种熟视无睹的日常风景,但生活与生命最为本质的最具普遍性的内涵,却可以从这些地方,从它们所承载的生活的波澜不惊的流动中,获得感知。

《阅读的季节》，所谈都与书籍有关。我把目光从远方收回，落到一米前后的距离，手中的某本书上。一个人在阅读他喜爱的书籍，这是一个最适合拍成照片的场景。这样的照片上，阅读者的表情通常会是愉悦惬意的，这当然是真实的，但却未免有简单化、以偏概全的嫌疑，容易让人忽略他心中的千姿百态的情感波澜。它可能是欢欣，是痛楚，是纠结，是迷茫，是千回百转寻寻觅觅，是豁然开朗光风霁月，种种不同，取决于拿在他手中的是一本什么样的书籍。在用作本书书名的那篇文章里，我试图表达的，是有效的阅读总离不开真切而深刻的生命体验，而这种体验又总是与生命的自然流程有某种关联，这个流程就仿佛是大自然的四季。

《大地的泉眼》，是诗和思的涌流。我认为，散文写作呈现出繁复摇曳的姿态和面容，是一个需要充分探究的大题目，也产生了许多有关的书籍和文章。但对于一名普通的写作者而言，也不妨做出简要却不失准确的概括，那就是从某个方面看，它们无非是感受和思考这两种元素的充分表达，是它们的丰富组合与无穷变幻。人们到处在生活，生活每时每刻都在将感受和思考赐予人们。生活进行和开展着，如同大地一样广阔和丰富，每个人从中获得的感受和认识，尽管内容不同，质量有异，但都是从地层深处冒出的汩汩泉水。

总之，这些作品中所描绘的都是属于我的生活，我既是参与者也是观察者。这些生活所散发出的气息，宏大又精微。它们裹挟了我，成为我的精神情感生活的塑造者。

这几本书的出版，给了我一个整理自己过往作品的机会，更能够借此与读者朋友们进行交流。每个人的生活都是不一样的，有地域、职业等众多方面的区别，可谓千差万别，但因为有着共同的人性基础，在最为根本的方面却又是相连相通的，这也正是文学能够将人们联结在一起的原因。如果这些作品，能够在读者朋友们的心灵回音壁上，碰撞和产生出一些回声，我会备感欣慰。

2020 年 7 月